णाणं पयासयं

वीर नि.सं. 2470

ई. सन् 1944

भारतीय ज्ञानपीठ

आदिग्राम उपाख्यान

(उपन्यास)

आदिग्राम उपाख्यान

कुणाल सिंह

भारतीय ज्ञानपीठ

लोकोदय ग्रन्थमाला : ग्रन्थांक 1045
ग्रन्थमाला सम्पादक
रवीन्द्र कालिया
सह-सम्पादक
गुलाबचन्द्र जैन

ISBN : 978-81-263-1962-6

आदिग्राम उपाख्यान
(उपन्यास)
कुणाल सिंह

प्रकाशक : **भारतीय ज्ञानपीठ**
4695, 21-ए, दरियागंज, नयी दिल्ली-110 002

मुद्रक : आर. टेक ऑफ़सेट प्रिंटर्स, दिल्ली-110 032

आवरण चित्र : बलाका भट्टाचार्जी (साभार आकृति आर्ट गैलरी, कोलकाता)

AADIGRAM UPAKHYAN
(Novel)
by Kunal Singh

Published by
Bharatiya Jnanpith
4695, 21-A, Daryaganj, New Delhi-110 002
Ph.: 011-23273167/23275710
e-mail: bharatiyajnanpithsale@gmail.com

Second Edition: 2011
Third Edition: 2022

Price: INR. 200

आओ रानी, हम ढोएँगे पालकी,
यही हुई है राय जवाहरलाल की!

—नागार्जुन

"The time has come," the Walrus said,
"To talk of many things."

-Alice in wonderland

मलबे का मालिक कोई नहीं था।

जंगल में खूँखार जानवर रहते हैं— यह कहने की शुरुआत कब से हुई?

रात के कोई डेढ़-पौने दो का समय रहा होगा। चाँदनी रात। बाघा से और चला नहीं जाता। थक गया था। चूर-चूर। उमर भी तो हुई। अब वह पहले-सा जोश कहाँ कि रात भर बउआता रहे और भोर होते ही एक साँस में नदी हेल जाए। आज तो ठौर-ठिकाने की थाह लेने में ही आधी रात हुई आयी और हँफनी छूट रही है। एक ताड़ के पेड़ के नीचे साफ़-सुथरी ठाँव देखकर थस्स-से बैठ गया। सुस्ताने लगा। अभी इत्मीनान की दो-तीन साँसें ही भरी थीं कि याद आया, यह अगहन का महीना है। फौरन से पेश्तर बैठे-बैठे ही मेंढक की तरह कूदकर ताड़ के पेड़ से दूर जा छिटका। सिर पटककर गुहार लगायी। भूल-चूक बख़्शो बाबा! फिर थोड़ी दूर पर चप्पलों को पेंदे से लगाकर बैठ गया। आराम से।

मुस्तैद रहना पड़ता है भाय! यह सब देख-सुनकर नहीं चलने से तो काम नहीं होगा! आज देवी की किरपा से ऐन समय पर उसे चंडी गुरु की बात याद आई थी। उस्ताद की सीख। अगहन मास की रात भूलकर भी किसी ताड़ के पेड़ के नीचे नहीं बैठना चाहिए। जिन्नों का वास। इस्लामी भूत के चक्कर में एक बार पड़े कि गये काम से! जिनगी भर की आफत। गोड़ पड़ता हूँ बाबा, माफ़ करो। धन्धा वैसे ही आजकल मन्दा चल रहा है। दो जून की रोटी का जुगाड़ ही किसी तरह से हो

पाता है। कहाँ से जुटाऊँगा तुम्हारे लिए दारू-मुर्गा!

कहीं दूर उधर से एक कुकुर के भूँकने की आवाज़ आयी। इधर से उल्लू के डाकने की आवाज़। जानवरों के बीच चिट्ठी-पत्री। टेलीफोन। उधर बार्डर पार बांग्लादेश से वो पूछा कि क्या हाल-चाल हैं, तो इधर पच्छिम बांग्ला से ये बोला सब समाचार ठीक है, अपनी सुनाओ। आइएसडी काल। फोकट में। बाघा ने टो कर देखा, पेट की निचली तरफ़, नाभि के पास फूलकर बैलून हो गया है। टो कर देखते ही पेशाब महसूस हुआ। धुत्त साला! ये एकठो अलग ही बिपत है। घड़ी-घड़ी पेशाब। नलहाटी के डाक्टर को दिखाया था। परेश डाक्टर। होमीपेथी की मीठी-मीठी गोलियाँ बाँटने से ही बन गया डाक्टर। साला सिलीगुड़ी-नलहाटी लाइन में झालमूड़ी बेचने वाला भी आजकल अपने को दुकानदार कहता है। बिजिनेसमैन, चाहे सेल्समैन। दवाइयों के नाम पर छिपकली का अंडा देता है। प्राब्लेम जस का तस। लगेगा एक ही साथ गंगा-पद्मा बहा दूँगा। संसार को डुबा ही दूँगा। लेकिन बैठो तो छुल-छुल दो बूँद। एकदम पीला। जलन। खाना खाते-खाते गले में कौर अटक जाए और पानी नहीं पीने से जैसे फील होता है, ठीक वैसे ही लगता है पेट बँध गया। एक दिन हाथ में कुछ पैसा लेकर सिलीगुड़ी जाने के सिवा कोई उपाय नहीं। वहाँ के किसी अँगरेजी डाक्टर से एक्सरे करवाने से ही असली रोग पकड़ में आएगा। जैसे हराधन की हड्डी का फिरेक्चर पकड़ा गया था दन्न-से। उसी ने तो बताया था बाघा को एक्सरे के बारे में। विज्ञान की बात। एक्सरे मतलब लाइट। जैसे बीएसएफ कैम्प की सर्चलाइट। दन्न-से पकड़ लेती है रात के अँधेरे में छुपकर बार्डर पार करने वालों को। धाँय!

घुटने पर हाथ रखकर एक मैली-सी साँस छोड़ते हुए बाघा उठा और थोड़ी दूर हटकर जा बैठा। उकडू। दम बन्द कर ज़ोर डालने से हल्की एक धार। फिर बन्द। तीन-चार पछुआई हुई टप-टप। फिर वह भी बन्द। बाघा देर तक बैठा रहा। पेशाब करते हुए पेशाब के बारे में सोचते रहने से पेशाब ठीक होता है। लेकिन एक बार बन्द तो बन्द ही। बाघा ने उल्टी हथेली से नाभि पर प्रेशर डाला। नदी-नाले में डूबते हुए को बचाने के बाद उल्टा लिटाकर ख़ूब ज़ोर-ज़ोर दबाने से उसके मुँह से जैसी एक मरगिल्ली-सी दो-चार कुल्ले भर की धार बहती है, वैसी ही एक बीमार-सी धारा फिर से। जलती हुई। लास्ट में दो-चार टप-टप। फिर बन्द। पूरा क्लियर अब भी नहीं हुआ। बाघा उठा और वापस आकर अपनी चप्पलों पर बैठ गया।

अगहन मास। ठंड अबकी थोड़ी कम है। लेकिन रात में, और वह भी खुले खेत-बेहार में ज़रा-सी हवा भी बाघा की बूढ़ी हो रहीं हड्डियों को बेतरह खटखटा जाती। बाघा ने सोचा बीड़ी पी जाए। अंटी में दोठो बीड़ी है। वो भी कल हराधन से उधार ली गयीं। घंटे भर से बीड़ी पीने की तलब रह-रहकर महसूस कर रहा था। इन्हीं दो बीड़ियों के आसरे पूरी रात निकालनी थी। अगहन की लम्बी रात। बाघा ने एक निकाली। निहारी। सूँघी। गदा छाप हरा सूता बीड़ी। जलायी और एक लम्बा क़श खींचकर 'कवि-कवि' भाव से दुनिया-जगत को निरिखने लगा।

दूर-दूर तक चाँदनी में सीझती खुली जगह। चुपचाप और मीठी-मीठी। जवानी के चिकने गाल पर इधर-उधर मुँहासों की तरह खुली ज़मीन की देह पर इधर-उधर ताड़ के शीशम के पेड़, मेहँदी की झरबेरियों की झाड़ियाँ। पीछे कोई दस-बारह रस्सी भर दूर लकड़ी का एक गोला, दराँती कल। लकड़ी के गोले के पीछे तीन-चार फीट ऊँची चाहारदीवारी से घिरा एक लम्बा-चौड़ा अहाता है।

साढ़े तीन सौ एकड़ ज़मीन का यह अहाता कभी सी.पी.टी. कम्पनी का कारख़ाना हुआ करता था। 1976 के आसपास आदिग्राम में यह कम्पनी आयी थी। कोई डेढ़ सौ किसानों की ज़मीन को उन्हें यह लोभ देकर हथियाया गया था कि जब कारख़ाना शुरू हो जाएगा, उन्हें नौकरी दी जाएगी। खेती-बाड़ी में क्या रखा है! देखो कलकत्ते में लोग खेती-बाड़ी नहीं, नौकरी करते हैं, इसलिए बाबू हैं, अमीर हैं। कारख़ाना जब शुरू हुआ तो इन किसानों को ठेके पर मजदूरी मिली भी थी। लेकिन फिर जाने क्या हुआ कि कम्पनी बन्द हो गयी। जिन किसानों ने ज़मीन दे दी थी, वे घर के रहे न घाट के। आज की तारीख़ में उनकी ज़मीन कम्पनी के कब्ज़े में है और कम्पनी अब मलबे में बदल गयी है। मलबे का कोई मालिक नहीं है।

कम्पनी के अहाते के ठीक सामने की ज़मीन पर इलाक़े के विधायक कामरेड रासबिहारी घोष ने पार्टी ऑफिस खोल रखा है। एक कमरा है, पार्टी ऑफिस कहिए या इलाक़े के लड़कों का क्लब 'नवयुवक संघ', जो भी। एक तरफ़ कैरम बोर्ड, शतरंज आदि रखे रहते हैं तो दूसरी तरफ़ पार्टी के बैनर, बिल बोर्ड्स, होर्डिंग्स, झंडे आदि। कभी-कभी रासबिहारी घोष आते हैं, दस-पन्द्रह मिनट बैठकर चले जाते हैं। घोष बाबू विधायक होने के अलावा भी बहुत कुछ हैं। वैसे विधायकी के इतर उनका सबसे बड़ा कारोबार चोकड़-खली और देसी-विदेसी खाद का है। दो साल पहले घोष बाबू ने पार्टी ऑफिस के बगल में लकड़ी का यह गोला भी बनवा लिया। दो-तीन मुंशी और एक मैनेजर गोले को चलाते हैं और हर शाम बशीरपुर

जाकर घोष बाबू को हिसाब दे आते हैं। आदिग्राम के दक्खिन जो जंगल है, वहाँ अवैध रूप से पेड़ काटे जाते हैं और दूर-दूर तक लकड़ियों की सप्लाई की जाती है।

पार्टी आफिस के दाएँ आधेक मील पर नलहाटी-सिलीगुड़ी को जोड़ता हुआ हाइवे है। हाइवे के पास ही हराधन का मोदीख़ाना। लाइन में चलने वाली रात की लॉरियों के चीखते हॉर्न यहाँ तक सुनाई पड़ जाते हैं। दारू-चिलम की पिनक में बेतहाशा भागती लॉरियाँ, जो ऐसे ही जब मन हो हॉर्न बजा देती हैं। फिर बॉर्डर के दोनों ओर से कुकुर-सियार देर तक उस हॉर्न की माँ-बहन करते रहते हैं। इसके अलावा कहीं कुछ हिलता-जगता दिखाई नहीं देता।

रात में पृथ्वी की देह की भाषा बदल जाती है। रास्तों की गति भी। पृथ्वी का भी तो कोई नाम होना चाहिए। दिन भर तो हम ये नलहाटी वो आदिग्राम। जगदलपुर, सिलीगुड़ी, जलपाईगुड़ी और जाने क्या-क्या छोटे-छोटे नामों से पृथ्वी को बुलाते हैं। और नहीं तो ए पार बांग्ला ओ पार बांग्ला। जैसे ससुराल में औरतों को माँ-बहू-भौजी कहते हैं। और नहीं तो बंशी की चाची या दशरथ की सौतेली माँ। लेकिन नैहर में औरतों का एक ही नाम होता है। सबके लिए चम्पा या पुतुल। पारुल, झिनुक, झुम्पा। उसी तरह पूरी पृथ्वी का भी कोई एक नाम होना चाहिए। दिन में न सही, कम से कम रात में।

मयना नाम कैसा रहेगा? ...एह, देखो तो बुढ़ौती में कैसे मौक़ा पाते ही जवानी का भालोबाशा याद आया।

ऐसी ही तो एक चाँदनी रात थी वह भी। उन दिनों बाघा की देह में जो फुर्ती थी कि पूछो मत। एकदम से माँगुर मछली। लड़ाई का ज़माना था। इन्द्रा गाँधी का शासन। 'जय बांग्ला' के नारे से दोनों तरफ़ के बंगाल हमेशा गूँजते रहते थे। धन्धा क्या ही ख़ूब जम रहा था! ऐसे में एक रात कोई बारह-साढ़े बारह के क़रीब बार्डर के पास भागती-पराती वह मिली थी। बाघा के हाथ पड़ गयी। फेस कटिंग से ही लग गया, उस पार की छोकरी है। लाल पाढ़ की एक कमला साड़ी में लिपटी। बड़ी-बड़ी आँखें और ऊँची नाक। सोने के जैसा रंग, घनी बरौनियाँ और ताड़ के गुच्छे की तरह केश। हाथ और लिलार पर गोदना गुदवाये। अभी-अभी जवान हुई। यार के साथ भागकर इस पार चली आयी थी।

तब बार्डर पर एकदम ढील थी। इस पार का आदमी पेशाब लगने पर उस पार एक पेड़ की आड़ में करके चला आता था। पूछा, नाम क्या है छोकरी तेरा? बोली, मयना। मयना मतलब तो मैना नामक एक चिड़िया। धुत्त साला, बेकुफ बन गया तो! डैम फुल। अब कैसे पता चलेगा हिन्दू है कि मुसलमान? चिड़िया फूल पत्ती पृथ्वी अकास पर नाम रखने का यही तो फैदा है! खोलकर पूछने में भी लाज की बात है।

दोनों देर तक साथ-साथ चलते आये थे इधर की तरफ़। मयना ने सब बता दिया कि वह एक लड़के से भालोबाशा करती थी और कि उसी के कहने पर चार सौ टाका लेकर घर से निकल पड़ी थी। बार्डर के इस पार आकर सारे टाका लेकर वह कहीं चम्पत हो गया और कि अब उसके पास खाने को भी पैसे नहीं रह गये।

"कुछ खाएगी? एग रोल खिलाऊँगा। मेरा दोस्त है एक। फ़ौजियों के लिए बनाता है।"

लड़की ने 'एग रोल' का कुछ दूसरा ही अर्थ लगा लिया। औरतजात। हद से ज़्यादा चालाक और सतर्क। बिल्ली की मूँछ। त्योरियाँ चढ़ाती हुई बोली, "ज़्यादा एग रोल मत समझाओ। कॉफी पिया है मैंने। जिन्दगी में दोसा भी खाया है। ऐसी-वैसी नहीं हूँ। सनलाइट से साड़ी धोती हूँ।"

हालाँकि मयना की यह ऐंठ उसकी अँतड़ियों की ऐंठन के आगे बहुत देर तक नहीं टिक सकी थी। दोनों ने कैंटीन में जाकर मन भर आमलेट और नान खाया था। रात का बचा हुआ, ठंडा। मयना बोली, "थेंक्यु!" फिर दोनों घर चले आये। कुछ ही दिनों में बाघा की कोठरी को क्या ही देखने लायक बना दिया था मयना ने!

बाघा की बातों पर ख़ूब-ख़ूब हँसती थी। एक लम्बर की हँसोड़ छोकरी। एक बार बाघा किसी रात कीचड़ में जा गिरा। घर लौटा तो उसकी दशा देखकर मयना पेट पर हाथ धरकर 'ही-ही' करती हुई हँसने लगी। बाघा को ग़ुस्सा आ गया। बोला, "ज़्यादा खींसे मत निकाल!"

मुँहफट मयना बोली, "क्यों न भला! मेरे दाँत तो देखने लायक हैं। बहुत मज़े की एक बात पर आदमी को हँसना ही चाहिए। दुख की बात पर फूट-फूटकर रोना चाहिए जी। यही नियम है। ही-ही!"

एक ख़ासियत थी कि हँसी-ठिठोली में भी बड़े पते की बात कह जाती थी मयना। हराधन ठीक ही कहता था— चतुर नार है बाघा। इसे एक ठाँव पर बाँधकर रखना मोश्किल है।

मयना मतलब तो मैना नामक एक चिड़िया। चिड़िया को उड़ना ठहरा। जभी

उड़ गयी एक दिन। फुर्र!

थूः!

पीछे लकड़ी गोला से 'खुट्' की आवाज़ आयी तो बाघा चौंका। पलटकर देखा, दूर-दूर तक लकड़ी का गोला सुनसान पड़ा था। टीन के लम्बे ढलुए शेड से उजली चाँदनी दूध की तरह टप-टप चू रही थी। बाघा ने अपना भरम माना। दो-चार क़श बच रह गयी बीड़ी को जल्दी-जल्दी खींचने लगा। थोड़ी देर बाद फिर से वैसी ही आवाज़ उसी दिशा से आयी तो बाघा को शक़ पड़ गया।

इतने वर्षों रात-बिरात घूमते-पराते रहने का अनुभव है कि धरती पर बजने वाली एक हल्की आहट भी सुनकर वह फौरन जान जाता है कि यह जीव-जन्तु की आहट है या मानुख-प्राणी की। कभी-कभी तो दिन भर के ताप से तायी चीज़ें रात होते ही आप से आप तिड़कने लगती हैं। कन्फ्यूजन हो जाता है। लेकिन ध्यान से सुनो तो फ़र्क़ का पता चल जाता है। चीज़ों की इन ख़ुद की आहटों के पाँव नहीं होते। ये वहीं सुनाई पड़ती हैं जहाँ से उठती हैं। इसके उलट जीव-जन्तुओं की आहट हर तरफ़ से सुनाई पड़ती हैं। झिंगुर की किर्र-किर्र हर दिशा से बजती है। उल्लू की हूक और कोयल की कूक पेड़ की हर पत्ती से झड़ती है।

बाघा को यक़ीन हो चला, लकड़ी गोला से आने वाली 'खुट्' की आवाज़ के पीछे किसी मनुष्य की छिपी-छिपायी हरक़तों से लगी-बझी एक अनायासी लापरवाही है। कोई चुपके से पैर दाबते हुए चलता है और उसका सारा ध्यान इस पर है कि पैरों की आहटें न उठें। अचानक किसी दूसरे अंग से टकराकर कोई चीज़ गिर पड़ती है और वह ठिठककर खड़ा हो जाता है। दम साध कर। सतर्क। जिस हवा में ज़रूरत से ज़्यादा सन्नाटा हो, उस हवा में कोई आदमी ही हो सकता है।

बाघा ने कान बिछाकर सुनने की कोशिश की, मन को कन्सन्ट्रेट किया। आँखों को बन्द कर एक लम्बी साँस खींची। उस आवाज़ को मन ही मन याद करने लगा— 'खुट्'! इतना नपा-तुला, इतना अद्भुत, इतना अचानक एक 'खुट्'! लकड़ी के गोले में ज़रूर कोई है। सेन्ट परसेन्ट। बाघा ने बीड़ी की टोंटी फेंकी। उठा। कपड़े झाड़े। चप्पलें पहनीं और धीरे-धीरे लकड़ी के गोले की तरफ़ बढ़ चला।

इस चाँदनी रात में चारों तरफ़ खुली और पानी की तरह दूर-दूर तक पसरी पृथ्वी पर यकायक यह एक लकड़ी का गोला। कुछ पास आकर बाघा खड़ा हो गया था और विमुग्ध होकर लकड़ी का यह एक गोला देखने लगा। लकड़ी का गोला उसे इतना प्राकृतिक लग रहा था कि उसका मन हुआ वहीं बैठकर उसे देखता रहे और पेट पकड़कर हँसता रहे।

गोला के बाहर एक पेड़ का साबुत तना गाड़कर तराज़ू लगाया गया था छोटे-छोटे लट्ठों को तोलने के लिए। ऐसा लगता था कि दुनिया में आम का पेड़ कटहल का पेड़ की तरह यह एक तराज़ू का पेड़ है। तराज़ू प्रकृति के नियमों के ख़िलाफ़ एक अद्‌भुत यन्त्र है। दुनिया में कितनी तो चीज़ें हैं, कितने पेड़-पौधे, कितनी जगहें— कोई हिसाब नहीं। तराज़ू से माप-तौल किया जाता है। निष्कर्ष निकाला जाता है कि पृथ्वी पर चार किलो शहर हैं, डेढ़ किलो देश। एक क्विंटल मरद मानुख और एक मन औरतें। पाव भर दिन और तीन सौ ग्राम रात। एकाध दर्ज़न रुलाई और छँटाक भर हँसी। चाहे, दुख के एक लीटर के पैकेट पर सुख की एक छोटी टिकिया फ्री!

बाघा देर तक मुँह खोलकर 'हा' किये खड़ा रहता, अगर उसे चंडी गुरु की सीख याद न आई होती। उस्ताद ने कहा था कि बाघा, चाँदनी रात में कभी भी बिना आड़ खुले में मत रहियो। चाँदनी रात में मानुख देह से लाइट निकलती है। रेडियम लाइट। विज्ञान की बात। बाघा तुरन्त भागकर एक तरफ़ हो गया।

तराज़ू के पीछे लकड़ी के बड़े-बड़े गोल-चिकने कई लट्ठे रखे थे— एक पर एक। बगल में गोला का मुख्य प्रवेश द्वार। लोहे के खुले कपाट, जिनका निचला हिस्सा मिट्टी में लकड़ी के बुरादों में बुरी तरह धँसा हुआ। भीतर ज़ीरो पावर की पीली रोशनी में लकड़ी काटने की विशालकाय आरा मशीन। बाघा निहुरे-निहुरे ही प्रवेश द्वार के भीतर ये जा वो जा! फट्-से मशीन के बड़े-बड़े फीतों की बगल में तन कर खड़ा हो गया मानो मशीन का ही पुर्जा हो।

पूरे गोला के फ़र्श पर लकड़ी के बुरादों की गद्‌दीदार कालीन बिछी थी। हवा में कैसी तो एक बासी भुरभुरी गन्ध! छिपकर घात लगाने के लिए किसी बेहतर टोह में बाघा ने ज़रा उचककर चारों तरफ़ एक उड़ती-उड़ती-सी निगाह डाली। दस क़दम के फ़ासले पर लकड़ियों को भिगोने के लिए सीमेंट का एक हौज था। बाघा ने एक बार एहतियात के तौर पर मशीन से लगाकर हौज तक के फ़र्श पर निगाह दौड़ायी। बुरादे ही बुरादे। टेंसन की कोई बात नहीं। वह किसी बिल्ली की तरह मशीन के पीछे से निकलकर साँय-से हौज की आड़ में। उसकी फुर्ती की नक़ल उतारते दो-

चार चूहे इस बिल से निकलकर फुर्र-से उस बिल में। इसके अलावा देर तक कहीं कोई आहट नहीं। हर जगह शान्ति।

गोला के भीतर की शान्ति बाहर खुली पृथ्वी की शान्ति की तरह नहीं। बाघा ने थोड़ा भावुक होकर सोचा कि सबसे बड़ी शान्ति तो आदमी की मृत्यु ही है। तिस पर अस्सी साल के एक दुनिया देखे-भोगे आदमी की मृत्यु और बाईस-तेईस के एक कच्चे छोकरे की मृत्यु में अन्तर तो होता ही है। दोनों के चेहरों पर चिपकी मरी हुईं रेखाओं में अन्तर होता है। बाहर पृथ्वी की शान्ति उस अस्सी साल के मरे हुए चेहरे की थिरायी हुई शान्ति है जहाँ 'कुछ भी होना बाक़ी नहीं' का इफरात है, जबकि गोला की शान्ति 'अभी कुछ होने वाला है' की एक प्रतीक्षित शान्ति है। बाघा ने उसी कुछ होने पर ख़ुद को पूरी तरह एकाग्र कर दिया। होगा होगा— ज़रूर। बस थोड़ी देर में होगा। इतने सालों का एक्स्पीरीयंस जो कहता है— होगा!

और हुआ भी। बाघा ने देखा, गोला की परली तरफ़ वाली दीवार से सटकर एक काली आकृति धीरे-धीरे रेंग रही है। हाथ में जूट की एक थैली जैसा कुछ। लोहे के छोटे-छोटे जन्तरों को पेचकस से ढीला करती और खोलकर थैली में डालती जाती। छोटे-छोटे नट और वॉल्व।

बाघा ने आकृति के इर्द-गिर्द बनती हवा को सूँघकर पहचान लिया कि फील्ड का कोई नया खिलाड़ी है। ज़रूरत से ज़्यादा सावधान। अनाड़ी एकदम। इसी तरह के डरपोक छोकरे इस लाइन को गन्दा करते हैं। पहले की कोई ट्रेनिंग नहीं, प्रैक्टिस नहीं और उतर गये सीधे लाइन में। बताओ तो भला, इन छिटपुट जन्तरों को बेंचकर कितना पैसा मिलेगा? मार्केट में लोहा वैसे भी चार रुपये किलो है, फिर चोरी का माल तो अद्धा-पौना बिकता है। साला बीस-पच्चीस रुपये के लिए घंटा दो घंटा मेहनत। ऊपर से इतना रिस्क। इससे तो बढ़िया था बांग्लादेशियों (आक् थू: !) की तरह रिक्शा खींचते या नलहाटी-सिलीगुड़ी लाइन में चलने वाली बसों में मूढ़ी-बादाम बेंचते।

बाघा दन्न से निकला और सीधे उस छोकरे के पास। छोकरा अकबका गया। भागने लगा। देह पर ख़ाली एक लँगोट पहन रखा था। पूरा बदन सरसों तेल से चुपड़ा। साला इस भेष में तो आज से पच्चीस साल पहले के चोर निकला करते थे। बेकुफ एक लम्बर का। इडियट। जासूसी किताबों में चोर के इस भेष को लेकर इतना कुछ लिखा गया है कि कोई देखकर ही पहचान जाएगा, यह एक डॉक्टर है इंजीनियर वकील है की तरह एक चोर है। रुक साला भागता किधर है, बाप आया

है तेरा— रोक्क!

बाघा ने लपककर उसकी गरदन दबोच ली और ज़मीन पर पटक दिया। इससे पहले कि वह छूट निकलता या पलटवार ही करता, बाघा उसकी छाती पर सवार होकर दनादन घूसे बरसाने लगा। कोई दस-बारह सोलिड घूसे खाकर छोकरा रोने पर उतर आया। हाथ जोड़कर गिड़गिड़ाने लगा। चुप साला। हल्ला काहे मचाता है— चोप्प!

"नाम का बोला रे? फिर से एक बार बोल तो।" बाघा बीच-बीच में जगदलपुर के बाबू-बबुआनों की भाषा बोलता है, लेकिन कहीं-कहीं मिस खा जाता है। दोनों वहीं बैठकर बतियाने लगे थे। दक्खिना रजक नाम था छोकरे का। दक्खिना ने जब जाना कि वह जिससे मुख़ातिब है उस शख़्स का नाम बाघा है, तो श्रद्धा से नव गया। प्रणाम स्वीकारो दादा। ख़ूब नाम सुना है आपका। आज साच्छात दर्शन हो गये— अहो भाग्य! बाघा उसकी भाषा सुनकर एकदम से चकित हो गया। ये तो साला संस्कृत उवाचता है डायरेक्ट! पढ़ा-लिखा होकर भी चोरी करता है रे?

दक्खिना की उमर ज़्यादा नहीं थी। अठारह-उन्नीस के आसपास। क़द-काठ अच्छी निकल आयी थी। भूत की तरह काला था। छोटे-छोटे घुँघरीले बाल। आवाज़ नयी-नयी फटी थी। मूँछों की पतली रेख। बाँहों में मचलतीं तागद की मछलियाँ। उसे देखकर बाघा को अपनी जवानी याद आयी। यही उमर रही होगी जब वह चंडी गुरु से मिला था। इसी के जैसा उत्साही। नवसिखुआ। टेकनीक की कमी। उस्ताद ने उसे दो-ढाई साल में ही ट्रेंड कर एकदम से शालीमार चोर बना दिया। सेंधमारी के सत्रह तरीक़े आते थे उसे। जाने कितने मन्तर कंठस्थ थे। भौंकते हुए कुत्तों का मुँह बाँधकर शान्त करने, अमावस की अँधियारी रात में भी साफ़-साफ़ दिखने और जागते हुए को गहरी नींद सुलाने के मन्तर। उस्ताद ने मरते हुए चैन की साँस ली थी। कहा था, "बाघा, जितनी विद्याएँ मैंने अपने गुरु से सीखी थीं, सब तुममें ट्रांसफर कर दिया। अब मैं चैन से मर सकता हूँ।"

ठीक रात के इसी पहर आदिग्राम में एक जीप आकर रुकती है। हेडलाइट बुझ जाती है। तीन लोग। रंगीन टी-शर्ट और जींस पहने। ड्राइविंग सीट पर एक कम शहरी-सा आदमी बैठा है। उसकी बगल में बैठे आदमी ने हैट लगा रखी है। पीछे की

सीट पर बैठा तीसरा शख़्स आधी नींद आधे नशे में है। आँखें खोलते हुए पूछता है, ''क्या हुआ? गाड़ी क्यों रोक दी?''

''आदिग्राम!'' ड्राइवर कहता है।

''हाँ तो क्या बीच सड़क पर रोकोगे?'' हैट वाला आदमी बुड़बुड़ाते हुए आदेश देता है, ''साइड में लो।''

जीप भी बुड़बुड़ाती है। टस से मस नहीं होती।

''रेडियेटर गरम हो गया है। यहीं उतरिए, देखता हूँ।'' ड्राइवर उतर जाता है।

''पानी नहीं है। बियर चलेगी?'' कहकर पीछे की सीट पर बैठा आदमी हँसने लगता है— हो-हो-हो-हो! चारों तरफ़ के सुनसान में उसकी हँसी अजीब-सी सुनाई पड़ती है। पास के पेड़ की गिलहरी की नींद खुल जाती है। दाँत किटकिटाती है। बया ने अपने घोंसले के दरवाज़े पर लिख रखा है— 'रामकिंकर बया निवास : स्थापना 2003'। झाँककर देखती है। कहीं कोई कुत्ता भूँकने लगता है, ''कफौंन सर्फाला है?'' बिल में सोया सँपोला जाग के अपनी माँ से पूछता है, ''माँ, क्या सचमुच गब्बर सिंह आ गया?'' साँपिन कहती है, ''सो जा बेटा, सो जा!''

''साला जंगल है एकदम।'' हैट वाले आदमी ने भी उतरकर सिगरेट सुलगा ली है। वह काफी देर से जाग रहा था। उसकी आँखें जल रही थीं। उसे ठंड लग रही थी। ड्राइवर ने जीप का बोनट उठा दिया है और उसके पास आ खड़ा हुआ है। नशे में डोलता तीसरा आदमी भी जीप से उतर चुका है और पास ही खड़े होकर पेशाब कर रहा है।

''कब आएगा बैनर्जी ख़ुद?'' वह पेशाब करते-करते पूछता है, ''...और हमलोग यहाँ ठहरेंगे कहाँ? इस वीराने में?'' वह गाने लगता है— कहीं दीप जले कहीं दिल!

''नेटवर्क काम नहीं कर रहा। रात तो बीत ही चुकी है, सुबह होते ही किसी एसटीडी बूथ से फोन करते हैं।'' हैट वाले ने जवाब दिया। फिर ड्राइवर से पूछा, ''क्यों बे, यहाँ एसटीडी बूथ तो होगा न?''

''या वो भी नहीं— हा हा! कहीं दीप जले कहीं दिल...'' तीसरे आदमी को चढ़ गयी थी।

''थोड़ी ही दूर पर नलहाटी बाज़ार है। वहाँ से हो जाएगा। वैसे महीने दो महीने की बात है बाबू। अब जब आप लोग आ गये हैं तो यहाँ भी सबकुछ हो जाएगा। एसटीडी बूथ, कूरियर कम्पनी, जेरॉक्स मशीन, एसबीआई, एटीएम।'' ड्राइवर ने

ऊपर आसमान में तैरते चाँद को देखकर कहा।

वह यहीं पास के जगदलपुर का वाशिन्दा शमसुल है। पहले नलहाटी-सिलीगुड़ी लाइन में ट्रक चलाता था। कुछ महीने पहले यहाँ अपनी बीमार पत्नी और दो बच्चों को छोड़कर कोलकाता चला गया। सोचा था, कुछ पैसों की बचत हो जाएगी तो पत्नी को कलकत्ते ही बुलाकर इलाज कराएगा। कुछ महीने बाद उसे एक कम्पनी में ड्राइवरी मिल गयी। अभी टेम्परी ही थी नौकरी, लेकिन जल्दी ही पर्मानेन्ट होने की उम्मीद थी। जब उसे पता चला कि उसकी कम्पनी कुछ प्रतिनिधियों को किसी काम के सिलसिले में आदिग्राम भेज रही है, उसने बड़े बाबू से सिफारिश लगवायी कि बतौर ड्राइवर वह इस प्रतिनिधि मंडल में शामिल कर लिया जाए। कम्पनी को भी किसी ऐसे ही लोकल आदमी की ज़रूरत थी जो एक तरह से प्रतिनिधि मंडल के लिए गाइड के रूप में काम आ सके और इंटरप्रेटर के रूप में भी। शमसुल दोनों ही रूपों में बेहतर च्वाइस कहा जा सकता था। वह इस इलाक़े के इतिहास और भूगोल दोनों से भली-भाँति परिचित था।

मध्यवर्ती पश्चिम बंगाल के एकदम पूर्वी छोर पर है आदिग्राम। बड़ा गाँव है। क्षेत्रफल के अनुपात में आबादी विरल ही कही जाएगी। ज़्यादातर हिन्दू परिवार। बीस-पच्चीस फ़ीसद मुस्लिम। लगभग सारे मुस्लिम घर गाँव के उत्तरी तरफ़ जगदलपुर से लगे हुए हैं। आज़ादी से पहले ईसाई मिशनरियों द्वारा कन्वर्ट हुए कुछ ईसाई परिवार भी उस ओर ही रहते हैं। कटे-कटे-से। दक्षिण की तरफ़ सान्थालों की बस्ती है।

जगदलपुर में एक चर्च भी है, अस्सी फ़ीसद जला हुआ। दरवाज़े, खिड़कियों के कोयले अब भी उस घटना को ताज़ा बनाये हुए हैं जो आज से चार साल पहले घटी थी। जोनाथन नाम का एक पादरी हुआ करता था जिसे कुछ लोगों ने इस चर्च में ज़िन्दा जला दिया था। उसकी पत्नी और छः-सात साल का लड़का राँची के आसपास कहीं रहते हैं। जोनाथन भी वहीं कहीं से आया था। रानीरहाट बार्डर पर रहता था और हर रविवार को साइकिल से जगदलपुर के चर्च तक पहुँचता। आसपास के जितने भी ईसाई परिवार थे, चर्च में प्रार्थना करने जाया करते थे। अब कोई नहीं जाता। घटना के बाद चर्च को बन्द कर दिया गया। अब तो उसके प्रांगण

में बेतरतीब घास–झाड़ियाँ उग आयी हैं। टूटे हुए काँच और मलबा इकट्ठा हैं।

आदिग्राम के दक्खिनी सीमाने से लगता झाऊ और करोंदे का एक भरा–पूरा जंगल है। गाँव में यह सोचने और कहने का प्रचलन होता है कि उस जंगल मे कई खूँखार जंगली जानवर रहते हैं, हालाँकि गाँव में अब तक किसी ने उन्हें साफ़–साफ़ और दो टूक नहीं देखा। ऐसा नहीं है कि झाऊ के जंगल में सिर्फ़ झाऊ के ही पेड़ होते हैं। वहाँ और भी कई गाछों, पौधों की प्रजातियाँ हैं। इस पर भी उसे झाऊ का जंगल ही कहा जाता है। हो सकता है कि गाँव के किसी आद्य पुरुष ने सभ्यता की जल्दबाज़ी में उसका यही नामकरण कर दिया हो और तब से यही नाम परम्परा में चलता चला आया हो।

धूप होती तो जंगल का ऊपरी सिरा बहुत मद्धम सुलगता था। दोपहर के सुनसान में उदास लकड़ियों के चिटखने की आवाज़ सुनाई पड़ती। ऊपर उठते भाप के रेशे हरे रंग के होते। कोई सहज ही चिन्तित हो सकता है कि इस तरह तो जंगल की सारी हरियाली ही बिला जाएगी। लेकिन हर ज़माने में लोगों के पास सच्ची चिन्ताओं के साथ झूठी दिलासाएँ होतीं। जंगल में तोते बहुतायत में होते। जंगल की किसी रहस्यमयी आहट से सभी तोते उड़ते और दूर से देखने पर भ्रम होता कि हरा जंगल जल रहा है और हरे–हरे चिनगारे उड़ रहे हैं। लोग हँसते और अपने काम से काम रखते।

झाऊ के जंगल से सटा गाँव का वह हिस्सा है जो जंगल प्रदेश को गुलज़ार करता है। गाँव से थोड़ा हटकर लगभग जंगल के धुँधलके में किन्नरों के दो–चार घोटुल हैं। इनमें किन्नरों का उन्मुक्त और सामूहिक बासा है। इनसे बायीं ओर सान्थालों की कुछ झोंपड़ियाँ हैं। झोंपड़ियाँ साधारणतया पीली मिट्टी से बनी होतीं और उन पर फूस की छाजन दी जाती। घर–दुआर सब मिट्टी से लिपे हुए चमचम चमकते। किन्नरों के घोटुल उजड़े हुए होते। ...ये सब गाँव के बाशिन्दों से कटे किन्हीं दूसरे लोक में जीते। सान्थालों को आज तक किसी ने गाँव के भीतरी हिस्से में जाते नहीं देखा। जंगली कन्द खाते, पोखर से सितुहे–घोंघे और जंगल से लकड़ी–काठी बीन लाते, थोड़ी–बहुत खेती–बाड़ी करते। अलबत्ता शादी–ब्याह और गोद–भराई जैसी रस्मों पर इक्के-दुक्के किन्नर गाँव में दिख जाते। वे ढोल पर थाप देकर ख़ूब नाचते-गाते और कभी न थकते। बनाव–सिंगार और चुहल–मज़ाक पर विशेष ध्यान देते। गाँव के लोगों के बीच बिला शर्म अश्लील इशारे करते और लतीफ़े बनाते। बड़े-बूढ़े हँसते और घर की स्त्रियाँ जल भुनतीं। यदा–कदा गाँव में आने वाले इस किन्नर

दल में फिरोजा, बनफूल, अमीना, झरना आदि हमेशा ही होतीं।

घोटुल में कुल कितने किन्नर हैं— इसका कोई अनुमान नहीं। यह अजीब बात थी कि दिन-प्रतिदिन सान्थाल कम होते जा रहे हैं और किन्नरों की संख्या बढ़ती जा रही है। अघोर मोशाई का कहना मानें तो किन्नरों के साथ कुछ ऐसे भी हो गये हैं जो सचमुच के किन्नर नहीं हैं। झूठ-मूठ के किन्नर कैसे होते हैं, इसका किसी को अन्दाजा नहीं। कोई सभ्य घर का आदमी भला किन्नर होने क्यों जाएगा?

दूर से देखने पर किन्नरों का समाज बड़ा उत्सवधर्मी लगता। दिन भर तरह-तरह के मुखौटे बनाना, उस पर रंग-रोंगन और पालिश करना, ढोलक से नयी ताल निकालना और उत्फुल्ल होकर गीत गाने का अभ्यास करना बड़ा रंगधर्मी प्रतीत होता है। हाइवे पर पान का ठेला लगाने वाला तपन कहता है कि उनमें से कुछ किन्नर जादू जानते हैं। जंगल से रात-बिरात रोशनी उठती तो लगता, वे अपने जादू को सिद्ध करते होंगे। तभी तो उनके चेहरे कैसे दिपदिपाते हैं, जबकि सान्थालों की देह में कालिख पुती होती।

चर्च को जलाये जाने के पहले की घटना है। हाडू घोष का साला भूपत आया हुआ था। एक सुबह वह दिशामैदान के लिए निकला तो जंगल की तरफ़ चला गया। वहीं कुछ सान्थाली लड़कियाँ निबटान के लिए आई हुई थीं, जिनमें एक केंदा माँझी की लड़की काजल भी थी। अब पूरी बात तो पता नहीं कि क्या हुआ, मगर कुछ ही घंटों में जब लोगों ने केंदा माँझी के लड़के दुलू को भूपत के पीछे फरसा लेकर दौड़ते हुए देखा तो पूरे गाँव में हल्ला मच गया। भूपत की हालत बड़ी ख़राब थी— शरीर में जगह-जगह से ख़ून रिस रहा था। मुखिया पंचानन हाल्दार के बीच-बचाव से सबकुछ शान्त हुआ। भूपत को उसी दम उसके घर मानिकतल्ला भेज दिया गया। बाद में जब चर्च जलाया गया, पुलिस आयी और दुलू को पकड़ के ले गयी। दुलू को किस आधार पर पकड़ा गया, इसके विस्तार में जाने की ज़रूरत नहीं। लेकिन इस घटना के बाद से गाँव का कोई भूलकर भी सान्थालों की बस्ती की तरफ़ पाँव नहीं बढ़ाता। जंगल में खूँखार जंगली जानवर रहते हैं— यह प्रवाद भी इन्हीं दिनों फैला।

दक्खिना बनगाँ साइड का था। यहाँ आने से पहले लोको कारशेड में लोकल ट्रेनों से ट्यूब-पंखे की चोरी करता था। कुछ दिनों बनगाँ-सियालदह लाइन में पाकिटमारी भी की। चावल की चोरी करते पकड़ा गया और पुलिस की मार पड़ी। घर से निकाला गया और फिर मालदह में कुछ दिनों अपनी दीदी के यहाँ छिपकर रहा। तीन-चार महीने पहले ही इस इलाक़े में आया।

यहाँ आने के बाद उसका परिचय इसी लाइन के कुछ दूसरे लोगों से हुआ। इन्हीं लोगों से उसे बाघा के बारे में बहुत कुछ सुनने को मिला। उसकी दिलेरी के कई क़िस्से। बाघा इन लोगों का रोल मॉडल था। इस लाइन के नये लड़के उसी की तरह बिना कनपटियों के बाल रखते थे। चलते और खाँसते भी उसी की तरह थे। जैसे दोनों हाथों को जोड़कर गाँजा पिया जाता है, वैसे बीड़ी पीने का रिवाज़ सिर्फ़ इसलिए चल पड़ा था कि बाघा दा इसी स्टाइल में बीड़ी पीते हैं। इसी तरह इन लड़कों में सिर्फ़ अजन्ता का मुद्गर छाप हवाई चप्पल पहनने का प्रचलन था— बाघा दा का फ़ेवरिट ब्रांड। उसी बाघा से जब दक्खिना की यों मुठभेड़ हुई तो उसके हर्ष का सहज ही अनुमान लगाया जा सकता है। तिस पर इससे बड़ी बात और क्या होगी कि बाघा दा ने उसे अपने ठिए पर चलने के लिए कहा।

वे जल्द ही एक खंडहर तक पहँच गये। कोई प्राचीन इमारत। छत का अधिकांश नदारद। मोटे-मोटे चौकोर खम्भे ठूँठ की तरह खड़े थे। चाँद का फुटबॉल कभी इस खम्भे तो कभी उस खम्भे पर उछल रहा था। खंडहर के बाहर चारों तरफ़ विस्तीर्ण साँवली दूरियाँ थीं— चाँदनी में नाक सिनकती-सी। पीछे एक पोखर— आधा से अधिक जलकुम्भियों से ढँका। खंडहर के बाहर थोड़ा बायें हटकर ऊपर जाने के लिए पत्थर की सीढ़ियाँ थीं। ऊपरी मंज़िल तो कब की गिर पड़ ज़मीन चाट रही थी और सीढ़ियाँ थीं कि आज भी कहीं ऊपर ले जाने के झूठे दर्प में एक पर एक चढ़कर खड़ीं— एकदम आतुर। खंडहर से लगे चारों तरफ़ मलबे ही मलबे। फ़र्श को फोड़कर इधर-उधर उग आईं घास-झाड़ियाँ।

दक्खिना चुपचाप बाघा के पीछे-पीछे घिसटता रहा। भीतर, फिर भीतर, फिर और भी भीतर एक-दो कमरे कुल-मिलाकर सही-सलामत थे। बाघा की रहनवारी। कोठरी के भीतर घुप्प अँधेरा। बाघा ने ढिबरी जलायी। पीली मद्धिम रोशनी में कोठरी में जमाये गये असबाब उजागर हुए। एक ढीली बान की चारपाई पर बाघा बैठ गया। दक्खिना को भी बैठने का इशारा किया। दक्खिना वहीं फ़र्श पर चुक्के-मुक्के बैठ कर बाघा को टुकुर-टुकुर ताकने लगा। बाघा ने टो कर अन्दाज़ा किया,

पेट फिर से फूलकर बैलून हो गया है। टाल गया! बची हुई एक बीड़ी जलायी और अपने उसी निराले अन्दाज़ में पीने लगा। उसे बीड़ी पीते देखना दक्खिना के लिए एक अप्रतिम सुख था। उसने जब से बाघा के बारे में जाना है, उसकी हर गतिविधि पर पैनी निगाह रखे है। अच्छी तरह जज़्ब कर रहा है। उसे पूरा यक़ीन है, उसके साथियों को एकबारगी विश्वास ही नहीं होगा जब वह उन्हें बाघा दा से अपनी इस औचक मुलाक़ात के बारे में बताएगा। वह उन्हें यक़ीन दिलाने की गरज से सबकुछ भलीभाँति कंठस्थ करता जा रहा है।

बाघा देर तक बैठा चुपचाप बीड़ी पीता रहा। इधर दक्खिना उसका मुँह जोह रहा था। बाघा की समझ में नहीं आ रहा था कि बातचीत की शुरुआत कैसे हो। वह शुरू से ही कम बोलने वाला जीव रहा है। उतना ही बोलता है जितना जानता है। जानता भी उतना ही है जितना जान पाना सहज हो। उदाहरण के लिए आसमान का रंग नीला है, प्राचीन काल से ही सुख-दुख की अपरम्पार लीला चलती आयी है, धामन साँप का विष बहुत जल्दी चढ़ जाता है आदि। बहुत सोचने-विचारने के बाद भी उसका माथा ठीक से काम नहीं कर पा रहा था कि वह दक्खिना से ऐसा क्या कहे जो एकदम पते की बात हो। दक्खिना उसकी कितनी इज़्ज़त करता है, यह वह जान चुका है। वह कोई उथली बात कह के उसका मन नहीं तोड़ना चाहता। अन्त में बीड़ी ख़त्म करके उसने लापरवाही से कोठरी के बाहर उछाल दिया। बीड़ी की टोंटी दरवाज़े से टकराकर भीतर ही आ गिरी। बाघा को दुख हुआ कि दक्खिना के सामने उसका निशाना फेल हो गया। वह इस बात पर लजा गया। यह अति हो रहा है। कुछ न कुछ तो कहना ही होगा, सोचकर उसने कहना शुरू किया, "दिन-काल ऐसा आ गया है कि क्या कहने!" इतना कहने के बाद उसे लगा कि अब और नहीं रोका जा सकेगा। पेशाब की नली पूरी तरह बँध चुकी है। वह 'एक मिन्ट में आया' कहकर कोठरी से बाहर आ गया।

बाहर एक खम्भे की आड़ लेकर बैठ गया बाघा। वही रह-रहकर छुल-छुल टप-टप! जीना दुश्वार कर दिया है इस रोग ने। क्या ही बढ़िया शुरुआत हो चुकी थी बातचीत की! सब गुड़-गोबर। बाघा बैठा-बैठा सोचता रहा कि कोठरी में वापस जाकर बात का सिरा फिर से कैसे पकड़ेगा। उसके दिमाग़ में रह-रहकर एक चिनगारी-सी कौंधती थी: लगता, कोई बड़ी बात आते-आते रह गयी। कोई ऐसी बात जिसका सम्बन्ध न सिर्फ़ बाघा और दक्खिना से, बल्कि पूरी दुनिया से है। ऊँची बात। सदा-सर्वदा सँजोकर रखी जा सकने वाली कोई सीख। गुरु मन्त्र।

जब वह कोठरी में वापस आया तो दक्खिना को चारपाई पर झुका पाया। चारपाई पर एक तरफ़ उपेक्षित पड़ा एक तकिया था। तकिये की खोली पर मयना ने कढ़ाई कर रखी थी। चारों तरफ़ फूल–पत्ती से सजाकर बीच में गोल–गोल सुन्दर अक्षरों में लिखा था— 'आराम हराम है!' बहुत पुरानी बात। सदा–सर्वदा सँजोकर रखी गयी सीख। अब तो फूल–पत्ती के रंग–बिरंगे धागे उधड़ने लगे हैं। दक्खिना झुके–झुके वही कला–कौशल निरिख रहा था। बाघा को देखते ही झट्–से अटेंशन की मुद्रा में आ गया।

बाघा मुस्कराते हुए चारपाई पर आ बैठा। बिना सोचे–समझे ही बोला, "क्यों न तुम यहीं मेरे साथ रह जाते हो? ...देखो, मामला यह है कि अब मेरी उमर भई। तुम मेरे बेटे की भाँत हो। तुम रहोगे तो बाक़ी की जिनगी बोलते–बतियाते कट जाएगी। मुझसे अब पार नहीं लगता। अपने लिए भात बनाना तो दो मुट्ठी चावल मेरे लिए भी डाल देना। इधर मैं कुछ ही दिनों में तुम्हें अपनी सारी विद्याएँ दे दूँगा। अच्छी तरह ट्रेंड कर दूँगा। शास्त्रों में कहा ही गया है, बिना सद्गुरु के ज्ञान प्राप्ति के मार्ग में बहुत विघ्न–बाधाएँ आती हैं। मुझे मेरे गुरु ने बनाया और मैं तुम्हें इलाक़े का सबसे डेंजर चोर बना दूँगा। ये मेरा वादा रहा।"

दक्खिना चुप, भकर–भकर बाघा का मुँह देखता रह गया। उसकी समझ में नहीं आ रहा था कि क्या कहे। अपनी क़िस्मत पर यक़ीन नहीं हो रहा था। बाघा दा ख़ुद कह रहे हैं कि उसे अपना शिष्य बनाएँगे। यह कौन–से जन्म का पुण्य उदित हुआ है! यह वह क्या सुन रहा है! देर तक चुप बने रहने के बाद उसके मुँह से बस यही बोल फूटे— ज़रूर। अहो भाग्य!

गाँव के दरवाज़े पर लिखा था— 'बच्चों से सावधान'।

चोरों को संस्कृत बोलना उचित नहीं।

सुबह की पहली किरण जब जीप पर पड़ी तो आदिग्राम के पेड़-पौधों, जन्तु-जानवरों ने उसे देखा। आश्चर्यचकित हुए। गिलहरी गौरेया को बता रही थी कि उसने ही सबसे पहले जीप को देखा था जब वह रात के आख़िरी पहर यहाँ आकर रुकी थी। सामने के शीशे और बोनट पर शीत की बूँदें चस्पाँ हो गयी थीं। नीचे बिसलेरी की एक ख़ाली बोतल पड़ी थी। उस पर भी शीत की बूँदें और कुछ तिनके चिपके हुए थे। नम्बर प्लेट से एक बूँद टपकने-टपकने को थी। वहीं एक चितकबरा कुत्ता खड़ा था जिसने अभी थोड़ी देर पहले अपनी टाँगें उठाकर टायर को गीला किया था। उसे इसमें बहुत मज़ा आया था। जाने से पहले वह एक बार और ऐसा करना चाहता था।

जीप जहाँ खड़ी थी, वह आदिग्राम का सीमान्त इलाक़ा था। कच्ची सड़क थोड़ी ऊँचाई पर थी और दोनों तरफ़ ढलान पर खेत-बेहार। चारों तरफ़ के खुले में जीप बहुत भयानक लग रही थी। दहशत होती थी कि ये क्या अजूबा है!

जब तक तीनों जीप सवार जीप के पास पहुँचे, तब तक आदिग्राम में ख़बर पहुँच चुकी थी। लोग आकर जीप को देख रहे थे। पहले भी उन्होंने कई दफ़े जीप-एम्बेस्डर देखी है जब कोई नेता या अफसर दौरे पर आता है, लेकिन वे अपने पीछे

गुबार उड़ाती सन्न-से गुज़र जाती हैं। हाइवे पर भी गाड़ियाँ ये जा वो जा! यह पहली बार था जब वे एक लावारिस गाड़ी को देख रहे थे, छू रहे थे, कयास लगा रहे थे। उन्हें अन्दाज़ा नहीं था आने वाले तीन-चार महीनों में ही आदिग्राम में इस तरह की गाड़ियों की आवाजाही कितनी बढ़ जाने वाली है।

कुछ बच्चे बाक़ायदा जीप में चढ़ चुके थे और उसकी गद्दीदार सीट पर धमाचौकड़ी मचा रहे थे। तीनों जीप सवारों ने जब यह नज़ारा देखा, तो जहाँ थे वहीं ठिठक गये। बच्चे उन्हें किसी टिड्डी दल की तरह प्रतीत हुए जिन्होंने एकाएक हमला बोल दिया हो। थोड़ी देर बाद आदेश पाकर शमसुल दौड़ा-दौड़ा जीप तक आया और बच्चों को खींच-खींचकर उतारने में जुट गया। बच्चे खिलखिला रहे थे, पूरा वातावरण उनकी हँसी-किलकारियों से गूँज रहा था। उन्होंने सीट की पुश्त पर लगे रॉड को जकड़ लिया था और भरपूर कोशिश कर रहे थे कि उतरने न पाएँ। शमसुल बच्चों को खींचते हुए गालियाँ भी दे रहा था, लेकिन उन पर गालियों का कोई असर नहीं हो रहा था। वे ज़िद पर अड़े थे। उनकी खिलखिलाहट बढ़ती ही जा रही थी। जिन्हें वह उतारने में सफल हो जाता, दूसरी तरफ़ से फिर कूदकर चढ़ जाते। गाली के जवाब में ज़ोर से खिलखिलाते, चिकोटी काटते, दाँत गड़ा देते, बीच-बीच में गुदगुदी भी कर देते। नीचे जमा लोगबाग हँस रहे थे, तालियाँ बजा रहे थे, शाबाशी दे रहे थे, 'लिहो-लिहो' कर बच्चों का मनोबल ऊँचा कर रहे थे। चितकबरा कुत्ता भी भौंक रहा था।

अब तक बाक़ी के दो लोग भी जीप के पास आ गये। हैट वाले आदमी ने एक हाथ में हैट और दूसरे में सिगरेट दबा रखी थी। दूसरा, जो उससे थोड़ा कम उम्र का और उसका सहायक-सा लग रहा था, अचानक आगे आया और भीड़ में खड़े एक अपेक्षाकृत मरियल-से आदमी को एक ज़ोरदार चाँटा रसीद कर दिया। एकाएक शोरगुल थम गया। सब के सब सकते में आ गये। मरियल आदमी रुआँसा हो गया। अपने गाल को सहलाने लगा। वह भागी मंडल था। उसका इस दुनिया में कोई नहीं था। सब मर-खप गये थे। इस कारण वह उदास रहा करता था। चिन्ता करने के कारण उसके सिर के सारे बाल झड़ गये थे। हाड़-चाम सूख गया था। उदास होकर वह हर शाम जगदीश साहू की भट्ठी पर जा बैठता, भरपेट ताड़ी पीता और डोलता हुआ घर लौटता। अपनी हाँड़ी ख़ुद चढ़ाता और सोच में डूब जाता कि काश कोई होता!

सहायक को जैसे अचानक होश आया कि उसने यह क्या गजब कर दिया, तो

वह डर गया कि कहीं भीड़ उग्र न हो जाए। लेने के देने पड़ सकते हैं! उसने सबसे नज़रें बचाकर हैट वाले आदमी की तरफ़ बेबस नज़रों से देखा। हैट वाला आदमी उसका डर भाँप गया। डर तो वह भी गया था, लेकिन तत्काल यह ज़रूरी है कि वह आगे बढ़कर मोर्चा सँभाल ले।

वह आगे बढ़ा, भागी मंडल के पास आया, उसके कन्धे को सहलाते हुए पूछा, "जानते भी हो कि हम लोग कौन हैं?" फिर वह थोड़ी देर तक चुप बना रहा। इस बीच एक राज़दार मुस्कराहट उसके होठों पर खेलती रही। इस छोटे-से रहस्यमयी पॉज़ के बाद भीड़ को सम्बोधित करते हुए वह तनिक ऊँची आवाज़ में बोला, "इन बच्चों को जीप से उतारने का काम दो मिनिट... बस दो मिनिट में हो जाए। नहीं तो? नहीं तो यहाँ पर जो भी लोग हैं, सब पर पचास-पचास रुपये का जुर्माना। अदायगी नहीं होने पर? ...सीधा जेल!"

सुनकर भीड़ पर जैसे बिजली गिर पड़ी। जुर्माना, जेल— मतलब, मतलब पुलिस। बाप रे बाप! पीछे के कुछेक तो खिसकने की भी तैयारी करने लगे। बाक़ी बचे हुओं ने तुरन्त मोर्चा सँभाल लिया। सुना तो बच्चों ने भी था, कुछ समझ गये थे कुछ भीड़ में मची खलबली ने समझा दिया। एक-एक करके सब उतर गये। दो-चार लोगों ने तो हैट वाले आदमी के पाँव भी पकड़ लिये।

"जाने दो सरकार, बच्चे हैं, नादान। ग़लती हो गयी। माफ़ी दे दो।"

"ठीक है ठीक है!" हैट वाले आदमी ने कहा। भीड़ तितर-बितर हो गयी, लेकिन भागी मंडल वहीं खड़ा रहा। बोला, "मेरा इस दुनिया में कोई नहीं, इसलिए जिस किसी का मन मुझ पर अपनी ताक़त की आजमाइश कर जाता है।"

इतना कहने के बाद अपना गाल सहलाते हुए वह जाने लगा। जाते-जाते उसने सहायक को कैसे तो दुश्मनाना भाव से देखा, मानो कह रहा हो— याद रखूँगा बाबू!

पंचानन हाल्दार इस गाँव के मातब्बर (मुखिया) हैं। बहुत पहले से इस गाँव में उनकी मातब्बरी चलती आ रही है। उन्होंने अपने दरवाज़े के पास एक शिक़ायती बोर्ड लगा रखा है। गाँव में जिसे भी किसी चीज़ की तकलीफ़ होती है, आकर शिक़ायती बोर्ड पर लिख जाता है। जिस दिन कोई नयी शिक़ायत नहीं होती, पंचानन बाबू गाँव का समाचार लिख देते हैं— 'वासुदेव की गैया बियाई है।

दस्तख़त पंचानन हाल्दार, मातब्बर।' अथवा कोई चेतावनी— 'चितकबरा कुत्ता पागल हो गया है। तीन ताड़ वाले रास्ते के पास पड़ा रहता है और आने-जाने वालों को अपना निशाना बनाता है। सो उस तरफ़ जाने वाले राहगीर कुत्ते से सावधान रहें। दस्तख़त पंचानन हाल्दार, मातब्बर।' या फिर कोई आदेश ही—'पहाड़ी मंडल के मँझले लड़के को लकवा मार गया है। गाँव के सभी लोग जाएँ और सहानुभूति जताएँ। दस्तख़त पंचानन हाल्दार, मातब्बर।'

जीप अभी पंचानन बाबू के द्वार पर रुकी हुई है। तीनों जीप सवार चारपाई पर बैठे पंचानन बाबू से बातें कर रहे थे, चाय पी रहे थे। लगभग दो घंटे पहले वे यहाँ आये थे। खाना-पीना आज मातब्बर के यहाँ ही हुआ। हैट वाले आदमी ने अपना परिचय रंजन मजूमदार के रूप में दिया है। सहायक का नाम जतिन विश्वास है। शमसुल को तो पंचानन बाबू पहचानते ही हैं। रंजन मजूमदार ने सुबह की पूरी घटना का विस्तार से वर्णन किया है पंचानन बाबू के सामने। पंचानन बाबू ने गाँव वालों की तरफ़ से माफ़ी माँगी है और उनके ठहरने की व्यवस्था पंचायत घर में की है। रंजन मजूमदार बताता है कि वे एक ख़ास काम से आदिग्राम आये हुए हैं। सरकार ने भेजा है। सरकार मतलब समझते हैं न?

पंचानन बाबू कुछ ख़ास पढ़े-लिखे नहीं हैं, लेकिन दुनियावी अनुभव की उन्हें कमी नहीं। ये कल का छोकरा उनसे पूछ रहा है कि सरकार मतलब वे समझते हैं या नहीं? हे-हे! पंचानन बाबू सब समझते हैं। ऐसा नहीं कि किसी को पकड़ लाया जाए और कहा जाए कि यह व्यक्ति सरकार है सो आज से सभी नागरिकों को इसकी इज़्ज़त करनी चाहिए। सरकार किसी हाड़-मांस के व्यक्ति की तरह कभी इतनी प्रकट नहीं होती कि उसकी दो टूक पहचान सम्भव हो। वह एक ग़ायब चीज़ है, ईश्वर की तरह। या क्या पता सरकार जैसी कोई चीज़ ही नहीं दुनिया में और देश अपनी दिशा-गति का निर्धारण ख़ुद ही करता हो! समझना होगा कि कोई लचर व्यक्ति जो कल तक सबकी जी हजूरी करता हो, अचानक किसी दिन अकड़ जाए, सब पर शासन चलाने लगे, आदेश देने लगे तो इस व्यक्ति को सरकार की शै लग गयी है। जैसे किसी-किसी पर माताजी आ जाती हैं कभी-कभार। लेकिन धुर देहात में ऐसे किसी व्यक्ति को आये दिन साक्षात् देखना सम्भव नहीं, इसलिए यहाँ सरकार मतलब कोलकाता।

"कोलकाता से आये हैं न?" पंचानन बाबू ने हँसते हुए पूछा। "ख़ैर, शमसुल जानता है पंचायत घर का रास्ता। आप लोग जाइए, जाकर थोड़ा आराम कर

लीजिए।'' वे अपनी चारपाई से उठ गये। बाहर जीप के पास फिर से भीड़ आ जुटी थी। पंचानन बाबू को सहसा याद आया। बोले, ''और हाँ, इस गाँव के बच्चों को हल्के में मत लीजिएगा। ज़रा सावधान रहिएगा।'' फिर कवित्त में बोले, ''सावधानी हटी, दुर्घटना घटी।''

गाँव के जो बच्चे सुबह जीप की सवारी कर रहे थे, उनमें निमाई, खोकन, शंकर, राखाल, फटिक, बेला, सद्दाम, बाब्लू, राना, माना व हरिगोपाल प्रमुख थे। उम्र के हिसाब से इनमें सबसे बड़ा फटिकचन्द्र था, तेरह-चौदह साल का। राना-माना सगे भाई थे। माना की उम्र चार साल की थी और वह इस दल का सबसे छोटा सदस्य था। सद्दाम को छुटपन से ही शराब की लत थी। वह हमेशा नशे में डोलता रहता था। इन बच्चों के बीच आजकल रानी रासमणि की कथा बहुत प्रचलित थी। रानी रासमणि की कथा परिमलेन्दु दा ने सुनाई थी। परिमलेन्दु दा को बहुत-सी कथाएँ मुखस्त थीं। वे पंचानन बाबू के बेटे थे। दिन ढलते न ढलते सारे बच्चे उन्हें घेर लेते और वे कोई नयी कहानी शुरू कर देते।

कहानी में एक और कहानी। कथा के पीछे एक दूसरी ही कथा। पहली की पूरक नहीं, एक बिल्कुल ही अलग। इस तरह कथाओं का अनुवर्तन करतीं एक पर एक कई कथाएँ, कि कोई ओर-अन्त ही न सूझता। और कथाएँ भी कैसी? सुनने वाले को एकबारगी विश्वास ही न हो, ऐसी एकदम से अनोखी। कई बार तो लगता, परिमलेन्दु दा अपनी इन कथाओं की अविश्वसनीयता को ख़ुद ही भाँप जाते हैं और जान-बूझकर एक दूसरी कथा के उड़ते रेशे पकड़ने लगते हैं। कहानी कहते हुए ही उनके मुँह में संशय का एक छिछोरा स्वाद घुलने लगता होगा। उन्हें महसूस होता होगा कि सामने वाला उनकी कथा की नंगई अचानक साफ़-साफ़ देखने लगा है। यह एक ऐसी घड़ी होती जब परिमलेन्दु दा बुरी तरह सिहर जाते। सकपकाते हुए वे अपनी कथा की उघड़ी थिगलियों को ढँकते-दबाते अचानक कोई दूर की कौड़ी निकाल लाते। बच्चों को जब तक पता चल पाता कि वे कोई दूसरी कथा कहने लग गये हैं, तब तक बहुत देर हो चुकी होती। बच्चे देखते कि परिमलेन्दु दा के चेहरे पर एक स्निग्ध तरलता तिरने लग गयी है और भावों का आवर्तन बहुत स्वाभाविक ढंग से होने लगा है। कुछ देर बाद बच्चे भूल ही जाते कि उन्होंने उन लोगों के साथ

धोखाधड़ी की है और तत्काल उनकी उस नयी कथा को सुनने लग जाते। ऐसा कई बार होता।

बच्चों को कभी-कभी घोर आश्चर्य होता कि आख़िर उनके पास इतनी कहानियाँ आती कहाँ से होंगी। उन्हें ज़रा भी मोहलत मिलती और वे उन्हें घेरकर बैठ जाते। परिमलेन्दु दा को कभी किसी ने चिढ़ते नहीं देखा। उल्टे कई बार लगता, वे फुर्सत से उनकी राह ताका करते हैं। कभी-कभी कहते कि आज तुम लोगों ने बड़ी अबेर कर दी— आओ, तुम्हें एक नयी कहानी सुनाता हूँ। उनकी हर कहानी नयी होती। राखाल की स्मृति बड़ी तेज़ है। उसने कभी भी यह शिक़ायत नहीं की, कि दादा यह कहानी तो दो साल पहले वैशाख की उस दोपहर सुना चुके हो, जिस दिन जदू घोष की बहन पारुल की शादी हुई थी। एक दिन बहुत साहस कर बाब्लू ने पूछा था— परिमलेन्दु दा, आख़िर तुम इतनी कथाएँ गढ़ कैसे लेते हो? उन्होंने तब एक ही आश्चर्य जवाब दिया था कि जब हिल्सा माछ और गरम भात का थाला उनके आगे होता है तभी बुद्धि जवाब दे जाती है। जितनी देर में सुस्वादु खाना सधता है उतनी ही देर तक उनके मस्तिष्क को विराम मिलता है। बाक़ी बचे सारे समय कथाएँ उनके दिमाग़ में आती ही रहती हैं। कहानियाँ हवा में होती हैं, अराजकता में इधर से उधर रेले मारतीं। ज़रूरत बस उन्हें पकड़कर शब्द पहनाने की है। जैसे रेडियो हवा में उड़ते ध्वनि तरंगों को पकड़ लेता है, ठीक वैसे ही।

उनकी बातों पर बच्चों को शक़ होता, लेकिन वे कुछ कहते नहीं। कहानियाँ कहीं हवा में उड़ती हैं भला! "हमें तो कभी नहीं दिखीं। परिमलेन्दु दा ज़रूर कुछ छिपा रहे हैं।" निमाई कहता है।

"लेकिन जो रेडियो वाली बात उन्होंने कही, उसमें तो सचमुच दम लगता है।" बाब्लू ने कहा।

"हवा में उड़ना एक कहानी थी, रेडियो वाली बात दूसरी कहानी।" यह सद्दाम था। नशे में डोलता हुआ।

"परिमलेन्दु दा ने फिर से हमें धोखा दिया है। एक कहानी की कमज़ोरी को छिपाने के लिए उसमें दूसरी कहानी जोड़ दी।" फटिकचन्द्र ने अपना मन्तव्य दिया।

"अच्छा, अगर वाक़ई कहानियाँ हवा में उड़तीं तो कितना मज़ा आता! हम खेतों की तरफ़ दौड़ते और खुले में कोई कहानी हमारी देह से आ लगती।"

"बहुत ज़माने पहले की बात है। रानी रासमणि एक कहानी में दुखी होकर विलाप कर रही थी और देखो कि वही कहानी आकर देह से सट गयी।"

"रानी रासमणि के आँसू मेरी कमीज़ भिगो गये। इसी दशा में घर जाऊँ तो निश्चित है माँ पीटेगी।"

"सोचेगी कि कपड़ा पहने ही घोष लोगों के पद्द पुकुर में छलाँग मारी है। कहीं डूब जाता तो?"

"रानी रासमणि के दुख में डूबकर मैं भी दुखी हो जाता। रासमणि का पालतू तोता पूछता है कि तुम कौन हो और रासमणि के दुख में दुखी क्यों हो?"

"मैं कहता कि बहुत ज़माने बाद की बात है।" निमाई कहता।

परिमलेन्दु दा से कथा सुनने कभी-कभी निमाई का छोटा भाई ढोढ़ाई भी आ जाता, लेकिन उसकी एक गुप्त बात है। अभी से ही वह बीड़ी पीने लगा था। बहुत ज़माने बाद उसके होंठ काले पड़ने वाले थे। इसलिए वह अपने बड़े भाई से डरता था और दल के बाक़ी बच्चों से शरमाता था। वह एक कथा सुनने के बाद तीन-चार दिन तक गाँव में दिखाई नहीं पड़ता था। घरवालों को इसकी आदत थी। वे निश्चिन्त रहते थे, कि जब उसे फिर कथा सुनने की तलब होती, वह प्रकट हो जाता। उस वक़्त बच्चों के दल में अगर निमाई हुआ तो थोड़ी दूर पर किसी पेड़ की आड़ से कथा सुनता। निमाई यह जान गया था, इसलिए तीन-चार दिन के अन्तराल में वह जानबूझकर कथा सुनने नहीं जाता। जाता भी तो परिमलेन्दु दा से ज़ोर आवाज़ में कथा सुनाने का आग्रह करता, ताकि पेड़ की आड़ में बैठा ढोढ़ाई भी स्पष्ट सुन सके। ढोढ़ाई की सोचकर निमाई दुखी रहता था।

वैसे बच्चे इतने पाजी हैं कि उन्हें शक़ है, परिमलेन्दु दा जब कोलकाता गये थे, तब वहाँ ख़ूब सारा पैसा खरचकर असंख्य गल्पों की कोई मोटी किताब ख़रीद लाये होंगे। रात में जब गाँव के सभी लोग सो जाते हैं, तब एकान्त में कोई कथा मुखस्थ कर लेते होंगे और बाद में बच्चों को सुना देते होंगे। हरिगोपाल ने देखा है, रात-बिरात परिमलेन्दु दा के कमरे से प्रकाश आता है। उनके शक़ की कुछ पुख़्ता वजहें भी हैं। जब कभी वे परिमलेन्दु दा के घर उनकी अनुपस्थिति में कथा सुनने पहुँच जाते, उनका वह दासू नाम का पिद्दी नौकर उन्हें उनके कमरे के इर्द-गिर्द भी फटकने नहीं देता। बच्चों को तत्क्षण उस पर बहुत गुस्सा आता। वह बहुत बूढ़ा है। बाद में दासू के साथ बच्चों की सहानुभूति होती। उसके चेहरे की झुर्रियाँ नमक़ीन

होतीं। वह बरामदे में बिठाकर उन्हें चाय पिलाता। चाय मीठी होती।

वह आश्चर्य किताब एक और जगह हो सकती है। फटिक बता रहा था कि दोपहर बारह बजे के आसपास जब गाँव के लगभग सारे मर्द खेतों पर होते हैं, वह परिमलेन्दु दा को अक्सर घोष लोगों के बगान की तरफ़ जाते देखता है। घोष लोगों के बगान में घने-आम लीची के पेड़ों से दिन के वक़्त भी ठंडा अँधेरा छन रहा होता है। चौबीसों घंटे झींगुर की चिर्र-चिर्र! चारों ओर मच्छरों की भिनभिनाहट का साम्राज्य। फिर ऊँची-घनी घास-झाड़ियाँ, वन-लताएँ और उनके बीच कित्-कित् खेलते साँप-छछूँदर। बिना काम कोई उस तरफ़ जाने की हिम्मत नहीं करता।

बगान के पूरब कोने में थोड़ी साफ़-सफ़ाई है और दायीं तरफ़ उसी से लगता घोष लोगों का विशाल पद्द पुकुर। बगान और पद्द पुकुर के बीच जो थोड़ी-सी जगह निकलती है, वहाँ है घोष लोगों की पुरानी कोठी, जिसके आगे का अहाता जर्जर और टूटा-फूटा है। दल में कुछ बच्चों का विचार था कि हो न हो सबसे आँख बचाकर परिमलेन्दु दा ने उस किताब को इन्हीं मलबों में कहीं दबा रखा है और दोपहर में जब कोई उन्हें देखने वाला नहीं होता, चुपचाप आकर कहानी पढ़ जाते हैं। यह भी हो सकता है कि परिमलेन्दु दा ने किताब मलबों में न रखकर बगान में कहीं छिपा दी हो। यह सोचकर फटिकचन्द्र ने यह प्रस्ताव रखा कभी सब लड़के दल बाँधकर बगान से होते हुए उन मलबों की तरफ़ जाएँगे। एक साथ जाने से डर भी नहीं लगेगा और काम भी शीघ्रता से निबट जाएगा।

फटिकचन्द्र के इस प्रस्ताव पर सभी ख़ुश हुए सिवाए निमाई के। दरअसल निमाई सोचता है कि अपने ग़ायब दिनों में ढोढ़ाई घोष लोगों के बगान में ही छिपकर रहता है। वहाँ उसे कोई देख नहीं सकता कि वह बहुत ज़माने पहले से बीड़ी पीता आ रहा है। उसने किसी घने पेड़ को अपना ठिकाना बना लिया होगा, या किसी ऐसे खन्दक को जो घास-झाड़ियों के घने में दूर से समतल दिखता हो। अपने निविड़ एकान्त में वह बेतरतीब हो सकता है। खँगालकर अपनी धोती फैला दी हो और नंगे ही ज़मीन पर पड़ा बीड़ी पीता हो। ऐसे में यदि बच्चों का दल बगान में चला गया तो वह उदास होकर ठिकाना बदलने के लिए बाध्य होगा। छिपने का ठिकाना बदलना सिर्फ़ पेड़ या खन्दक बदलना नहीं होगा। हो सकता है तब वह पृथ्वी का कोई ऐसा कोना चुन ले जो निमाई और उसके घरवालों की सोच से बाहर का हो। ऐसे में ढोढ़ाई का हमेशा के लिए ग़ायब हो जाने का ख़तरा है।

जब वह ग़ायब होता है, पृथ्वी पर किसी ख़ास जगह एकदम खुले में होता

होगा। वहाँ का कोई स्थानीय व्यक्ति यदि उसे पहचान ले तो उसे पुनः जगह बदलनी पड़ सकती है। इस तरह बार-बार जगह बदलकर इस भरी-पूरी दुनिया में अपनी शिनाख़्त करवाता वह चाहे तो अत्यन्त लोकप्रिय हो सकता है। ...लेकिन उसके ग़ायब होने का कोई पंचांग नहीं था। जब उसका प्रकट और ग़ायब होना सूर्योदय और सूर्यास्त की तरह विश्वसनीय हो जाएगा, तब कुछ व्यापारी उसका उद्योग करेंगे। फ़िलहाल सिर्फ़ सट्टा किया जा सकता है कि ढोढ़ाई कब प्रकट होगा।

बच्चों के दल में एक लड़की बेला भी थी। दोढ़ाई की तरह उसकी भी एक गुप्त बात है कि वह अपने माता-पिता और भाई की निगाह में पूरी तरह अदृश्य हो चुकी है। बात यह है कि जब वह पैदा होने वाली थी, न सिर्फ़ उसके पिता वामन सरकार, बल्कि माँ भी यही चाहती थी कि उसे बेटा हो। जब दायी उसकी जचगी करवा रही थी, वामन सरकार कमरे के बाहर बेचैनी से चहलक़दमी कर रहा था। बीच-बीच में कमरे की खिड़की से झाँककर पूछता, "हुआ?"

दायी बोली, "अभी नहीं।"

"और कितनी देर लगेगी?"

"देख ही रहे हो खाली नहीं बैठी। नाल अटक गया है। ओह, तुम जाते क्यों नहीं?"

वह फिर से बाहर टहलने लग पड़ता। कमरे से पत्नी की चीख-पुकार, हाय-तौबा की आवाज़ें आती रहीं, लेकिन उसके तो कान लगे थे बच्चे की रुलाई पर। रुलाई की आवाज़ जैसे ही कानों में पड़ी, उससे रहा न गया। वह दौड़ा-दौड़ा कमरे में गया और मारे ख़ुशी के लगभग चीख पड़ते हुए पूछा, "हुआ?"

दायी ने कहा, "हाँ हुआ। बधाई हो!"

"नहीं हुआ।" बिस्तरे पर निढाल पड़ी पत्नी ने कहा तो वामन सरकार ने दायी की गोद में पड़े बच्चे की टाँगों के बीच देखा। देखकर उदास हो गया।

इस तरह बेला अपनी पैदाइश के समय से ही अपने माँ-बाप की उपेक्षा की शिकार रही। यहाँ तक कि उन्होंने उसका कोई नाम भी न रखा। जब भी उसे पुकारना होता, कहते, "ऐ लड़की!" बाप उसे बात-बात पर पीट देता और माँ भी

कच्ची उमर से ही उससे घर के सारे काम करवाने लगी।

कुछ सालों बाद जब उसकी माँ फिर से गर्भवती हुई तो वामन सरकार ने घर में गौरांग महाप्रभु की पूजा रखवाई कि न सही तब, इस बार उसे बेटा हो। बेटा ही हुआ। दोनों की ख़ुशी का ठिकाना न रहा। वामन सरकार ने हाड़ू घोष से कर्ज लेकर पूरे गाँव को खिलाया, बाम्हनों को दान दिया।

जैसे-जैसे बेला का भाई बड़ा होता गया, उसे ही लेकर पति-पत्नी की मशरूफियत बढ़ती गयी। बेला घर के काम-काज निबटाकर अब अपना ज़्यादातर समय घर के बाहर-बाहर रहकर बिताने लगी। यही वह समय था जब उसकी दोस्ती गाँव के दूसरे उसके हमउम्र लड़कों फटिकचन्द्र इत्यादि से हुई। पहले पहल तो फटिकचन्द्र एंड कम्पनी ने लड़की होने के कारण उसे अपने से दूर-दूर रखा, लेकिन जब एक दिन बेला ने उन्हें अपनी कथा सुनाई तो फटिकचन्द्र पिघल गया। कहा कि तुम जब चाहो आकर हमारे साथ खेल सकती हो। निमाई ने कहा कि हम तुम्हें वे सारे खेल सिखा देंगे जो लड़के खेलते हैं। सबने कहा कि हर दल में एक लड़की का होना ज़रूरी होता है। सबने कहा कि बिनु घरनी घर भूत का डेरा।

लड़कों ने जब उससे उसका नाम पूछा तो वह बोली, ''मेरा कोई नाम नहीं।''

''ऐसा कैसे हो सकता है? सबका कुछ न कुछ नाम होता है।'' शंकर ने आश्चर्य से कहा। माना तो यह सोचकर ही हँसने लगा कि दुनिया में एक ऐसी लड़की है जिसका कोई नाम नहीं। जब राना ने उसे डाँटा तो वह चुपा गया।

बेला ने स्पष्ट किया कि उसके माँ-बाप ने कभी उसके लिए इतना समय भी नहीं निकाला कि सोच-समझकर उसे कोई नाम दें। कहा कि नाम देना बहुत प्यार का काम है। जिसे हम प्यार करते हैं उसे कोई नया नाम देते हैं, जैसे जान जानू जानेमन!

फटिकचन्द्र ने उसे दिलासा देते हुए कहा, ''मन थोड़ा न करो, हम अभी तुम्हारे लिए एक सुन्दर-सा नाम खोजते हैं।''

सब अपने दिमाग़ पर ज़ोर डालकर उसके लिए किसी नाम की तलाश में लग गये। सबके लिए ज़िन्दगी में यह पहला अवसर था जब उन पर कोई ऐसी ज़िम्मेदारी का काम आन पड़ा था। वे अगल-बगल निगाह डालते तो कुछ-न-कुछ दिख जाता— सूरज, इमली का पेड़, धरती, सूरज, आसमान, राखाल की लाल कमीज़, टुटही छड़ी, फिर सूरज, सफ़ेद-नीली हवाई चप्पल; लेकिन उनमें ऐसा कुछ भी नहीं था जो उनके काम आता। अतीत की कोई ऐसी याद भी न थी जो इस मामले में उनकी मदद करती। उन्हें जो कुछ करना था, अभी करना था, अकेले

अपने दम पर। एक ऐसा अजूबा नाम खोजना था जो किसी सचमुच की लड़की के लिए हो।

"मोती नाम कैसा रहेगा?" बाब्लू ने पूछा।

"नहीं, यह कुत्तों का नाम है।" हरिगोपाल ने यह नाम खारिज कर दिया।

"कजरी?"

"यह गाय का नाम है।"

यह सब सुनकर बेला और उदास हो गयी। बोली, "हाय हाय, इस जहान में गाय-भैंस, कुत्ते-बिल्लियों के भी नाम होते हैं। लेकिन मुझ अभागी का कोई नाम नहीं।"

"आज से तेरा नाम है शबनम। प्यार से हमलोग तुझे शब्बो कहेंगे।" नशे में डोलता सद्दाम ने जैसे फ़ैसला सुनाया।

"अबे यह हिन्दू है, शबनम एक मुसलमानी नाम है। शबनम, फातेमा, रोक्शाना इत्यादि।"

"तो ठीक है, तुमलोग इसके लिए नाम सोचो, यह काम मैं नहीं करता, क्योंकि मैं मुसलमान हूँ।" कहते हुए सद्दाम चुप हो गया।

लड़की ने फिर कहा, "हाय-हाय, मुझ अभागन...!"

"तुम थोड़ी देर के लिए अगर रोना-धोना बन्द करो तो हमें कोई नाम सूझे। लड़का होती तो यह उतनी मेहनत का काम नहीं होता, दुनिया में लड़कों के कितने सारे नाम हैं! यहाँ तक कि जनाना लोगों को भी लड़कों के नाम से जाना जाता है, जैसे गोपाल की माँ, पुण्य की बुआ या सुप्रकाश की बहन!" फटिकचन्द्र ने कहा।

"चन्दू की चाची।" सद्दाम बड़बड़ाया।

"तुम फटिक दा से ब्याह कर लो तो हम तुम्हें फटिक बहू कहेंगे।" अबोध माना बीच में टपका तो फटिकचन्द्र शरमा गया।

"बेला नाम कैसा रहेगा?" निमाई ने सुझाया तो फटिक ने जल्दी से हामी भर दी, ताकि 'फटिक बहू' वाली बात पुरानी पड़ जाए।

इस तरह बेला का नाम बेला पड़ गया। आदर से सब उसे बेला देवी कहते।

बेला का बाप वामन सरकार नलहाटी बाज़ार में टिकुली-सेंदुर का ठेला लगाता था। आलता, 'टिप-टाप' कुमकुम, महावर-मेहँदी, हेयरबैंड, क्लिप इत्यादि। गरदन बैठाकर मोटी आवाज़ में 'ऐं, आल्ता-सेन्दुर' की हाँक लगाता अलस्सुबह जो निकल पड़ता तो सूरज डूबने के बाद लौटता। अब जब कभी वह आता और बेला

घर पर हो, तो भी उसे बेटे की ही फिक्र होती। वह बेटे को देखते ही उसे गोदी में उठा लेता, पुचकारता-प्यार करता, कहता चन्दा है तू मेरा सूरज है तू! कभी उसके लिए खिलौने लाता तो कभी कपड़े-मोज़े। बाज़ार से मुग़लई पराँठा या कीमा-रूमाली रोटी बँधवा रहा होता तो बेला को अक्सर भूल जाता। खाने पर सब साथ-साथ बैठे होते, वह अपनी पत्नी को छेड़ बैठता, भूल जाता कि न सही उसका बेटा, बेला अब बड़ी हो चुकी है।

इस प्रकार बहुत धीरे-धीरे बेला अपने घरवालों के लिए अदृश्य होने लगी। पहली बार इसका पता उसे तब चला जब एक दोपहर वह खाट पर लेटी थी कि पोखर से नहाकर उसकी माँ कोठरी में आयी और दरवाज़ा भिड़ाकर अपने कपड़े बदलने लगी। इतवार होने के कारण वामन सरकार उस दिन घर पर ही था। गीले कपड़ों में लिपटी पत्नी को देखा तो उससे छेड़छाड़ करने, गुदगुदाने लगा। उसकी माँ खिलखिलाकर हँसती दोहरी होने लगी और इधर वामन सरकार उसकी देह से एक-एक कर सारे गीले कपड़े उतारकर फेंकने लगा। यह सब देखकर बेला अचकचाकर खटिये पर से उठ बैठी। खटिये की बान पर रखा लोटा उसके पैर से टकराया और ज़मीन पर गिरकर बजा तो दोनों ने चिहुँककर देखा। माँ ने फुसफुसाकर कहा, ''शायद बिल्ली होगी। तुम रुको मत।''

वाक़ई उन्होंने वहीं दो बित्ते की दूरी पर बैठी बेला को नहीं देखा। उस रात जब सब खाने पर बैठे तो बेला ने अपनी उपस्थिति जताने की गरज से बेवजह खाँसना शुरू कर दिया। वह खाँसते-खाँसते बेहाल हो गयी लेकिन किसी ने उस पर ध्यान नहीं दिया। वामन सरकार और उसकी पत्नी किसी बातचीत में मशगूल चपड़-चपड़ खाते रहे। बेला उठी और वहीं पास में सोये पड़े अपने भाई के गाल पर कस के एक तमाचा जड़ दिया। भाई उठकर रोने लगा। माँ ने उसके मुँह में अपना स्तन ठूँसते हुए वामन सरकार से कहा, ''ज़रूर कोई बुरा सपना देख रहा होगा।''

बेला को जब पूरा यक़ीन हो गया कि अपने माँ-बाप-भाई के लिए वह अब अदृश्य हो चुकी है, तो उसकी ख़ुशी का ठिकाना न रहा। अगले कुछ दिन वामन सरकार और उसकी पत्नी के लिए कठिन बीते। रात के निभृत अकेलेपन में वे एक दूसरे में समा ही रहे होते कि एकाएक बरतनों से सजी आलमारी ज़मीन चाटने लग पड़ती। वामन सरकार की कमीज़ें पोखर किनारे मिट्टी-कादो में सनी मिलती तो उसकी पत्नी अपने बालों में हिमताज तेल लगाने के बाद पाती कि शीशी में तेल की जगह आलता थी। नन्हें बच्चे के पोंतड़े अक्सर चूल्हे में या छानी पर रखे मिलते तो

रविवार की दोपहर भात-नींद लेता वामन सरकार की नाक में गोबर की दुर्गन्ध बस जाती।

लेकिन यह सब शुरुआती दिनों का ही रोमांच था जिसके चुक जाने में ज़्यादा वक़्त नहीं लगा। कुछ ही दिनों में बेला को घर के लोगों द्वारा उसे न देखा जाना अभिशाप जैसा लगने लगा है। उसे अफ़सोस होता है कि काश एकदम पहले ही दिन, जब उसकी माँ पोखर पर से नहाकर आयी थी, वह शोर करने लगती। उसके माँ-बाप भले ही न देख पाते, लेकिन शोर सुनकर इकट्ठा हुए पड़ोसी उसे ज़रूर देख लेते। तब उसके माँ-बाप पर भी ज़ाहिर हो जाता कि वह इनके लिए अदृश्य हो चली है। ऐसे में उसे लेकर वे किसी ठोस नतीजे तक तो पहुँच ही सकते थे।

अब जब कभी गाँव में किसी औरत पर माताजी आतीं, वह अपने बाल बिखराकर, आँखें लाल कर अंट-शंट बकने लगती, तो भले ही गाँव की दूसरी औरतें उससे डरतीं, मरद-मानुष ओझा-गुनी को बुलाकर झाड़-फूँक करवाने की सलाह देते, लेकिन परदे के पीछे उस औरत का क्या दर्द है इसे बेला अच्छी तरह समझने लगी। दाँत पीसती, गरदन को झटके देती वह औरत कल तक गाँव की सबसे नेक बहू, सबसे नेक पत्नी, सबसे नेक माँ या बेटी होती जो दिन-रात काम करती, सुख में दुख में सदा-सर्वदा हँसती रहती। अचानक उस पर माताजी की सवारी हो जाती है तो वह चीखने लगती है, झोंटे को मुट्ठी में भर-भरकर नोंचने लगती है, फाँय-फाँय साँस छोड़ती है और उसे अपने कपड़े-लत्ते का भी होश नहीं रहता। जिन्होंने कभी उसकी परछाईं तक न देखी, आज गाँव भर के लोग उसके दर्शन को आते हैं, उससे डरते हैं, डरते-डरते कोई अच्छत-रोली, जवाकुसुम का फूल चढ़ाता है, गंगाजल छींटता है तो कोई तीसी का तेल और दस पइसी-बीस पइसी जिसकी जितनी औक़ात। कोई कोई अठन्नी-रुपया भी चढ़ाता है और लेटकर प्रणाम करता है। यह सब देखकर उस औरत में एक बहक समा जाती है। वह मन ही मन सोचती है कि आज सबको मज़ा चखाएगी, कहाँ गयी वह लाल्टू की माँ जो हमेशा 'बाँझ है बाँझ है' कहकर उसका मज़ाक उड़ाती थी! उसे लगता है कि अब तक उसके भीतर जो बन्द-बन्द सा पड़ा था, आज मुक्त होकर गरगर बहने लगा है। वह हल्की हो गयी है, पंख जितनी हल्की। बेला समझने लगी है कि मरदों को नहीं, औरतों को ही क्यों बीच-बीच में यह शय लग जाती है।

बेला धीरे-धीरे बड़ी होने लगी है। जब वह ब्याह करने जितनी बड़ी हो जाएगी, कोई शुभचिन्तक पड़ोसी वामन सरकार को टोकेगा कि लड़की ताड़ की

तरह लम्बी हो गयी है, उसके ब्याह की फिक्र करो। तब बेला का अपने माँ-बाप की नज़रों में पुनर्वास होगा। तब अचानक उसके माँ-बाप बूढ़े तथा भाई गबरू जवान हो जाएगा।

शाम के झुटपुटे में खंडहर के सामने एक रिक्शा आकर रुका। बाघा उस वक़्त खंडहर की बाहरी दीवारों पर लगी काई खुरच रहा था। रिक्शा की झड़ाँग-झड़ाँग जैसी आवाज़ से बाघा ने चौंककर देखा। दक्खिना आ गया था उसके साथ रहने। बाघा खुरपी फेंककर रिक्शे के पास आ गया। दक्खिना की गोद में रखी अटैची और पोर्टेबल टीवी उतारने में मदद की। रिक्शे के फुटबोर्ड पर टीवी के लिए एक एसिड बैटरी और लाल-पीले तार क्लिप वग़ैरह तमाम जन्तर जमाकर रखे गये थे। इन सबको रिक्शे वाले की मदद से बाघा ने उतारा। अन्त में ख़ुद उतरे दक्खिना मोशाई। सिर पर लाल टोपी और आँखों पर काला चश्मा। पीले रंग की जैकिट। जूते, बेल्ट। गले में बिलाची से गूँथी गेंदे की माला। पूछने पर पता चला कि यहाँ आते समय साथियों ने फेयरवेल दिया है।

बाघा को यह तामझाम कुछ पसन्द न आया। ये सारी चीज़ें बाघा और दक्खिना जैसे लोगों के लिए हरगिज नहीं बनाई गयीं। वे हुए समाज में छिपकर रहने वाले लोग, जबकि ये सारी चीज़ें लोगों को उजागर करती हैं। आँखों पर चढ़ाती हैं। जिस समाज में ज़्यादातर लोग पैदल चलने वाले हों, उसमें रिक्शा पर चलना, जहाँ लोग मनोरंजन के लिए साल-साल भर जात्रा-नौटंकी की प्रतीक्षा करते हों वहाँ टीवी-रेडियो रखना और नंग-धड़ंगों के बीच भर बाँह की कमीज़-जूते गाँठना सहज ही आँख में चुभने वाली बातें हुईं। तिस पर पीले जैसे चटख रंग की जैकिट। बाघा और दक्खिना जैसे लोगों को तो कम से कम मुरादें पालनी चाहिए। कम से कम कपड़े, कम से कम साज-सिंगार। उन्हें किसी भी तरह प्रकट नहीं होना चाहिए। दिन में नहीं, रात में निकलना चाहिए जब कोई देखने वाला न हो। वे लोगों की निगाह में जितना ग़ायब रहेंगे, उतना ही ठीक। यहाँ तक कि बोलने-बतियाने में भी उन्हें कम से कम और जहाँ तक हो सके जाने-पहचाने शब्दों का इस्तेमाल करना चाहिए। दक्खिना बात-बात पर जो संस्कृत उवाचने लग जाता है, वह उनकी तरह के लोगों के लिए एकदम सूटेबल नहीं।

बहरहाल बाघा और दक्खिना साथ-साथ रहने लगे। दक्खिना की ट्रेनिंग पहले दिन से ही शुरू हो गई। दोनों दिन भर छिटपुट काम करते, खाते-पीते और सोते रहते। रात होते ही निकल पड़ते फील्ड में। बाघा उसे अपने साथ ही रखता। धन्धे की छोटी-छोटी बारीकियाँ समझाता और विषम परिस्थितियों से बेदाग़ बच निकलने के टैक्टिस बताता। उसने दक्खिना को कुछ मन्तर भी मुखस्थ करवा दिये थे। खुले में कभी-कभी वह उन मन्तरों का परीक्षण कर उसे दिखलाता। निष्कर्ष निकालता। कुछ विद्याएँ ऐसी थीं जिन्हें जिस रूप में उसने चंडी गुरु से सीखी थीं, उसी रूप में दक्खिना को सिखा दीं। लेकिन कुछ विद्याएँ थोड़े सुधार की गुंजाइश रखती थीं। उन्हें अपने अर्जित ज्ञान व अनुभवों के बूते थोड़ी हेर-फेर के साथ दक्खिना को सिखाना पड़ा। दरअसल विद्याएँ तो देशकाल सापेक्ष होती हैं। चंडी गुरु के टाइम में ज़माना कुछ और था। आज दुनिया में विज्ञान की इतनी तरक्की के बाद ज़ाहिर है कुछ विद्याएँ अपने मूल स्वरूप में उतनी कारगर नहीं रहीं। फिर कई विद्याएँ ऐसी दुर्लभ थीं कि उनका प्रयोग आये दिन सम्भव नहीं हो पाता। ऐसी विद्याएँ भूल न जाए इस डर से बाघा ने एक पोथी में मयना के हाथों दर्ज करवा रखी थीं। दक्खिना प्राण-पण से उसके अध्ययन में जुट गया।

गाँव में सिर्फ़ सत्ताईस लोग ग़रीब हो सकते हैं।

यह पगडंडी सीधे अमेरिका ले जाएगी न?

आज बुधवार है। पंचानन हाल्दार के दुआर पर लोगों की भीड़ लगी है। प्रत्येक बुधवार को पंचानन बाबू के यहाँ राशन की दुकान लगती है। राशन कार्ड धारकों को सरकारी दर पर गेहूँ, दाल, चीनी आदि मिलता है। कभी-कभी कॉपी, साबुन और बिस्किट भी। केरोसिन तेल के लिए अलग कार्ड बनता है। पंचानन बाबू कार्ड देखकर पर्ची बनाते हैं और फिर लोगों को अपना गैलन लेकर पास ही नीम के पेड़ के नीचे बैठे बूढ़े दासू के पास जाना होता है। वह पर्ची पर पंचानन बाबू का घसीटू अक्षर देखकर सामने वाले को कभी डेढ़ लीटर, कभी दो लीटर केरोसिन माप देता है। इसी तरह गेहूँ, दाल, चीनी के लिए नीम के पेड़ के पास ही बनी कोठरी तक जाना होता है और पल्टू को पंचानन बाबू वाली पर्ची देनी पड़ती है।

पंचानन बाबू एक ऊँची चौकी पर बैठते हैं जिस पर एक महँगी दरी बिछी होती है। चौकी के ऊपर सामने की तरफ़, जहाँ लोगों को लाइन में खड़ा होना होता है, उन्होंने एक और दराज़ों वाली छोटी चौकी रखी होती है, जिस पर क़लम, दावात, बही-खाता इत्यादि होता है। दराज़ को गल्ले की तरह इस्तेमाल किया जाता है।

गाँव में सत्ताईस लोग ऐसे हैं जिन्हें बी.पी.एल. कार्ड मिला हुआ है। ये लोग ग़रीबी रेखा से नीचे के लोग हैं। इन लोगों को दूसरों की अपेक्षा सस्ते दर पर राशन

मिलता है। जिनके पास बी.पी.एल. कार्ड होता है, वे सरकारी ग़रीब हैं और जिनके पास यह कार्ड नहीं है, सरकार उन्हें अमीर मानती है। इसे लेकर पिछले साल चैत में काफी हो-हल्ला हुआ था। दयाशंकर माइती के बेटे रघुनाथ ने कुछ लोगों को बटोरकर नलहाटी में एस.डी.ओ. के कार्यालय का घेराव कर दिया था। उससे पहले वे पंचानन बाबू के दुआर पर भी आये थे और शिक़ायती बोर्ड पर लिखकर यह माँग की थी कि पंचानन बाबू उन सबके लिए भी बी.पी.एल. कार्ड जारी करें। उनका कहना था कि चूँकि वे भी ग़रीब हैं, इसलिए सरकार को उन्हें ग़रीब मानने में कोई दिक़्क़त पेश नहीं होनी चाहिए। पंचानन बाबू मातब्बर हैं, इसलिए उनका फ़र्ज़ बनता है कि वे जाकर सरकार को बताएँ, उनके गाँव में सिर्फ़ सत्ताईस लोग ही ग़रीब नहीं हैं।

पंचानन बाबू की समझ में नहीं आया, इस झमेले का निबटारा कैसे किया जाए? सरकार से वे भी उतना ही अपरिचित थे, जितना कि रघुनाथ या भीड़ में शामिल दूसरे लोग। सरकार का घर कहाँ है, कोलकाता में? नयी दिल्ली में? या कि कहीं और?

ऐसे में पढ़े-लिखे परिमलेन्दु दा ने बड़ी मुश्किल से उन लोगों को समझाया कि बी.पी.एल. कार्ड जारी करने का अख़्तियार पंचायत को नहीं, न बी.डी.ओ. को है। सचाई तो यह थी कि इसमें एस.डी.ओ. भी कुछ नहीं कर सकता था। लेकिन लोगों की पहुँच ज़्यादा से ज़्यादा एस.डी.ओ. तक ही थी। इसलिए तय हुआ कि नलहाटी बाज़ार चलकर एस.डी.ओ. के कार्यालय का घेराव किया जाए। रघुनाथ ने यह माँग रखी कि चूँकि पंचानन बाबू मातब्बर हैं, सो घेराव करने उन लोगों के साथ वे भी चलेंगे। पंचानन बाबू की शमूलियत से उन लोगों की बातों में वजन आ जाएगा। अन्ततः पंचानन बाबू को ही नहीं, परिमलेन्दु दा को भी घेराव में शामिल होना पड़ा।

एस.डी.ओ. दुनिया देखे हुए था, अनुभव की उसे कमी न थी। आँखों पर मोटे काँच का चश्मा पहनता था, छोटा सिर, साधी माँग निकालता था। सफारी सूट पहने हुए था, जो ज़रा भी छोटा-बड़ा नहीं था, एकदम चुस्त। उसके चेहरे के इर्द-गिर्द बनने वाली हवा यही कहती थी— 'यह मैं हूँ!' भीड़ को कैसे क़ाबू में लिया जाए, यह उसे भली-भाँति पता था। उसने अपने कार्यालय से बाहर निकलकर बहुत ही विनम्रतापूर्वक लोगों को समझाया कि वे लोग फ़िक्र न करें, वह जल्द ही जिला मजिस्ट्रेट तक उनकी बात ले जाएगा। लोगों को यक़ीन हो गया कि वह जनता का हितैषी है और उसके रहते चिन्ता की कोई बात नहीं।

एस.डी.ओ. बचपन में नेता बनने का सपना देखा करता था, लेकिन आर्थिक तंगी

की वजह से उसे नौकरी करनी पड़ी। अब भी जब कभी उसे मौक़ा मिलता है, सामने चाहे बिलाई का बच्चा ही क्यों न हो, वह उसे भाषण देकर विस्तार से समझाने की कोशिश करता है। लोगों को अपने कंट्रोल में आता देख एस.डी.ओ. को अपने वाक्-चातुर्य पर गर्व हुआ। उसने मन ही मन सोचा, यह भाषणबाज़ी का अच्छा मौक़ा मिला। खँखारकर उसने कहना शुरू किया, "दोस्तो, यह बहुत ही गम्भीर मसला है और सरकार को इसे गम्भीरतापूर्वक लेना चाहिए! मेरा कहना है कि लोगों को उनका हक़ किसी भी क़ीमत पर मिलना चाहिए। लेकिन दोस्तो, सचाई यह है कि जिला मजिस्ट्रेट के हाथ में भी यह मामला नहीं। उन्हें भी, सोचिए एक जिला मजिस्ट्रेट को भी, इसके लिए कलकत्ता से मुहर लगवाना होगा। इसे कहते हैं कठपुतली सरकार! सचाई यह भी है दोस्तो कि राज्य सरकार के हाथ में भी यह मामला नहीं। अब आप पूछेंगे कि एस.डी.ओ. साहब, तब किसके हाथ में है! भइया, सीधा केन्द्र से आर्डर आता है कि एक गाँव में कुल कितने ग़रीब होने चाहिए। आई बात समझ में? ...तो कलकत्ता से काग़ज़ पहले दिल्ली जाएगी। दिल्ली कितनी दूर है, आप सब जानते हैं! ट्रेन से दो दिन का रास्ता है। पहले तो इतनी जल्दी टिकट ही नहीं मिलती। फिर क्या पता दिल्ली से भी काग़ज़ कहीं और भेज दिया जाए मुहर लगवाने के लिए! इसे कहते हैं कठपुतली...। तो फिर इन सबमें थोड़ा टाइम लगेगा। लेकिन भाइयो और बहनो, दिल्ली दरबार में देर है पर अँधेर नहीं। ...ख़ैर, अब जब आप लोग मेरे पास आ ही गये हैं तो मेरा फर्ज़ बनता है कि मैं आप सबको निश्चिन्त करूँ! धन्यवाद।"

लेकिन जाते-जाते एस.डी.ओ. ने एक और चाल चल दी। उसने पंचानन बाबू से सबके सामने पूछा कि बी.पी.एल. कार्ड क्या सचमुच के ग़रीबों को मिला है?

"सचमुच के ग़रीब? ...मतलब झूठमूठ के ग़रीब भी होते हैं क्या?" प्रतिप्रश्न किया परिमलेन्दु हाल्दार ने।

"नहीं, मेरा मतलब कहीं वे काग़ज़ी ग़रीब तो नहीं हैं?"

"नहीं, सब हाड़-मांस के हैं।"

एस.डी.ओ. ने परिमलेन्दु दा को एक बार तेज़ नज़रों से घूरा, फिर रघुनाथ से पूछा कि जिन लोगों को बी.पी.एल. कार्ड मिला है, क्या गाँव में ऐसे लोग नहीं हैं जो उन सत्ताईस लोगों से भी ज़्यादा ग़रीब हैं? सबने देखा कि एस.डी.ओ. साहब ने रघुनाथ के कन्धे पर हाथ रखा।

"तो सबसे पहले तुम्हें इस बात की फ़िक्र होनी चाहिए कि गाँव में सबसे ग़रीब

सत्ताईस लोग कौन हैं?"

"हजूर, गाँव में सात सौ से ज़्यादा लोग ग़रीब हैं।"

"सात सौ नहीं, सत्ताईस। अगर सत्ताईस बी.पी.एल. कार्ड हैं तो ये गाँव के सबसे ग़रीब लोगों को मिलने चाहिए। पता करो, फिर बताओ। सबसे ग़रीब लोगों की लिस्ट बनाओ, मुझसे मिलो। अकेले भी आ सकते हो, साथ में ये बारात लाने की ज़रूरत नहीं।"

बड़े झमेले की बात है। ग़रीब आदमी आख़िर कहते किसे हैं? फिर ग़रीब में भी ज़्यादा ग़रीब कौन? जिसके पास रुपये-पैसे न हो, ताड़ के पेड़ न हों, गाय-भैंस-बकरी और हंस-बत्तख-मुर्गी न हों। पहनने के लिए कपड़ा, रहने के लिए घर, खाने के लिए रोटी न हो। ऐसे लोगों की गाँव में कमी नहीं। दो-दो दिन तक भूखे रहने वाले एक टाइम किसी भी तरह से रोटी का जुगाड़ कर लेने वालों से ज़्यादा ग़रीब हुए। फिर जिसके घर में पत्नी हो, बच्चे हों, और वे सब भूखों मर रहे हों तो वे और भी ज़्यादा ग़रीब कहलाएँगे। मजदूरी के लिए निकले तो मजदूरी कभी मिले, कभी न मिले। सिर पर दुनिया भर का कर्ज़ हो, सूद बढ़ता ही जा रहा हो, महाजन की निगाह घर की बहू-बेटियों पर हो। रोज़ अपमान का कड़वा घूँट पीना पड़े। इससे भी ज़्यादा ग़रीब वह जिसकी पत्नी या बच्चों में से कोई बीमार हो, ख़ून की कमी ख़ून की उल्टियाँ एनीमिया निमोनिया। दवा-दारू का साधन नहीं, सरकारी अस्पताल में जाएँ तो डॉक्टर उन्हें भगा दे— जाओ भागो यहाँ से, अंटी में कौड़ी नहीं मुँह उठाये चले आते हैं, गेटाउट! या कहे कि ऑपरेशन की ज़रूरत है शहर के अस्पताल में ले जाओ, फौरन। कहीं ढूँढने, रोने-गिड़गिड़ाने से भी कर्ज़ न मिले, गिरवी-बन्धक रखने को घर में टूटे बरतन तक न बचे हों। ऑपरेशन के लिए दस हज़ार रुपये शाम तक नहीं जुटा सके तो पत्नी मर जाए, बच्चे अनाथ हो जाएँ। बिना माँ के बच्चे गाँव-देहात में यों ही छुट्टा घूमें, ग़लत संगत में पड़ जाएँ, चोरी करें डाका डालें, पुलिस की मार पड़े, जेल हो जाए, सज़ा-ए-मौत। गाँव में जिन्हें कहीं किसी के घर या खेत पर काम न मिले, जैसे हरिजन हों या ईसाई, तो वे और भी ज़्यादा ग़रीब। फिर उनकी दो-दो जवान बेटियाँ हों, गोरी हों, देखने में सुन्दर हों और जिनकी शादी-ब्याह की तो छोड़िए, पहनने-ढँकने को एक चींथड़ा ख़रीदने का

भी पैसा न हो तो वे भी ग़रीब।

लोग लौट आये थे और फिलहाल पंचानन बाबू के दुआर पर बैठे थे। परिमलेन्दु दा से रघुनाथ ने जब पूछा कि आख़िर सत्ताईस ही क्यों? तो परिमलेन्दु दा ने समझाया कि एक गाँव में कुल कितने ग़रीब हों, इसका फ़ैसला नयी दिल्ली में बैठे-बैठे हो जाता है। गाँव ही क्या, ज़िले और राज्य में ग़रीबों की कुल संख्या बता दी जाती है। किसी राज्य में ग़रीबों की संख्या कम होती है तो किसी में ज़्यादा। कर्नाटक नामक एक राज्य है जहाँ सौ में पिचासी लोग ग़रीब बताये जाते हैं तो तमिलनाडु के सारे लोग ग़रीब। गाँव के लोग न कर्नाटक को जानते हैं, न तमिलनाडु को। नयी दिल्ली का नाम सबने सुन रखा है। इसी तरह कलकत्ता, बम्बई, मद्रास आदि चार महानगर हैं। बंगलौर, अहमदाबाद के बारे में किसी को कुछ नहीं पता। बम्बई का नाम मुम्बई और मद्रास का चेन्नई हो चुका है। पाकिस्तान के बारे में सब जानते हैं। कश्मीर भारत का ही अभिन्न अंग है। दूध माँगोगे खीर देंगे, कश्मीर माँगोगे चीर देंगे। अभी कुछ समय पहले कारगिल वाला मामला ख़ूब चला था। जदू घोष की बहन पारुल बहुत सुन्दर है कहना हो तो कहते हैं, जदू घोष की बहन पारुल एकदम कारगिल है। नागा चक्रवर्ती का लड़का गुजरात में नौकरी करता था, दंगे में मारा गया।

एस.डी.ओ. ने रघुनाथ को अलग से जो बातें कही थीं, इसमें उसकी एक छिपी हुई मंशा यह थी कि रघुनाथ या गाँव के वे दूसरे लोग, जिनके पास बी.पी.एल. कार्ड नहीं था, वे उन लोगों की जड़ खोदने में लग जाएँ जिनके पास कार्ड था। यह एक मानी हुई बात है कि दुनिया में कोई भी अन्तिम रूप से सर्वाधिक ग़रीब नहीं कहा जा सकता। सो रघुनाथ से सर्वाधिक ग़रीब सत्ताईस लोगों की जिस सूची को तैयार करने के लिए कहा गया था, वह कभी भी पूरी नहीं होने वाली थी।

दूसरा काम जो उस दिन एस.डी.ओ. ने किया, वह यह था कि पंचानन बाबू से सबके सामने पूछा गया कि जिन सत्ताईस लोगों के नाम बी.पी.एल. कार्ड जारी किये गये हैं, क्या वे सचमुच के ग़रीब हैं? पंचानन बाबू बहुत पहले से गाँव के मातब्बर रहे हैं। गँवई लोगों की उन पर अटूट आस्था है। एस.डी.ओ. ने उसी आस्था को सरेआम प्रश्नांकित किया था। उसने रघुनाथ को बढ़ावा दिया था कि सूची तैयार

करने के बाद आकर मिलो, अकेले भी आ सकते हो, साथ में यह बारात लाने की कोई ज़रूरत नहीं। सबने देखा था, रघुनाथ के कन्धे पर एस.डी.ओ. का हाथ था। यह प्रकारान्तर से पंचानन बाबू की मातब्बरी के समानान्तर एक अन्य सत्ता खड़ी करने की कोशिश थी। एक अनधिकृत सत्ता, जिसका जब मर्ज़ी अपने हक़ में इस्तेमाल किया जा सके और जब मर्ज़ी उसे बातिल-बर्खास्त किया जा सके।

यह सच है कि गाँव में हरिजनों, ईसाइयों और मुसलमानों को मिलाकर सात सौ से ज़्यादा ही लोग ग़रीब थे। इनमें उनकी संख्या अधिक थी जिनके पास खेती नहीं थी और जिनका गुजारा दूसरों के खेतों या जगदलपुर और रानीरहाट के ईंट भट्ठों पर मजदूरी करके चलता था। कुछ नलहाटी बाज़ार में 'भैन' (ठेला-रिक्शा) भी खींचते थे, दुकानों पर काम करते थे। आदिग्राम में भी हाइवे के पास पन्द्रह-बीस दुकानें थीं, पान-बीड़ी-सिगरेट के ठेले थे, चाय की गुमटियाँ थीं। जिन्होंने जैसे-तैसे ड्राइविंग सीख ली थी, वे सिलीगुड़ी-नलहाटी लाइन में ट्रकें चलाते थे। मुंशीग्राम में आइसक्रीम की एक फैक्ट्री थी जहाँ कुछ लोग मजदूरी करने जाते थे। औरतें भी खेतों पर मजदूरी कर लेतीं। बीड़ी बाँधने, 'सदा सुहागन' बिन्दी के पीछे लेई लगाकर पत्ते तैयार करने जैसे छोटे-मोटे काम औरतें-बच्चे भी कर लेते।

इनमें अधिकांश लोग अनपढ़ हैं। जो लोग पढ़े-लिखे नहीं हैं, वे जैसे हर खेल से बाहर महज़ दर्शक की तरह हैं। उदाहरण के लिए उनके राशन कार्ड देखकर पंचानन बाबू जो पर्ची बनाते हैं, उस पर क्या कुछ लिखा होता है, यह वे नहीं जान पाते। दासू या पल्टू को पर्ची सौंप देना और जो कुछ भी वे माप-तौल के दें, ले लेना उनकी नियति बन चुकी है। वे इस पर्ची-खेल से सम्पूर्णतः बाहर हैं, अलबत्ता इसके अन्तिम भोक्ता भी वही हैं। वे नहीं जानते किस आधार पर उन्हें इस हफ़्ते सिर्फ़ डेढ़ लीटर ही केरोसिन का मिलना तय हुआ है, जबकि किसी भी हफ़्ते, मान लीजिए, तीन लीटर से ज़्यादा की ज़रूरत पड़ती है। पूछने पर बताया जाता है, सरकार ने इस हफ़्ते तेल की आपूर्ति कम की है और डेढ़ लीटर में ही गुज़ारा करना पड़ेगा। यह तो कुछ ऐसे हुआ जैसे दूर बैठी सरकार अपनी मर्ज़ी से उन सबके लिए कपड़े सिलवा भेजे और अब वे उस कपड़े की साइज़ के हिसाब से अपने शरीर की कतर-ब्योंत कर लें।

हालाँकि पंचानन बाबू ने पर्ची सिस्टम काम को सुचारू रूप से संचालित करने के लिए ही अख़्तियार किया है, लेकिन पर्ची पर या फिर शिक़ायती बोर्ड पर लिखे हुए शब्द जैसे अनपढ़ों को एकबारगी बेदख़ल कर देते हैं। समझदारी की उनमें कमी

नहीं, वे बहस-मुबाहिसों में पड़ सकते हैं, सलाह-मशविरा दे सकते हैं, बावजूद इसके चूँकि उन्हें पढ़ना नहीं आता, वे 'अनपढ़' हैं। भाषा उनके पास भी वही है जो किसी पढ़े-लिखे के पास है, लेकिन उस भाषा को दर्ज़ करना उन्हें नहीं आता, इस कारण वे खारिज हैं। और ऐसा शुरू से चला आया है, लिपि के आविष्कार के बाद से ही। समाज के एक वर्ग ने अपनी विशिष्टता क़ायम रखने की मंशा से लिपि का आविष्कार कर लिया। जहाँ लिपि सिखाई जाती थी, वहाँ उसी विशिष्ट वर्ग के बच्चों को प्रवेश मिलने लगा। इस तरह साजिश के तरह एक बड़े जनसमूह को अनपढ़ बनाकर मुख्यधारा से निष्काषित कर दिया गया।

ऐसे लोगों के लिए हालाँकि रघुनाथ भी पढ़ा-लिखा, इसलिए दूर का था, लेकिन कम-से-कम वह पंचानन बाबू की तरह अमीर नहीं था। सी.पी.टी. कम्पनी में उसके बाप की चार बीघा ज़मीन चली गयी थी, तब से वह मजदूरी कर के अपना पेट पालता था। उन्हीं लोगों की तरह मिट्टी के घर में रहता था, बारिश होती तो उसका घर भी टपकता था। पंचानन बाबू चित्रगुप्त की तरह ऊँचे आसन पर बैठकर फ़ैसले सुनाते थे कि इस हफ़्ते ढाई किलो ही चावल मिलेगा, जबकि रघुनाथ हाथ में झोला व राशन कार्ड लिये उन्हीं की तरह कतार में खड़ा रहता था। यही कारण है कि एस.डी.ओ. ने जब रघुनाथ को पंचानन बाबू के समकक्ष खड़ा किया, बहुत से लोगों का मौन समर्थन उसकी झोली में आ गिरा। वह इस गाँव का भावी नेता होगा, यह उसी दिन तय हो गया।

यह सब पिछले साल चैत की बात है। रघुनाथ के पिता दयाशंकर माइती की मौत हो चुकी है और अब वह पार्टी का होलटाइमर बन चुका है। हँसिये-हथौड़े वाली पार्टी नहीं, बन्दूक वाली पार्टी। कभी गाँव में दिख जाता, वर्ना तो महीनों उसका कोई पता नहीं चलता। गाँव में रघुनाथ के बारे में कई किंवदन्तियाँ चल निकली हैं। कोई कहता कि उसने झारखंड के जंगलों में जाकर बन्दूक चलाने की ट्रेनिंग ली है। पहले-सा नहीं रहा, एकदम अगिया-बेताल बन गया है, बात-बात पर गोलियाँ बरसाने लगता है। निशाना क्या ही पक्का है उसका! आँखों पर पट्टी बाँधकर सोडे की बोतल हवा में उछाल देता है और गोली सीधे बोतल में जाकर लगती है।

कुछ लोग पार्टी से उसके जुड़ाव पर सन्देह व्यक्त करते, अलबत्ता वे भी बन्दूक

और गोलियों और निशाने वाली बात से इंकार नहीं करते। वे कहते कि वह गया तो था ट्रेनिंग के लिए ही, बन्दूक चलानी भी सीख ली, लेकिन फिर उसका मन बदल गया और उसने पार्टी की सदस्यता से इस्तीफा दे दिया। पार्टी छोड़ने के कारणस्वरूप ये लोग बताते हैं कि जिस जंगल में उसने बन्दूक चलानी सीखी थी, वहाँ एक आदिवासी कबीला रहता था। कबीले के सरदार से रघुनाथ की गहरी छनती थी। सरदार ने मरते वक़्त अपनी रूपसी बेटी का हाथ रघुनाथ के हाथों में देते हुए उससे वचन लिया था कि वह उसकी बेटी और कबीले की अच्छी तरह देखभाल करेगा। सो रघुनाथ अब पार्टी का सदस्य नहीं, उस कबीले का सरदार है। उसकी पत्नी अनिंद्य सुन्दरी है। इतनी गोरी, जैसे कि मेम हो कोई। लोग कहते कि हालाँकि रघुनाथ अब वहीं बस गया है, उन आदिवासियों में रम गया है, फिर भी अपनी माटी का खिंचाव तो होता ही है। जिस मिट्टी ने पैदा किया, वह मरते दम तक चुम्बक की तरह खींचती है। सो वह तीन-चार महीने में एक बार आदिग्राम का चक्कर लगा जाता है।

जब-जब वह गाँव आता, हमेशा गाँव के जवान लड़कों के आकर्षण के केन्द्र में होता। उनमें से कइयों को वह अपनी तरह बन्दूक चलाना सिखाने का वायदा कर चुका था। शाम होती तो वे सब हाइवे पर फाटाकेष्टो की चाय की गुमटी पर अड्डा मारते। फाटाकेष्टो का असली नाम केष्टा गिरि है, लेकिन गाँव में दो-दो केष्टा के होने के कारण बार-बार कन्फ्यूजन हो जाता था। एक बार चाय की गुमटी वाले केष्टा का सिर फट गया था, तब से उसका नाम फाटाकेष्टो पड़ गया। इसी तरह गाँव के कई लोगों के नाम हैं। कोई ज़रूरी नहीं कि एक नाम के दो लोग हों तभी इस तरह का नामकरण होता है, कई बार यों ही नाम पड़ जाता है। हरिपद के घर के पीछे बरगद का पेड़ होने से उसका नाम बटहरि पड़ गया। इसी तरह कानू सरकार का एक बैल मर गया और दूसरे के लिए उसे कई महीने इस गाँव उस गाँव की खाक छाननी पड़ी। इस बीच जो उसका नाम सिंगिल कानू पड़ा तो आज तक वह इसी नाम से जाना जाता है। आम के पेड़ से गिरने के बाद गगन के एक हाथ में प्लास्टर चढ़ गया था, एक बार किसी ने उसे ढेला मारा तो उसने प्लास्टर वाले हाथ से ढेले को ऐन उसी स्टाइल में रोका जैसे शहंशाह में अमिताभ बच्चन अपने स्टीलकवर वाले हाथ से दुश्मनों की गोलियाँ रोकता है। इसके बाद से गगन का नाम शहंशाह इस क़दर पड़ा कि उसका बाप भी उसे शहंशाह कहकर पुकारता है। राना-माना की बड़ी बहन की उम्र हालाँकि बमुश्किल चौदह-पन्द्रह साल होगी, लेकिन पता नहीं क्यों

सब उसे बुढ़िया कहते हैं।

पिछली बारिश में रघुनाथ के घर की छानी गिर गयी थी जो दुबारे से नहीं छवाई गयी। हफ़्ते-डेढ़ हफ़्ते के लिए अब जब कभी उसका आना होता है, वह फाटाकेष्टो की दुकान में ही डेरा डालता है। चाय की गुमटी के पीछे ही एक कोठरी है जिसमें दुकान बन्द करने के बाद कोयले, उपले, चीनी-चायपत्ती के डिब्बे, बरतन-बासन आदि रखे जाते हैं। फाटाकेष्टो का घर रानीरहाट बार्डर के पास है। बांग्लादेशी है, यहाँ रहते हुए उसे दस-बारह साल से ऊपर हो गये। बानबे के दंगे में वह वहाँ से भागा था। पिछले विधानसभा चुनाव से पहले रानीरहाट-बशीरपुर सीट से खड़े होने वाले रासबिहारी घोष ने कई बांग्लादेशियों के राशन कार्ड-वोटर्स आई.डी. बनवा दिये थे। उसी लॉट में फाटाकेष्टो भी भारतीय नागरिक बन गया। उसने एक बंगाली लड़की से शादी भी कर ली है और उससे चार-पाँच साल का एक लड़का है।

रघुनाथ की संगत में आने से इस बीच उसने दुनिया-जगत के बारे में बहुत कुछ जाना-सीखा है। माओ-त्से-तुंग के बारे में। सद्दाम हुसैन के बारे में, जार्ज बुश के बारे में। अमरीका और वियतनाम के बारे में। रघुनाथ कहता है कि हम फिर से ग़ुलाम हो गये हैं और इस ग़ुलामी से छुटकारा पाने के लिए हमें गुरिल्ला वार लड़ना होगा। पूछने पर उसने गुरिल्ला वार के बारे में बताया था। गुरिल्ला वार मतलब छिपकर, घात लगाकर पटकनी देना। बी.पी.एल. कार्ड के बारे में भी सरकार की चालाकी अब गाँव वालों से छिपी नहीं रही। तीन-चार दिन पहले ही रघुनाथ ने एक छोटी-सी जनसभा की थी जिसमें कोई सौ-डेढ़ सौ लोग आये थे। सभा में यह खुलासा किया गया कि सरकार विकास मद में अपने बजट में कटौती करने के लिए ही एक काल्पनिक रेखा खींच देती है और कहती है कि वह सात सौ लोगों में से सिर्फ़ सत्ताईस लोगों को ही वह तमाम सुविधाएँ देगी जो कि एक ग़रीब का हक़ है। रघुनाथ ने आह्वान किया कि सरकार को ग़रीबी रेखा के बदले अमीरी रेखा खींचनी चाहिए। जिसके पास घर हो, खेत हो, गाड़ी हो, नौकर-चाकर हों, वो अमीर और बाक़ी सारे लोग ग़रीब। भाई चावल में से घुन को अलग करना ही तो समझदारी है, न कि आप चावल को ही बीनने लग जाएँ।

अन्त में सबने सशस्त्र क्रान्ति की जय और अमेरिका मुर्दाबाद कहकर सभा को विसर्जित किया।

साइकिल से घर लौटते फाटाकेष्टो को तीन ताड़ के नीचे दो थके-माँदे यात्री बैठे दिखते हैं— अपनी-अपनी पोटलियों के साथ। दो होने के बावजूद वे सगी पोटलियाँ दिखती थीं। एक में सत्तू होगा तो दूसरी में गुड़ की भेली। यात्रा में पानी साथ लिये चलने का रिवाज नहीं होता था। पानी के लिए पृथ्वी पर भरोसा किया जाता था कि पृथ्वी हरी-भरी है। जहाँ दोनों यात्री बैठे थे, चारों तरफ़ खुले खेत थे। यहाँ एक के बाद एक तीन ताड़ के पेड़ थे और मोरम वाला रास्ता दो तरफ़ मुड़ जाता था। एक दक्खिन की ओर रानीराहट की तरफ़ चला जाता था तो दूसरा उत्तर की ओर जाकर फिर पूरब को मुड़ जाता था— बशीरपुर की तरफ़।

यात्रियों में एक बूढ़ा था, दूसरा जवान। बूढ़े की आँखों में पीछे छूट चुके रास्तों के गर्द छिटक रहे थे। जवान की आँखों में आगे तय किये जाने वाले रास्तों की धूप खिल रही थी। दोनों सगे सम्बन्धी दिखते थे। कुल मिलाकर दोनों उदास दिखते थे।

फाटाकेष्टो ने पूछा, ''कहाँ के लिए? कोलकाता जाएँगे?''

''अमेरिका जाना है।'' दोनों बोले और उदास हो गये।

फाटाकेष्टो ने साइकिल रोकी, सीट पर बैठे-बैठे पैर से आड़कर खड़ा हो गया। जवाब सुनकर वह थोड़ा आश्चर्यचकित हुआ था। बोला, ''हवाई जहाज़ से जाना होगा। सात समन्दर पार है।''

दोनों चुप हो गये। थोड़ी देर बाद बूढ़े ने उदास स्वर में कहा, ''हमारे पास इतने पैसे नहीं हैं। हम ग़रीब हैं लेकिन हमारे पास बी.पी.एल. कार्ड नहीं है। ब्लैक में अनाज ख़रीदकर खाते-खाते सब बिक-बिका गया।''

''किस गाँव के हो?'' फाटाकेष्टो ने पूछा।

''कासारीपाड़ा में घर है।''

''बी.पी.एल. कार्ड नहीं है तो उस दिन हमारे साथ एस.डी.ओ. के ऑफिस का घेराव करने क्यों नहीं गये थे? पूरा जवार गया था। कासारीपाड़ा से भी लोग आये थे— नबा दा, रफीकुल, मो. रिजवान, अशर्फी घोष और भी जाने कौन-कौन!''

''बाद में गया था। एस.डी.ओ. से मिला। वह बोलता है कि बी.पी.एल. कार्ड चाहिए तो पहले अपने घर के आगे एक तख़्ती लटकाओ कि हम ग़रीब हैं।'' जवान बोला। ''अब हम भी उसके बाप से मिलने जा रहे हैं। साला कुत्ते का बच्चा!'' वह तैश में आ गया।

फाटाकेष्टो ने बूढ़े से पूछा, ''लेकिन अमेरिका ही क्यों जा रहे हैं?''

बूढ़े ने कहा, ''मुझे सब पता है। अपने बाल धूप में सफ़ेद नहीं किये बच्चू।''

फाटाकेष्टो ने दुनियादारी में शातिर बूढ़े का मुस्कराकर अभिवादन किया। वाक़ई उसके बाल सन की तरह उजले थे। यह महज़ इत्तेफ़ाक़ की बात है कि फाटाकेष्टो ने बूढ़े से पूछा था। शायद जवान कोई उपयुक्त उत्तर देता। उसके पास सफ़ेद बालों का बहाना नहीं था। मुहावरे में काले बालों का ज़िक्र नहीं होता था।

जवान ने अकुताकर पूछा, "यही पगडंडी जाएगी न? तुम भले आदमी दिखते हो।"

"एकदम नाक की सीध में चले चलिए।" फाटाकेष्टो ने अपनी भलमनसाहत का परिचय दिया। दोनों को शुभयात्रा कहा और दक्खिन की तरफ़ वाली सड़क पर साइकिल घुमा दी। जाने क्यों वह ख़ुश था, गुनगुना रहा था। ऊपर आकाश में एक हवाई जहाज़ गुज़रा तो उसने साइकिल रोक दी। चिल्लाकर कहा, "आकाश में इसी पगडंडी— एकदम नाक की सीध में।"

वह देर तक बच्चों की तरह हाथ हिलाकर 'टा-टा' करता रहा।

हम जिसे भी देखते हैं, दो बार देखते हैं।

पेड़ पाखी फूल पत्ती धरती अकास पर नाम रखने के कुछ फायदे।

बाघा को इतनी जल्दी की भी उम्मीद न थी। दक्खिना ने महीने-डेढ़ महीने में ही कमाल दिखाना शुरू कर दिया। यह भी ठीक है कि बाघा ने इस अवधि में उस पर जी तोड़ मेहनत की। ख़ुद पानता भात और नोना रोटी खाकर भी दक्खिना को रोज़ाना एक रोहू का माथा खिलाता ताकि उसकी बुद्धि विकसित हो और देह में तागद-चुस्ती आए। सोते समय कुल्ला करने के लिए पानी सुसुम करके देता ताकि लड़कियों के सपने न आएँ। नित्य शाम को व्यायाम भी करवाता। उन सबका सकारात्मक नतीजा यह निकला कि दो महीने में ही दक्खिना धन्धे पर अकेले निकलने लगा। और अक्सर वह बाघा की उम्मीद से ज़्यादा ही बटोर लाता। बाघा उसकी उत्तरोत्तर प्रगति से ख़ुश रहने लगा। दक्खिना न सिर्फ़ उसके बुढ़ापे की लाठी बनकर आया था, बल्कि इससे भी बड़ी बात यह थी कि बाघा के साथ-साथ बुढ़ातीं और एक दिन मर जातीं उन तमाम विद्याओं को दक्खिना जैसे सुपात्र के रूप में एक नया जन्म मिल गया था। चंडी गुरु ने अपने अन्तिम दिनों में जो चैन की साँसें ली थीं, अब बाघा भी ले सकेगा।

अब ऐसा अक्सर होता कि दक्खिना धन्धे पर निकला होता और बाघा कोठरी में या ज़्यादातर हराधन के यहाँ बैठा रहता। हराधन हाइवे के पास एक मोदीख़ाना

चलाता था। चार पायों के ऊपर बैठाई गयी काठ की एक गुमटी। ऊपर एस्बेस्टस की छत। छत से लगाकर पायों तक अलकतरा से रँगी चकाचक। माँ मनसा वेरायटी स्टोर्स। ज़्यादा कुछ नहीं है दुकान में, यही सब दाल चावल आटा मूड़ी आदि। हॉर्लिक्स की ख़ाली शीशी धो-धाकर उसमें नारंगी-काले लॉजेन्स रखता है। नारियल के लड्डू, जयनगर का प्रसिद्ध मोंआ, तालमिसरी, नलेन गुड़। सादे और पीले बताशे। लाल दन्त मंजन और गुड़ाकू। दुकान की छत से चायपत्ती, शैम्पू, गुटखा-सुरती की पाकिटों की कई-कई चमकीली झालरें लटका रखी हैं। क़लम-कॉपी भी रखता है। वैशाली एक्सरसाइज बुक। पार्ले जी। बीड़ी। अंडे। मिठुन की 'दादा : द बॉस इज़ बैक' नामक फ़िल्म का एक कैलेंडर है जिसमें सुई खोंसकर रखता है। वैसे सुई-धागे की बिक्री न के बराबर है। लोग फटेहाल रह लेते हैं।

हराधन इलाक़े के चन्द शिक्षित लोगों में से है। उसके पास तीन किताबें हैं— 'सीपीएम का ग्राम सुधार आन्दोलन', 'यूको बैंक वार्षिक लेखा-जोखा : वित्तीय वर्ष 1984' और 'कई बीमारियों की एक दवाई लहसुन'। वैसे उसके पास एक और किताब है जिसे वह छुपाकर रखता है— 'कलकत्ते की कुँवारी कली कचनार'। उसने एक बार बाघा को भी दी थी वह किताब, जब मयना थी। बहुत पुरानी बात। बाघा और हराधन की दोस्ती भी बहुत पुरानी। हराधन ने शादी नहीं की। जिस प्रकार के लोग किसी समस्या का डायरेक्ट मुक़ाबला नहीं कर कन्नी काटकर निकल जाते हैं, हराधन मंडल वैसा ही है। स्वभाव का नरम और दयालु, समझिये एकदम से उबला हुआ आलू। भगवान से डरने वाला, भूत-प्रेत से डरने वाला। किसी तीन-पाँच में नहीं पड़ता। औरतों की इज़्ज़त करता है। धीरे-धीरे बोलता है। मुँह पर हाथ की आड़ कर खाँसता है। सदा-सर्वदा दूसरों का भला चाहता है।

हराधन का ब्याह नहीं हुआ, इसकी सबसे बड़ी वजह है कि माना जाता है वह चुड़ैल का बेटा है। गाँव में एक पुतली माई है। उसी ने यह कहानी लोगों को बतायी थी। लेकिन यह क़िस्सा फिर कभी।

एक दिन बाघा हराधन के यहाँ बैठकर तमाखू पी रहा था। वह इन दिनों बच्चों की तरह सच्ची ख़ुशी और उत्साह से ऊपर तक भरा रहता। जिधर भी देखता, उसे कुछ न कुछ अच्छा देखने और सुनने को मिल जाता। सायास अपनी ख़ुशी को दबाते हुए वह दुनिया की छोटी और मामूली चीज़ों पर ग़ौर करता, बातें करता— बिना किसी तरह ही भावुकता का प्रदर्शन किए। उदाहरण के लिए, ज़माने को देखो तो सहसा यक़ीन नहीं होता, देखते-देखते क्या से क्या हो गया, महँगाई की ही लो माइ

री! और, ये साले कौन लोग हैं जो जीप से इधर उधर घूमते रहते हैं? या फिर, गाँव-देहात की भी लड़कियों में अब लाज नहीं रह गयी, सिर उघाड़े बाप-भाइयों के सामने घूमती रहती हैं आदि। यह सब गम्भीर चिन्ता-भावना के विषय हैं।

"सोचता हूँ तो अजीब लगता है।" बाघा ने पच्छिम अकास को ताकते हुए कहा। यह एक यों ही कह दी गयी बात थी— दुनिया के बारे में चिन्ता करते हुए।

"क्या सोच रहे हो? दक्खिना के बारे में?" हराधन ने उसकी बात को गम्भीरता से लिया।

ठीक ही तो है, दुनिया भर के आगड़ू-बागड़ू पर बातें करें इससे कहीं अच्छा है किसी जाने-सुने आदमी के बारे में बातें हों। "अजीब लगता है।" बाघा ने तत्काल बातचीत की गति को बहाल रखने के लिए वही टुकड़ा जोड़ा। इसके साथ दक्खिना से सम्बन्धित कोई चिन्तापरक वाक्य जोड़ना होगा, क्योंकि 'दक्खिना एक तेज़-तर्रार लड़का है' कह देने से ही नज़र लग जाने का ख़तरा है— बाघा यह मानता है।

तभी भागी मंडल अपने गाल को सहलाता हुआ आया और हराधन से थम्स-अप की एक बोतल ख़रीदी। गाँव-देहात में थम्स-अप की ख़ूब बिक्री होती है तो यह न समझा जाए कि सब कोल्डड्रिंक्स के शौक़ीन हैं। दरअसल ऊँची क़ीमत के पेस्टीसाइट या अन्य कीटनाशक को ख़रीद पाने का सामर्थ्य सबके पास कहाँ होता है! सो छोटे काश्त के किसान अपनी फ़सलों में कीड़ा लगने से बचाने के लिए खेतों में कोल्डड्रिंक्स का छिड़काव करते हैं।

"और हो भागी मंडल, गाल पर हाथ काहे रखे हो? दाँत बथ रहा है क्या?" बाघा ने पूछा तो भागी मंडल ने उसे अपना गाल दिखाया। गाल पर उस तमाचे का निशान सदा-सर्वदा के लिए अंकित हो गया था जो उसे उस दिन जतिन विश्वास ने रसीद किया था जब बच्चों की टोली जीप पर उछलकूद मचा रही थी।

भागी मंडल ने बाघा से पूछा कि क्या वह उसका क़िस्सा सुनना चाहेगा? "मैं जानता हूँ समय बड़ा मूल्यवान होता है। मैं तुम्हारा ज़्यादा समय नहीं लूँगा। संक्षेप में बता दूँगा।"

बाघा की सम्मति पाकर वह वहीं बैठ उस दिन का क़िस्सा सुनाने लगा। हराधन पहले भी कई बार सुन चुका था, इसलिए उसने कोई रुचि नहीं दिखायी और एक कपड़े से सामान पर बैठी मक्खियाँ हाँकने लगा।

क़िस्सा सुनकर बाघा ने सहानुभूति जतायी। कहा, "जाने दो भागी मंडल, पैसा चीज़ ही ऐसी है। पैसे से आदमी के माथे में पित्त हो जाता है। वर्ना उस कल के

छोकरे की इतनी हिम्मत जो...!"

"गाँव के लोगों में अगर एकता होती तो उसकी इतनी हिम्मत कभी न होती बाघा भाई। आदिग्राम अब पहले जैसा नहीं रह गया। अभाव में पड़कर सबका सुभाव नष्ट हो गया है।" भागी मंडल एक हाथ में थम्स-अप की बोतल और दूसरा हाथ गाल पर रखे उठ खड़ा हुआ। जाते-जाते बोला, "ख़ैर मेरा क्या जाता है, मैं तो हूँ ही अभागा। जनमते ही बाप को खा गया। माँ ने जैसे-तैसे पाल-पोसकर बड़ा किया, ब्याह कर दिया। जैसे मुर्गियों को बीच-बीच में कोई रोग धर लेता है और सारी मुर्गियाँ मर जाती हैं, वैसे ही किसी रोग ने घर की दोनों लेडीज़ को लील लिया। इस दुनिया में अब मेरा कोई नहीं, जानकर जो आता है अपनी धौंस दिखाकर चला जाता है।" कहते हुए वह दुखी मन से चला गया।

उसके जाने के बाद बाघा और हराधन में बातचीत फिर से बहाल हुई।

"मुझे पता है दक्खिना के बारे में तुम क्या सोच रहे हो। गाँव के सभी लोगों के जुबान पर आजकल उसी की चर्चा है। लेकिन बाघा, तुम तो उसके बड़े-बड़ेरे हो, उसे रोकते क्यों नहीं?"

आएँ! यह क्या है? बाघा चौंका। किसकी चर्चा है, किस बात की? दक्खिना ने ऐसा क्या कर डाला जो गाँव के सभी लोग जानते हैं पर वह नहीं। बाघा तो झूठमूठ की कोई चिन्ता करना चाहता था लेकिन यह अँधेरे में क्या हाथ आन लगा? वह हराधन को देखने लगा। हराधन चुप था।

"अब क्या कहा जाए! ख़ैर, ऊपर वाले की मर्ज़ी।" बाघा ने फिर भी हार न मानते हुए एक गोलमोल-सी बात कही। वह जानना तो चाहता था लेकिन हराधन पर यह ज़ाहिर हुए दिये बग़ैर कि वह कुछ नहीं जानता। घड़ी भर उसने हराधन की ओर देखा, इस उम्मीद में कि आगे वह कुछ बोले तो मामला साफ़ हो। लेकिन हराधन चुप रहा तो चुप ही रहा। उसकी गँदली आँखों को देखकर बाघा को सहसा वितृष्णा-सी हो आई।

बाघा के अलावा हराधन मंडल की जिससे सर्वाधिक पटती थी, वह था फोटोग्राफर। फोटोग्राफर का असली नाम क्या था, गाँव में किसी को नहीं पता। वह मेदिनीपुर का था और अरसा पहले यहाँ आकर बस गया था। वह हमेशा कमीज़ के ऊपर एक

स्लीवलेस जैकिट पहनता और सिर पर गोल टोप लगाता। कोई कहता, वह गंजा है और अपने गंजेपन को छिपाने के लिए ही हमेशा टोप पहनता है। वह जब सोता होगा या नहाता होगा, तब शायद टोप उतारकर रख देता होगा। लेकिन आज तक किसी ने उसे सोते या नहाते नहीं देखा। वह छिपकर सोता या नहाता होगा। गाँव वालों को वह जब भी दिखा, ताज़ादम और नहाया-धुला दिखा। वह हमेशा फोटोग्राफर ही दिखा, इसलिए उसका नाम फोटाग्राफर पड़ गया। उसका असली नाम जानने के लिए उसे दोबारा देखना चाहिए। या काश कि एक बार वह सोते या नहाते दिख जाता।

जगदलपुर में उसका एक स्टुडियो था— 'आलो आँधारी'। इलाक़े का वह एकमात्र स्टुडियो था जहाँ लोग जाकर अपने फोटो खिंचवाते थे। आजकल शादी-ब्याह से पहले लड़की का फोटो और बायोडाटा भेजना पड़ता है। जगदलपुर से निकलने वाले चार पन्ने के श्वेत-श्याम दैनिक 'तीसरी आँख' में जितने फोटोग्राफ्स जाते थे, सबके नीचे बारीक अक्षरों में लिखा होता है— 'छाया : फोटोग्राफर'। 'तीसरी आँख' के लिए दोपहर में अपने स्कूटर से वह बशीरपुर, रानीरहाट, नलहाटी, मुंशीग्राम, आदिग्राम या आसपास के छोटे-छोटे कस्बों तक जाता है— सभा सेमिनार, धरना हड़ताल, जुलूस प्रभातफेरी आदि के कवरेज के लिए। नीले रंग के उस पुराने लैम्ब्रेटा स्कूटर पर उसने एक स्टीकर चिपका रखा है— 'प्रेस'। कभी-कभी शाम को भी निकलना होता है। ऐसे में स्टुडियो में बहुत दिनों से झाड़ू-पोंछा का काम करने वाले तारक पर स्टुडियो छोड़कर जाना होता है। डिलीवरी वग़ैरह का काम वह बख़ूबी कर लेता है। ईमानदार लड़का है। कैश बॉक्स पर बैठता है तो और भी ईमानदार बन जाता है। फोटोग्राफर किसी कस्टमर को एकाध रुपये की रियायत कर भी दे पर वह कभी नहीं करता।

तारक पंचानन बाबू के यहाँ काम करने वाले बूढ़े दासू का लड़का है। पहले वह भी अपने बाप के साथ पंचानन बाबू के यहाँ ही काम करता था, लेकिन एक दिन पंचानन बाबू की छोटी लड़की रेबा ने उनसे तारक की शिक़ायत कर दी कि वह उसे देखकर सीटी बजाया करता है, गाने भी गाता है कभी-कभार, मुस्कराता है और एक दिन जब वह हैंडपम्प से पानी निकाल रही थी, तारक ने उसे देखकर आँख भी मारी थी। आँख मारने वाली बात झूठी थी, दरअसल एक दिन रेबा के कुछ अन्त:वस्त्र ग़ायब हो गये थे। रेबा को शक़ पड़ गया कि हो न हो यह कारस्तानी तारक की है। अन्त:वस्त्रों वाली बात रेबा न पंचानन बाबू से कह सकती थी और न परिमलेन्दु दा

से। माँ या भाभी होतीं तो शायद उन्हें बता पाती। दो-तीन साल पहले पंचानन बाबू की पत्नी का देहान्त हो चुका था और परिमलेन्दु दा ने अभी शादी नहीं की थी। सो अन्त:वस्त्रों के रहस्यमय ढंग से ग़ायब होने वाली बात की जगह आँख मारने वाली बात को बुनकर रेबा ने अपने ढंग से इसकी भरपाई कर ली थी। पंचानन बाबू ने तारक की जगह एक दूसरे लड़के पल्टू को काम पर रख लिया।

हराधन से फोटोग्राफर की दोस्ती का सबसे बड़ा कारण दोनों का एक-दूसरे के पड़ोस में रहना था। फोटोग्राफर का स्टुडियो हालाँकि जगदलपुर में था, लेकिन घर आदिग्राम में हाइवे के पास ही था जहाँ हराधन की गुमटी और उससे लगी एक कोठरी थी। स्टुडियो से लौटकर वह हर शाम बरामदे में बैठकर शराब पीता और कविताएँ पढ़ता था। हराधन भी साथ बैठता, हालाँकि वह शराब छूता तक नहीं था और न ही उसे कविताओं का सिर-पैर समझ में आता था। कभी-कभी फोटोग्राफर टेप रिकार्डर पर कोई भड़कता-सा गीत लगा देता और झूमने लगता। वह वी.सी.आर. और टी.वी. भी रखे हुए था। रविवार की दोपहरी दोनों वी.सी.आर. पर कोई फ़िल्म (ज़्यादातर अश्लील) देखा करते।

दोनों की दोस्ती की एक वजह यह भी थी कि दोनों अकेले थे। हराधन ने शादी ही नहीं की थी और फोटोग्राफर की बीवी उसके साथ नहीं रहती थी। गाँव में फोटोग्राफर की बीवी को किसी ने नहीं देखा। कहते हैं, मेदिनीपुर छोड़कर यहाँ आते समय वह माल-असबाब के साथ-साथ अपनी बीवी को भी छोड़ आया था। कुछ लोग यह भी कहते हैं कि बीवी ने उसे छोड़ दिया इसलिए वह मेदिनीपुर छोड़ने के लिए मजबूर हुआ।

रविवार को जगदलपुर का बाज़ार बन्द रहता है, सो स्टुडियो आलो आँधारी भी। कभी-कभी कवरेज के लिए निकलने को अपवाद मानें तो रविवार को फोटोग्राफर दिन भर ख़ाली रहता है। तारक रविवार को स्टुडियो न जाकर फोटोग्राफर के घर ही आ जाता है ताकि साप्ताहिक झाड़-पोंछ, सौदा-सुलुफ आदि हो सके। दोपहर बाद फोटोग्राफर उसकी छुट्टी कर देता है। काम निबटाकर जाने से पहले तारक का आख़िरी काम होता है फोटोग्राफर को ताज़ा खिंची महुआ की बोतल थमा जाना। रविवार को फोटोग्राफर दोपहर ढलते ही पीने बैठ जाता है। भुने हुए मांस पर नून छींटकर खाता है और महुआ पीता है। पेट में ठंडा-ठंडा लगता है।

फोटोग्राफर को रतौंधी का रोग है, लेकिन वह इसे छिपाता है। वह कोशिश करता है कि दिन डूबने से पहले ही वह घर लौट ले। अक्सर उसे आसपास के क्षेत्र से

शादी–ब्याह की वीडियो रिकार्डिंग के ऑफ़र मिलते हैं लेकिन चूँकि शादियाँ रातों में होती हैं, वह इंकार कर देता है। एक बार जब शुरू–शुरू में उसे अपने इस रोग की जानकारी मिली ही थी, उसने रानीरहाट में एक शादी की वीडियो रिकार्डिंग की थी। कई दिनों तक वीडियो कैसेट की डिलीवरी देने में वह बहाने बनाता रहा, टाल–मटोल करता रहा। अन्त में एक दिन उसने पार्टी के आगे हाथ जोड़ लिये कि पता नहीं कैसे रील ख़राब हो गयी है और इसलिए वह कैसेट नहीं दे पाएगा। पेशगी में लिये गये पैसे लौटाने के बाद भी जिस फजीहत का सामना करना पड़ा था, उसे याद है।

इस घटना के बाद से उसने अपना उसूल ही बना लिया कि जाड़े में पाँच और गर्मियों में छः बजे के बाद स्टुडियो आलो आँधारी बन्द। सभा–संगोष्ठी आदि भी दिन के वक़्त ही होती हैं, सो इस तरफ़ से उसे कोई ख़ास दिक़्क़त नहीं आयी। स्टुडियो से अच्छी–ख़ासी आमदनी हो जाती है, 'तीसरी आँख' से जो कुछ भी आय होती है, वह ऊपरी आय ही कही जाएगी। सो कुल मिलाकर फोटोग्राफर की आर्थिक स्थिति ठीक–ठाक कही जा सकती है।

इसके अलावा उसे एक अजीब–सी बीमारी और है कि अपने देखने पर उसे सहसा यक़ीन नहीं होता। एक बार यक़ीन कर भी ले तो थोड़ी देर बाद उसे फिर से सन्देह होने लगता है कि उसने जो देखा है, क्या पता वह सही न हो। उदाहरण के लिए माना कि आज रविवार है और तारक बोतल रखकर जा चुका है। फोटोग्राफर सोचता है कि थोड़ी बेला हो जाए तो बोतल खोली जाए या फिर बरामदे में बैठा वह हराधन का इन्तज़ार कर रहा है। दिन ढल चुका है। बरामदे में जाड़े की धूप का एक मुलायम रूमाल भर बिछा है : गुलाबी रंग का छोटा–सा कढ़ाईदार लेडीज़ रूमाल। घड़ी दो घड़ी बाद वह भी नहीं रहेगा। धूप की विदाई की रस्म पूरी हो चुकी है। जो थोड़ी–बहुत धूप बची है, वह दरअसल दरवाज़े तक जाकर न जाने क्या सोच क्षण भर के लिए लौट आई धूप है। कुछ कहने के लिए। कुछ याद दिलाने के लिए। 'भूल तो नहीं जाओगे?' जैसा एक तसलीमी सवाल। या फिर 'हाँ, एक बात कहना तो भूल ही गयी' जैसी कोई ज़रूरी बात। चाहे उतनी ज़रूरी भी नहीं, कोई आम रस्मी बात ही। या फिर ऐसा कुछ भी नहीं, जाते–जाते केवल एक बार घूमकर ताक लेना भर। मुस्कराकर धीमे से कहना— सी यू, गुडबाई!

फोटोग्राफर ने बैठे–बैठे एक बार पलटकर देखा। पीछे के कमरे का दरवाज़ा खुला था। खुले दरवाज़े से भीतर शाम का झिरी अँधेरा घिर आया था। फोटोग्राफर

आश्वस्त हो गया कि कमरे की खिड़की उसने बन्द का दी है। इस वक़्त अगर भूल से खिड़की खुली रह जाए तो कमरे में मच्छर भर जाते हैं और फिर रात भर तकलीफ़ होती है। यह बात फोटोग्राफर के भीतर इतने गहरे धँस गयी है कि बार-बार वह पलटकर देखता है कि खिड़की बन्द है या नहीं। बन्द देखकर भी थोड़ी देर बाद उसे वहम हो जाता है कि क्या पता खुली रह गयी हो। एक बार 'क्या पता खुली रह गयी हो' सोचते ही उसे प्रमुखता से लगने लगता है कि खिड़की सचमुच ही खुली रह गयी है। वह फिर से पलटकर देखता है।

नहीं, ऐसे नहीं। यह बहुत ही महीन बात है। इसे विस्तार से समझना होगा। दरअसल दिन ढलने के साथ ही जब फोटोग्राफर खिड़की के पल्लों को बन्द कर रहा होता है, उसी वक़्त अपने 'बन्द करने' पर उसे सन्देह हो जाता है कि वह वाक़ई बन्द कर रहा है या सिर्फ़ ख़यालों में ही ऐसा। बन्द करने के बाद वह सिटकनी को छूकर जाँचता है कि सचमुच बन्द हो गयी या बन्द होना दिख भर रहा है। छूकर जाँचने के बाद वह दो-चार क़दम पीछे हटकर आँखें गड़ाते हुए सिटकनी को देखता है। बन्द हुई खिड़की की जो छवि दिखती है, वह हू-ब-हू प्राचीन काल से बन्द एक खिड़की की छवि से मिलती-जुलती है। इसके बाद फोटोग्राफर जाकर बरामदे में बैठ जाता है। रह-रहकर उसकी आँखों के सामने बन्द हुई खिड़की की छवि तैर जाती है। लेकिन थोड़ी देर बाद उसके मन में शक़ के बीज पड़ जाते हैं कि क्या पता यह छवि पिछले किसी रविवार को बन्द की गयी खिड़की की हो! यहीं से खेल शुरू हो जाता है— पलटकर बन्द खिड़की को देखना। फिर देखना। फिर फिर देखना।

ऐसा नहीं कि सिर्फ़ खिड़की के मामले में यह बात हो। दरवाज़े पर ताला लगाकर स्टुडियो के लिए निकलने वक़्त भी यही खेल चलता। ताले में चाबी घुमाकर जैकिट की ऊपरली जेबी में डालने के बाद फोटोग्राफर ताला खींचकर देखता कि ठीक से बन्द हुआ या नहीं। उसे ज़ोर-ज़ोर से हिलाकर छोड़ देता। एकाध बार दाएँ-बाएँ डोलने के बाद ताला जब अपने मूल स्थान पर मुँह लटका लेता तो फोटोग्राफर उसे गौर से देखता। वही सदियों से बन्द होते आये एक आदर्श ताले की जैसी छवि। शान्त और दृढ़ प्रतिज्ञ। वज्र की तरह कठोर। इर्द-गिर्द की चंचल हवा से पूरी तरह निर्लिप्त अपने काम से काम रखने वाला एक गम्भीर ताला।

स्टुडियो में तारक भी उसकी आदत से परेशान रहता। फोटोग्राफर दराज़ को बार-बार खोलता। एक बार खोलने के बाद उसे भ्रम होता होगा कि क्या पता दराज़

अभी नहीं खुली हो। दराज़ के खुले हुए पेट का दिखना, उसे भीतर रखे कैश मीमो, कार्बन पेपर, क़लम, पेंसिल, नेगेटिव्ज़, छोटी कैंची, स्टेप्लर, रोल्स आदि का दिखना झूठमूठ का दिखना हो। झूठमूठ खुली दराज़ को सचमुच खोलने के लिए उसे वापस बन्द करना होता। बन्द करते हुए वह सोचता कि यह क्या अहमकाना हरक़त है! बन्द करने का अर्थ ही है कि दराज़ पहले से खुली हुई है। लेकिन इससे पहले कि वह पूरी तरह इस निष्कर्ष पर पहुँचता कि दराज़ खुली हुई है, वह पूरी तरह दराज़ बन्द कर चुका होता। दुबारा खोलने से पहले वह तारक को साक्षी रखकर कहता— तारक, मैं इस दराज़ को सचमुच खोलने जा रहा हूँ।

इसी तरह जब वह खाना खा रहा होता, तारक इधर-उधर होता तो ख़ुद से कहता— दिनांक 14/9, समय दोपहर के सवा दो, मैं खाना खाने जा रहा हूँ। इस वाक्य को वह स्पष्ट और चौड़े उच्चारण के साथ बोलता, ताकि भविष्य में जब उसे शक़ हो, वह अपने कहे हुए वाक्य की ध्वनि को हू-ब-हू याद कर सके। पहचान के लिए वह बाहर सड़क की तरफ़ देखता। एक आदमी हरी कमीज़ पहने साइकिल लिए गुज़रता दिखता है। फोटोग्राफर देखता है कि वह साइकिल पर चढ़े हुए नहीं, साइकिल की हैंडिल पकड़े पाँव-पाँव चल रहा है। शायद वह सोचता हो कि थोड़ी देर बाद साइकिल पर चढ़ना चाहिए। थोड़ी देर बाद जब वह चढ़ेगा, तब तक खड़े रहने से क्या फायदा, इसलिए वह पाँव-पाँव चलने लग गया। ऐसा करते-करते उसे जहाँ पहुँचना होगा, वहाँ वह बिना साइकिल पर चढ़े पैदल ही पहुँच जाएगा। वहाँ पहुँचने के बाद उसे इस बात का ख़याल आयेगा और उसे लगेगा कि उसके साथ छल हुआ।

फोटोग्राफर ने उस आदमी को उसकी पूरी विलक्षणता में देखकर कंठस्थ कर लिया, ताकि अगर कहे हुए वाक्य की ध्वनि याद करने के बाद भी उसे शक़ हो तो वह इसका सहारा ले सके कि बात तब की है जब हरी कमीज़ पहने एक आदमी साइकिल के साथ-साथ गुज़रा था। वह आदमी इतना अजीब था कि एक बार देखने के बाद कोई भी उसे कभी नहीं भूल सकता। उदाहरण के लिए वह हरी कमीज़ पहने था। उसकी आँखें छोटी-छोटी थीं और रंग साँवला था। और तो और अपने साथ होने वाले छल के प्रति वह पूरी तरह अंजान था। अन्त तक।

एक दिन बाघा अपनी कोठरी में चारपाई पर पड़ा सोने का यत्न कर रहा था कि दक्खिना ने आकर उसके गोड़ छुए। बाघा हड़बड़ाकर उठा कि आज ऐसी क्या बात हुई! दक्खिना अब तक उसके पैर दबाने लग पड़ा था— ख़ुशामद में दोनों कानों तक मुँह को चियारे हुए। अभी बाघा उसे ताड़ने की कोशिश ही कर रहा था कि बाहर चूड़ियों की एक दबी-सी खनक हुई।

"कौन है बे? किसको लेकर आया है?" बाघा ने तुरन्त सिरहाने पड़ी अपनी मिरज़ई उठायी और पहनने लग पड़ा।

"हे-हे, आपकी बहू दादा! बियाह कर लाया हूँ।" दक्खिना उसी तरह दाँत निकाले-निकाले बोला, बस अबकी उसके नक़ूश पर शर्म का पतला पानी चढ़ा था। उसने गरदन घुमाकर सीटी मारी। तुरन्त एक लड़की, जो अब तक दरवाज़े की आड़ में छिपी खड़ी थी, कोठरी में भदभदाकर घुसी और बाघा का दूसरा पैर पकड़कर बैठ गयी।

"अजीब जंजाल में फँसा तो! छोड़ मेरा पैर— हट् हट्!" बाघा ने अपने पैर खींचने शुरू कर दिये। उधर दोनों ने अपने-अपने हिस्से में आए पैर को जी-जीन से पकड़ लिया।

"नहीं दादा, जब तक आप माफ़ नहीं करते, गुलाब को स्वीकार नहीं करते, हम नहीं छोड़ेंगे आपके पैर आपके पैर।" दक्खिना उसके पैर से एकबारगी चिपट गया। देखादेखी लड़की भी चिपटना चाही लेकिन इतने में उसका आँचल गिर गया सो तुरन्त उसने पैर छोड़कर आँचल को सिर पर ले लिया। इस बात का बाघा पर सकारात्मक असर पड़ा। बाघा को थोड़ा नरम पड़ता देख दक्खिना बोला, "इसका नाम गुलाब है।" इतने पर लड़की ने जाने क्या समझा कि फिर से बाघा का पैर पकड़ लिया। क्या मुसीबत है यह! बार-बार पैर क्यों पकड़ती है? ...और यह भी कोई नाम हुआ— गुलाब! इससे कैसे पता चलेगा हिन्दू है कि मुसलमान! पेड़ पाखी फूल पत्ती धरती अकास पर नाम रखने का अच्छा फायदा तो! ...मयना! ओह, हट् भाई माथा खिराब मत कर! टेंसन हो गया है।

"उस पार की है।" दक्खिना ने कहा और तुरन्त लड़की को ज़ोर से पैर पकड़ लेने का इशारा किया। लड़की का आँचल फिर लुढ़क गया, लेकिन इस बार उसने इसकी परवाह नहीं की। बाघा ने अपना चेहरा दूसरी तरफ़ कर लिया। अगर उसके पैर आज़ाद होते तो हुमच के दक्खिना को एक लात दे मारता, यह तय है। साले की यह मजाल, तो इस घर में बांग्लादेशी छोकरी लाये! आक् थू :!

"क्या बोला, सूताग्राम में घर है इसका?" बाघा एकबारगी सिहर गया। सूताग्राम से उसका पुराना रिश्ता ठहरा। बाघा कभी बांग्लादेश नहीं गया। ज़रूरत ही नहीं पड़ी। वह नहीं जानता सूताग्राम कैसी जगह है। ऐसी ही होगी, और क्या! बार्डर पार करते ही तो सूताग्राम। वह सूताग्राम नहीं जाना चाहता मतलब ही तो बांग्लादेश नहीं जाना चाहना हुआ। बांग्लादेश नाम की अलग से कोई जगह थोड़े ही है। बांग्लादेश मतलब वही सूताग्राम, फ़रीदकोट, फ़ैज़लपुर, ढाका, मैमनसिंह, बोरिशाल। पच्छिम बांग्ला मतलब गंगा और बांग्लादेश मतलब पद्मा। बांग्लादेश मतलब मयना। मयना भी तो बांग्लादेश मतलब सूताग्राम में है। कैसी होगी वह? बुढ़ा गयी होगी अब तो। बाघा की भी तो उमर हुई। पच्छिम बांग्ला में बाघा के बाल पक गये मतलब बांग्लादेश में मयना के बाल पक गये होंगे। वह इस छोकरी से पूछना नहीं चाहता, वह मयना को पहचानती है या नहीं। हरगिज नहीं जानना चाहता वह कैसी है। अच्छी है तो क्या उसे भी बाघा की याद आती है! याद आती है तो क्या...

"क्या नाम बोला रे इस छोकरी का?"

किस बाबरनामे में आदिग्राम का जिक्र आता है?

बूढ़े को चावल की ख़ुशबू की लू लग गयी।

परिमलेन्दु दा ने बच्चों को जिस रानी रासमणि की कथा सुनाई थी, वह कोई सचमुच की रानी नहीं थी। वह एक ग़रीब चासी (किसान) की बेटी थी, जिसकी मौत बंगाल के अकाल में चावल की ख़ुशबू से हुई थी। बंगाल में अकाल कब पड़ा था, पूछने से इतिहास के सर बताते हैं कि सन् तैंतालीस की बात है। रानी रासमणि की शादी बाबर से कब हुई थी, पूछा जाए तो परिमलेन्दु दा कहेंगे कि सन् 1760 की बात है जब ईस्ट इंडिया कम्पनी ने इस पूरे इलाक़े को गोरे-काले फ़ौजियों और तोपचियों से भर दिया था। बाबर कौन था, यहाँ कहाँ से आया था, पूछने से इतिहास के सर बताते हैं...। यह सब क्या गोलमाल है! परिमलेन्दु दा एक साथ कितनी कहानियों को जोड़-गूँथ देते हैं।

अच्छा, बाबर मतलब तो मुस्लिम, फिर उसकी शादी रानी रासमणि से क्योंकर हुई! होती है क्या? फटिकचन्द्र पूछना चाहता है कि इज़राइल मियाँ-इस्माइल मियाँ की बेटी बिलकीस से वह चाहे तो ब्याह कर सकता है क्या! पिछले बरस गौरांग पूजा के टाइम उसने बिलकीस को एक हेयरबैंड और रोटोमैक की क़लम दी थी। लिखते-लिखते लव हो जाए। बिलकीस ने मुस्कराकर कहा था— आईलवयू।

इज़राइल मियाँ-इस्माइल मियाँ दोनों जुड़वाँ भाई थे। बचपन से ही वे दोनों इतने एक जैसे थे कि उनके अम्मी-अब्बा भी उन्हें सही-सही नाम से पहचानने में धोखा

खा जाते थे। जब तक दोनों ने होश सम्भाला, तब तक किसका नाम इज़राइल है और किसका इस्माइल, यह पता कर पाना मुश्किल था। हो सकता है बचपन में कई बार इनके नामों में अदला-बदली भी हुई हो। अन्ततः लोगों ने इसका समाधान ऐसे निकाला कि जब भी किसी एक से काम पड़ता, वे दोनों का ही नाम लेकर पुकारते। जब वे स्कूल जाने जितने बड़े हुए, आर्थिक तंगी के कारण उनके अब्बा ने स्कूल में दोनों में से एक को ही दाख़िला दिलवाया— इज़राइल हसन। लेकिन गुप्त बात यह थी कि कभी इज़राइल स्कूल चला जाता तो कभी इस्माइल। इस तरह गाँव वालों को बहुत मुश्किल से दोनों को अलग-अलग पहचानने का एक नुस्खा मिला कि दोनों में से जो भी स्कूल जाए वह इज़राइल, और जो न जाए तत्काल के लिए वह इस्माइल। स्कूल के रजिस्टर की मानें तो इज़राइल हसन ही पढ़ा-लिखा है और इस्माइल हसन काला अक्षर भैंस बराबर है। इस प्रकार 'इज़राइल हसन' नाम ने छठी दर्जा पास कर लिया और 'इस्माइल हसन' नाम अब्बा के साथ हाइवे के पास जड़ी-बूटियों और मसालों की दुकान पर बैठने लगा। बाद में जब उनकी दाढ़ी-मूँछ आ जाए जितने वे बड़े हो गये तो लोगों ने सुझाया कि एक को दाढ़ी और दूसरे को मूँछ रख लेनी चाहिए। कुछ दिनों तक उन्होंने ऐसा किया भी। लेकिन फिर वही ढाक के तीन पात। लोग भूल जाते कि दाढ़ी वाला इज़राइल है या इस्माइल।

चूँकि अब्बा ने स्कूल में सिर्फ़ एक लड़के की फीस भरी थी, इसलिए उनका एक ही लड़का छठी पास कहा जा सकता था और दूसरे को अनिवार्यतः अनपढ़ होना होगा। उन्होंने एक पतलून-कमीज़ सिलवा दी ताकि पढ़े-लिखे इज़राइल को नलहाटी बाज़ार में कोई ठीक-ठाक काम मिल सके। पतलून-कमीज़ वाले लड़के को एक आढ़त में मुंशी के काम पर रख लिया गया। पतलून-कमीज़ पहनकर मुंशीगिरी करने कभी इज़राइल चला जाता तो कभी इस्माइल। दूसरा जो रह जाता, लुंगी-बनियान पहनकर मसालों की दुकान पर बैठ जाता। एक दिन पास के गाँव से पढ़े-लिखे इज़राइल के लिए एक रिश्ता आया। पहले यह सोचा गया था कि इज़राइल और इस्माइल की शादी एक ही साथ किन्हीं दो बहनों से की जाएगी। लेकिन अब्बा को दहेज़ में अच्छी-ख़ासी रकम मिल रही थी, सो इंकार न कर सके। अच्छा, लड़की अगर दो बहन होती तो भी क्या उसका बाप दूसरी लड़की की शादी 'अनपढ़' इस्माइल से करने के लिए राज़ी हो पाता? बहरहाल, लड़की इकलौती थी और सुनने में आ रहा था बहुत सुन्दर थी।

ऐन शादी के दिन क्या हुआ कि इज़राइल को दस्त लग गये। शादी की तैयारियाँ

पूरी हो चुकी थीं, बारात निकल पड़ने को तैयार थी और इधर इज़राइल ने खाट पकड़ ली। लोगों को कुछ सूझ नहीं रहा था। अचानक इज़राइल तैयार होकर घर से बाहर आया और बोला कि अब उसकी तबीयत बिल्कुल ठीक हो चुकी है और बदले में इस्माइल की तबीयत बिगड़ गयी है। लोगों ने कुछ नहीं कहा। इज़राइल ने निकाह पढ़ी। शादी हो गयी। दुल्हन घर आयी। साल भर बाद बिलकीस का जन्म हुआ।

बिलकीस का जन्म 6 दिसम्बर, 1992 को हुआ था। उसके जन्म के दिन देश भर में एक ज़लज़ला आया था, आदिग्राम में भी। लोगों के घर धू-धू कर जलने लगे थे। कई लोग मारे गये। कुछ मुसलमान बांग्लादेश भाग गये और कुछ हिन्दू वहाँ से भागकर यहाँ आ बसे। इज़राइल-इस्माइल की जोड़ी भी उसी साल टूटी। इनमें से एक के बारे में कहा जाता है कि वह बांग्लादेश भाग गया। कुछ लोग कहते हैं कि दरअसल वह कहीं नहीं गया, सचाई यह थी कि वही बिल्कीस का असली बाप था, इसलिए इज़राइल-इस्माइल में से दूसरे ने उसे मारकर कहीं दफ़्ना दिया। अन्त के दिनों में कुछ लोगों ने उसे बाघा की पत्नी मयना के साथ भी देखा था और वे मानते हैं कि अफरा-तफरी का फ़ायदा उठाकर वह मयना के साथ बांग्लादेश भाग गया। बाघा भी ऐसा ही सोचता है।

यह बहुत पहले की बात है जब बिलकीस पैदा हुई थी। जिस दिन बिलकीस पैदा हुई थी, उसी दिन बाबरी मस्जिद का ढाँचा ढहाया गया था। इतिहास के सर बताते हैं कि बाबर दिल्ली का...। लेकिन रानी रासमणि तो आदिग्राम की थी। ...इज़राइल मियाँ-इस्माइल मियाँ की तरह इतिहास में दो-दो बाबर हुए थे क्या? या दोनों दो इतिहास में अलग-अलग हुए। कौन से इतिहास में आदिग्राम का जिक्र आता है?

हाँ तो सन् 1760 की कथा चल रही थी जब ज़मींदारी ख़त्म कर ईस्ट इंडिया कम्पनी के तीन कारिन्दे मालगुजारी के नियमों में हुए बदलाव की घोषणा करने आदिग्राम पहुँचे थे। कहते हैं कि तब यहाँ जंगल का फैलाव मीलों मील था। नलहाटी बाज़ार तो अँग्रेजों के यहाँ आने के बाद बसा, जब जी.टी. रोड से नज़दीकी के कारण वहाँ अनाज मंडी और गोदाम बनाये गये। इधर जहाँ आज रानीरहाट है,

वहाँ पहले कुछ मुसलमान घर थे और बाद में रानी रासमणि के नाम पर उस जगह का नाम रानीरहाट पड़ गया। दक्खिन की तरफ़ जहाँ सान्थालों की बस्ती है, घनघोर जंगल हुआ करता था जो बशीरपुर-मुंशीग्राम तक फैला था। इस पूरे इलाक़े का ज़मीदार का नाम बाबर था, जिसकी कोठी आदिग्राम में थी। कोठी अब खंडहर में तब्दील हो चुकी है, जहाँ बाघा और दक्खिना ने अपनी गृहस्थी बसा रखी है।

ईस्ट इंडिया कम्पनी की तरफ़ से जो तीन कारिन्दे आये थे, उनमें दो गोरे थे और तीसरा काला। काले को साथ में इसलिए रखा गया था क्योंकि वह मूलतः यहीं का रहने वाला था, सो इलाक़े के भूगोल से भली-भाँति परिचित था। दूसरे, वह गोरे साहबों की भाषा भी जानता था और यहाँ बोली जाने वाली देसी भाषा भी।

इलाक़े के लोगों ने पहली बार गोरों को देखा था। बाँस की तरह लम्बे छह फुटे, नीली-भूरी आँखें और रंग जैसे दूध में गुलाब की पंखड़ियाँ घुली हों। लाल-लाल मुँह और गेरुए रंग के बाल। उनमें से एक हमेशा हैट पहने और चुरुट पीता रहता। दूसरा, जो पहले से कम उम्र का लेकिन ज़्यादा अनुभवी लगता था, हमेशा अपने गले में बायनाकूलर लटकाये रहता, बीच-बीच में आँखों से लगाकर देखता; बायनाकूलर से देखने से क्या दुनिया दूसरी तरह की दिखती है?

आदिग्राम के किसानों ने जब जाना कि अब उनकी ज़मीन उनकी नहीं रही, ईस्ट इंडिया कम्पनी की हो गयी है, और इस पर खेती करने के लिए उन्हें फ़सल का एक हिस्सा कम्पनी को देना होगा, तो वे मरने-मारने पर उतारू हो गये। एक दिन आदिग्राम के जंगलों में दोनों गोरे अफ़सरों की लाश पाई गयी। काले को इसलिए ज़िन्दा छोड़ दिया गया कि वह जाकर अपने हुक्मरानों को इसकी इत्तला कर सके। उन दो गोरे अफ़सरों में हैट और चुरुट वाला, भारत का पहला अँग्रेज कलक्टर था और दूसरा जो उससे थोड़ी कम उम्र का, लेकिन ज़्यादा अनुभवी लगता था, दारोगा था।

आदिग्राम के इतिहास में होने वाला यह पहला क़त्ल था, और एक नहीं दो-दो, दोनों ही गोरे अफ़सर। दूर-दूर से लोग आये थे देखने। छूकर देख रहे थे कि गोरी चमड़ी को छूने में कैसा लगता है। लाशों की मिट्टी काठ की तरह कड़ी हो गयी थी। लोग तय नहीं कर पा रहे थे कि लाशों को हिन्दुओं की तरह जलाया जाए या मुसलमानों की तरह दफ़्न किया जाए। हिन्दू तैयार नहीं थे कि जहाँ उनके शवों का दाह किया जाता है वहाँ किसी म्लेच्छ का भी अन्तिम संस्कार हो और दूसरी तरफ़ मुसलमान भी अपने क़ब्रिस्तान में उन्हें कोई क़ब्र देने के लिए राज़ी नहीं हो रहे थे।

इलाक़े के इतिहास में यह पहली बार था जब दो-दो लाशों को यों ही छोड़ दिया गया जंगली जानवरों के हवाले। जंगली जानवरों ने पहली बार इंसानी ख़ून चखा।

दस-पन्द्रह दिन के भीतर आदिग्राम का चप्पा-चप्पा गोरे-काले फ़ौजियों से भर गया। जंगल के सीमान्त प्रदेश में सात-आठ सौ तम्बू लग गये, जगह-जगह तोप, बंकर। लोगों के चेहरे पर भय की काली परछाइयाँ उतरने लगीं— मारे डर के मुँह चूना हो गया। वे अपने-अपने घरों में छिप गये। फ़ौज के कमांडर ने गाँव में घूम-घूमकर मुनादी करवा दी कि जो किसान कम्पनी को मालगुजारी देने में आनाकानी करेगा, उसे सरेआम कोड़े से पीटा जाएगा। अगर वह फिर भी राज़ी नहीं हुआ, तो उसे सूली पर टाँग दिया जाएगा। फ़ौजी सशस्त्र थे और किसान निहत्थे, बाल-बच्चों वाले, सो यह पूरी तरह से इकतरफ़ा लड़ाई थी। इस प्रकार रातोंरात पूरे इलाक़े पर ईस्ट इंडिया कम्पनी का राज हो गया। सारी ज़मीन एक झटके में कम्पनी की हो गयी। अब किसान अपनी ही ज़मीन पर मजदूरी करेंगे। फ़सल बोने से पहले उन्हें कम्पनी की इजाज़त लेनी पड़ेगी कि धान रोपें या मान लीजिए अफीम या नील की खेती करें।

इतना होने के बाद, जैसे यह काफ़ी नहीं था, पाँच-छः साल बाद भीषण अकाल पड़ा। अब तक दर्ज इतिहास में बंगाल पर पड़ने वाला पहला अकाल। लोग दाने-दाने के लिए मोहताज हो गये। चारों तरफ़ हाहाकार मच गया। लेकिन कम्पनी ने मालगुजारी में कोई रियायत नहीं बरती। खाने को अन्न नहीं, मालगुजारी कहाँ से दें! बच्चे बूढ़े सब पर कोड़े बरसे, औरतों ने अफ़सरों की सेवा-टहल तक कबूल कर ली, फिर भी मालगुजारी चुक्ता करने भर पैसे इकट्ठा नहीं हुए। यह तब की बात है जब रानी रासमणि चौदह साल की थी।

रानी रासमणि का जन्म एक ग़रीब किसान के घर हुआ था। रासमणि जब पैदा हुई, उसे देखकर उसका बाप डर गया। रासमणि की माँ ने समझा कि उसके पति का चेहरा सहसा इसलिए बुझ गया है कि वह मन ही मन बेटे की आस लगाये होगा। उसने डरते-डरते कहा, "...लेकिन तुम तो कहते थे कि बेटा हो या बेटी, भगवान का दिया सर-आँखों पर! बेटी को भी वही दर्जा दोगे जो, मान लो कि बेटा होता, तो उसे देते।"

"लेकिन इतनी सुन्दर लड़की! हमलोग ग़रीब हैं। आख़िर क्या ग़लती हुई जो हम ग़रीब को ऊपरवाले ने इतनी सुन्दर लड़की दी!"

रासमणि की माँ ने नवजात को देखा, उसकी छोटी-सी देह से जैसे रोशनी की धारें फूटती हों। देखकर रासमणि की माँ के मन में अतीत की किसी ख़ुशी का स्फुरण दौड़ गया और सौरी की खाट पर झुककर उसने बच्ची का माथा चूम लिया।

"हम इसे कहाँ छिपा के रखेंगे!" बाप ने कहा और डर गया।

कहते हैं जिस दिन वह पैदा हुई, एकाएक उसके बाप की उमर दुगनी हो गयी। बाल आधे से ज़्यादा झड़ गये और जो बचे उस पर चाँदी का पानी चढ़ गया। चेहरा झुर्रियों से भर गया, सारे दाँत गिर गये, आँखों में मोतिया के छल्ले पड़ गये। वह दिन-दिन भर खाँसने और कमर के दर्द के मारे झुककर चलने लगा। वह इतना कमज़ोर हो गया कि साँस लेने में भी उसे काफी मशक्कत करनी पड़ती और चलते वक़्त अक्सर उसका दायाँ पैर सन्तुलन खोकर घिसटने लग पड़ता।

जैसे-जैसे रासमणि बड़ी होती गयी, उसकी सुन्दरता की कीर्ति फैलती गयी। वह जहाँ कहीं जाती, एक पवित्र उजाले से उसका आसपास भर उठता। अँधेरे में भी रासमणि की देह से रोशनी फूटती होती। लोग दूर-दूर से उसे देखने आते और कहीं किसी आड़ से देखते, लौट जाते। दुनिया में यह कहने-सुनने का प्रचलन होता था कि रासमणि की सुन्दरता में ऐसी ग़ैबी ताक़त है कि जो कोई भी उसे सीधे-सीधे, बिना किसी ओट के देखता, फिर उसमें कुछ और देखने की लालसा हमेशा के लिए मर जाती। उसका कोई अंग विक्षत हो जाता, एक आँख की रोशनी चली जाती, एक पैर में फालिज मार जाता, एक हाथ बेकाम हो जाता, वह गूँगा-बहरा हो जाता। इस संसार से उसका जी उचाट हो जाता, मन में वैराग्य घर कर जाता, घर-द्वार पत्नी-बच्चे बूढ़े माँ-बाप को छोड़कर वह साधू-संन्यासी हो जाता, जंगल-जंगल पर्वत-पर्वत घूमता-बउआता रहता, एक दिन आत्महत्या कर लेता।

रानी रासमणि जब अठारह साल की हुई तो बंगाल में फिर दूसरा अकाल पड़ा। तब तक ईस्ट इंडिया कम्पनी नलहाटी बाज़ार में अनाज की आढ़त और गोदाम बनवा चुकी थी। यहाँ से अनाज बैलगाड़ियों में लादकर कलकत्ते पहुँचाया जाता। कहा जाता है कि जब दूसरा अकाल पड़ा, कम्पनी के गोदामों में कोई एक लाख मन धान जमा रखा हुआ था।

रानी रासमणि का बूढ़ा बाप अब तक इतना कमज़ोर पड़ चुका था जैसे कोई पुराना ज़र्द काग़ज़। उसकी देह की चमड़ी छिपकली की तरह सिकुड़ गयी थी। कहते हैं

कि जिस दिन वह मरा, उस दिन अँग्रेजों की कोठी में बासमती चावल पकाया जा रहा था। चूल्हे पर चढ़ाई गयी चावल की हाँड़ी से गरम-गुदाज खदबदाहट की आवाज़ निकल रही थी।

पकते हुए चावल की ख़ुशबू हाँड़ी से निकलकर कोठी की सेहन तक जब पहुँची, सुबह के सवा दस बज रहे थे। सेहन में दो काले पहरेदार रात भर के जागरण के बाद अभी अधनींदे बैठे थे। वहीं एक खाज खाया कुत्ता गुटिआया हुआ पड़ा था। कुत्ते ने अपनी थूथन उठाकर ख़ुशबू को देखा और इशारा किया। ख़ुशबू इसकी भरपूर कोशिश करते हुए कि उसके पैरों की आहट पहरेदारों को न मिले, सेहन से उतरकर बाहर चली आयी।

कुत्ते ने जिस रास्ते की ओर इशारा किया था, उस पर क़दम रखते ही चावल की ख़ुशबू के होश उड़ गये। चारों तरफ़, जहाँ तक नज़र जाती, लाश ही लाश पड़ी थीं। कुछ लाशों को गिद्ध-सियारों ने बुरी तरह नोंच डाला था। उनके खुले हुए पेट से आँतों की बद्धियाँ दूर-दूर तक खिंची हुई थीं। दो सटे हुए घरों के बीच फूस की छाजन से वर्षा का पानी गिरने से जिस जगह पर एक गड्ढा बन जाता है, वहाँ एक बच्चा पड़ा हुआ था। बच्चे की साँसें अभी तक चल रही थीं। दो कौव्वे उसकी आँखों पर चोंच मार रहे थे। बच्चे के शरीर में इतनी सकत भी नहीं बची थी कि वह उन्हें उड़ा पाता। ख़ून और कीचड़ से सनी पृथ्वी पर बेशुमार घोंघे और केंचुए रेंग रहे थे। साँपों से धरती पट गयी थी।

चावल की सोंधी ख़ुशबू ने अपने पाँयचे उठा लिये और ख़ून के चहबच्चों को पार करने लगी। जैसे ही वह बच्चे के पास से गुज़री, न जाने कहाँ से ताक़त बटोरकर बच्चे ने उसके एक पैर को कस के जकड़ लिया। ख़ुशबू डरकर चीख पड़ी। बच्चे की आँखें कौव्वों की चोंच के प्रहार से बाहर निकलकर किसी पतली शिरा के सहारे लटक रही थीं। बच्चे का मुँह बार-बार खुलता बन्द हो रहा था, लेकिन कोई आवाज़ नहीं निकल रही थी। थोड़ी देर बाद बच्चे की पकड़ ढीली हो गयी और उसका आधा उठा हुआ शरीर वापस ज़मीन पर धम्म-से गिर पड़ा।

ख़ुशबू ने ठिठककर इधर-उधर देखा कि कहीं उसकी चीख सुनकर पहरेदार तो नहीं दौड़े आ रहे हैं! ...नहीं, कोई नहीं। वह जल्दी-जल्दी रानी रासमणि की झोंपड़ी तक पहुँची। दरवाज़ा जैसा जो कुछ था, चौपट खुला हुआ था। भीतर चटाई पर लेटा रासमणि का बूढ़ा बाप भूख से बिलबिला रहा था। ख़ुशबू ने राहत की एक लम्बी साँस ली कि उसे यहाँ आते किसी ने देखा नहीं। उसकी साँस की आवाज़

बूढ़े तक पहुँची तो उसने पूछा, "आ गयी तू?"

ख़ुशबू ने कहा, "हाँ!"

अपरिचित आवाज़ से बूढ़ा चौंका। पूछा, "रासमणि? ...कौन?"

"मैं, चावल की ख़ुशबू!"

बूढ़ा बाहर आया। उसे चावल की ख़ुशबू की लू लग गयी। वह मर गया।

परिमलेन्दु दा बताते हैं कि एक तरफ़ तो बंगाल के इस इलाक़े में इतना भीषण अकाल पड़ा था, दूसरी तरफ़ ईस्ट इंडिया कम्पनी के कारिन्दों का मालगुजारी वसूलने के लिए इतना अमानवीय अत्याचार। धीरे-धीरे अकाल की मार से बचे हुए लोगों में विद्रोह की चिनगारी सुलगने लगी। वे एकजुट होकर छिटपुट हमले करने लगे। कम्पनी के कारिन्दों की लाशें कभी पोखर से तो कभी जंगल से बरामद होतीं। बाद के वर्षों में आदिग्राम में दो और अँग्रेज कलक्टरों की हत्या हुई। इतिहास में इस विद्रोह को 'चुआड़ विद्रोह' कहा गया। अँग्रेज इस विद्रोह को कुचलने में नाक़ामयाब हो रहे थे। इलाक़े के बच्चे-बच्चे तक तीरन्दाज़ी में पारंगत हो चुके थे। जंगलों में गुप्त मीटिंगें होतीं और आगे की कारवाई की रूपरेखा तैयार की जाती। 'जान दूँगा, ज़मीन नहीं दूँगा' जैसे नारे पहली बार इतिहास में तभी गूँजे थे।

लेकिन परिमलेन्दु दा ये किस इतिहास की बात कर रहे हैं? स्कूल के पाठ्यक्रम में इतिहास की जो पुस्तक लगी है, उसमें कहाँ किसी 'चुआड़ आन्दोलन' और 'जान दूँगा, ज़मीन नहीं दूँगा' जैसे नारों का जिक्र आता है? कोलकाता से पढ़-लिखकर आये इतिहास के सर भी इस बारे में कुछ नहीं जानते। ...और वह 27 अक्तूबर वाली घटना? बच्चों ने ज़िद पकड़ ली कि परिमलेन्दु दा एक बार फिर से 27 अक्तूबर वाली कथा सुनाएँ।

रानी रासमणि ने इलाक़े की औरतों को बटोरकर एक लड़ाकू वाहिनी तैयार की थी। 27 अक्तूबर, 1770 की घनघोर अँधेरी रात जब कम्पनी के कुछ कारिन्दे नलहाटी बाज़ार से बैलगाड़ियों पर धान लादकर चले तो उन्हें इस बात की ज़रा भी भनक नहीं थी कि उनके साथ क्या होने जा रहा है।

नलहाटी से जी.टी. रोड पकड़कर कलकत्ते की ओर बढ़ें तो बशीरपुर के पास आधेक मील तक रोड जंगल से होकर गुज़रता है। कृष्ण पाख की अन्हरिया रात।

जंगल में चारों तरफ़ झिंगुरों की चिर्र-चिर्र, साँपों की सिसकारियाँ। जुगनुओं की चौंध उरूज पर थी। धान से लदी चार बैलगाड़ियाँ थीं, सबके नीचे एक-एक लालटेन लटक रही थी। लालटेन की रोशनी आगे कुछ फ़र्लांग भर पीला उजाला कर रही थी, फिर दूर दृश्य के अँधेरे में बिला जाती थी।

पहली बैलगाड़ी पर एक लाठीधारी सिपाही भी बैठा था। बैल सुस्त चाल में चलते-चलते जब एकाएक ठिठक गये तो उसकी नींद में झिपझिपाती आँखें खुलीं। उसने चौंककर गाड़ीवान को देखा। गाड़ीवान के चेहरे पर हवाइयाँ उड़ रही थीं, यह उस मद्धिम रोशनी में भी साफ़-साफ़ दिख गया। आँखों की पुतलियाँ स्थिर पड़ गयी थीं, मानो पत्थर की हो गयी हों। वह सामने की तरफ़ देख रहा था। सिपाही ने उसकी दृष्टि का अनुसरण करते हुए जब सामने की तरफ़ देखा, उसकी भी घिग्घी बँध गयी।

पहली नज़र में तो लगा, जंगल के घनघोर अँधेरे में कहीं से दूधिया रोशनी का एक फौव्वारा फूट निकला हो। धीरे-धीरे रोशनी के केन्द्र में एक स्त्री आकृति उद्भासित हुई। सिपाही ने देखा, उस स्त्री की देह पर एक सूत भी कपड़ा नहीं था। बाल खुले हुए पीछे, जैसे घुटनों तक काले पानी का कोई झरना गिर रहा हो। शरीर का हर अंग अनावृत होकर जैसे सम्पूर्ण हो गया हो, और इस दर्प से भरकर दमकने लगा हो। केले के थम्ब जैसी चिकनी जाँघें, पेट के सुडौल ख़म और निर्दोष गोलाइयों वाले उच्छत स्तन जैसे दुनिया की नश्वरता और असम्पूर्णता का उपहास उड़ा रहे हों। उसकी देह से छिटकती रोशनी में दुनियावी मिट्टी का कण मात्र नहीं था, वह मानो स्वर्ग से उतरी कोई अप्सरा हो।

सिपाही को काठ मार गया। वह अपनी जगह पर बुत बन गया। कम्पनी का वह जाना-माना लठैत था। सिपाही पद पर नियुक्ति से पहले उसे लाठी चलाने की ट्रेनिंग दी गयी थी। नियुक्तिपूर्व वह हर अभ्यास में अव्वल आया था। उसका क़द छः फुट से ऊपर था। चौरस चेहरा, प्रकांड सिर, घने-घुँघरीले बाल, गलमुच्छे। उसके शरीर में दैत्य का बल था। चलता था तो धरती धम्म-धम्म बजती थी। वह उखड़े हुए अरबी घोड़े की लगाम पकड़कर मिनटों में उस पर क़ाबू पा लेता था। अशर्फी को मुट्ठी में जकड़कर चूरमा बना डालता था। पेड़ को अँकवार में भरकर जड़ समेत उखाड़ फेंकता था। पूरा मेमना एक बार में खा जाता था और डकारता भी नहीं था। लोगबाग उसका नाम सुनकर ही काँप जाते थे। लेकिन जीवन में पहली बार डर के मारे उसकी पेशानी पर पसीने की बूँदें चुहचुहा आयीं।

रानी रासमणि उसके क़रीब आयी। लालटेन की पीली रोशनी में उसने रासमणि के अंडाकार चेहरे को देखा। भँवों की गोलाई, मछलियों जैसी उसकी आँखें देखीं। गरदन की मांसल धारियाँ और नीचे की फीकी त्वचा जहाँ से स्तन उगने शुरू हुए थे, बायीं तरफ़ एक काला तिल था। रानी रासमणि की समस्त क्रियाशीलताओं की मुखरता जैसे उसी एक तिल के प्रतिनिधित्व में हो रही थी। इस प्रकार वह तिल प्रमुख होकर सिपाही की चेतना पर छाने लगा। सिपाही उस तिल पर जाकर अटक गया। उसे लगा, उसके भीतर के सारे दरवाज़े एकाएक भड़भड़ाकर बन्द पड़ गये हों। उसने अपने घुटनों में हल्की कँपकँपी महसूस की। पेडू में रह-रहकर एक मरोड़-सी उठ रही थी। हलक़ में मानो काँटे उग आये हों। उसने कई बार अपने होंठ गीले करने की कोशिश की। धड़कनों की रफ़्तार इतनी बढ़ गयी थी कि लगता था छाती के पंजरे फट पड़ेंगे। सिपाही पद पर नियुक्ति के वक़्त उसे बिल्कुल नहीं सिखाया गया था कि ऐसी स्थिति में उसे क्या करना चाहिए। उसके पास तेल पिलायी मजबूत लाठी थी, लेकिन आज वह एक छोटे-से तिल से हार गया था।

तभी पीछे से कई स्त्रियाँ आयीं और बैलगाड़ियों से धान की बोरियाँ उतारने में लग गयीं। सिपाही समेत सारे गाड़ीवान उन्हें ऐसा करते देखते रहे और अपनी जगह पर बुत बने रहे। बोरियाँ उतारकर उन्होंने एक दूसरे की पीठ पर लादीं और जैसे आई थीं, वैसे ही अँधेरे में बिला गयीं। रानी रासमणि ने सिपाही के कन्धे पर हाथ रखा। एकाएक सिपाही के शरीर में रक्त का प्रवाह बढ़ गया। सबसे पहले उसकी नाक से ख़ून की बूँदें निकलीं, टपकने लगीं। दाँतों-मसूढ़ों से ख़ून निकलकर होठों को रँगने लगा। उँगलियों की पोरें फट गयीं। कनपटी के पीछे से ख़ून की एक झिझकती-सी रेखा निकल पड़ी। हड्डियाँ तड़कने लगीं। रासमणि के निर्वस्त्र शरीर की आँच से सिपाही झुलसने लगा, उसकी चमड़ी गलने लगी। चारों तरफ़ मांस जलने की एक चिरचिराती-सी गन्ध फैल गयी। देखते-देखते सिपाही का पूरा शरीर गलकर बहने लगा। सिपाही फना हो गया।

ऐसी रानी रासमणि ने इलाक़े के ज़मींदार बाबर से शादी क्यों की? कहते हैं कि बाबर अमावस की अँधेरी रात की तरह काला था, उसकी तोंद निकली हुई थी, उसकी एक आँख पत्थर की थी, उसे एक कान से सुनाई नहीं देता था, वह लँगड़ा कर चलता था और उसकी देह से हमेशा पसीने की एक अजीब खट्टी गन्ध आती थी। क्या इन्हीं सब वजहों से इस दुनिया में सिर्फ़ वही था जो रानी रासमणि से ब्याह कर सकता था?

"अच्छा, कोलकाता में तो बहुत बढ़िया पढ़ाई-लिखाई होती होगी न?"

"होती होगी।" नशे में डोलता सद्दाम कहता है।

"फिर इतिहास के सर रानी रासमणि के बारे में क्यों नहीं जानते?"

"रानी रासमणि तो आदिग्राम की है, कोलकाता में इतिहास की दूसरी पढ़ाई होती होगी।" हरिगोपाल सोचता है।

"हर जगह इतिहास की अलग-अलग किताब पढ़ाई जाती है क्या?" बाब्लू पूछता है। इतिहास विषय के रूप में उसे कभी पसन्द नहीं आया, वह हमेशा इतिहास में फेल होता है।

"नहीं, हरिगोपाल ने ग़लत कहा। हर जगह एक ही इतिहास पढ़ाया जाता है। रानी रासमणि की कथा हमारे स्कूल में चलने वाली इतिहास की किताब में भी कहाँ है!" फटिकचन्द्र ने सोच-समझकर कहा।

"क्या पता यह पुस्तक कलकत्ते में चलने वाली पुस्तक है और यहाँ के स्कूल में लगा दी गयी है।"

"क्या पता परिमलेन्दु दा झूठ बोलते हों।"

"क्या पता सच बोलते हों, सचमुच की कोई रासमणि हो और हमें बताया नहीं गया। इसलिए परिमलेन्दु दा बताते हैं तो हमें झूठ लगता है।"

"क्या पता।"

"पता नहीं!"

गुलाब को अपने पर लिखा गया निबन्ध याद करना होगा।

जब हम देखते हैं तो क्या देखते हैं?

जाड़े के छोटे दिन। साढ़े पाँच-छह तक अँधेरा उतर जाता है। हराधन के यहाँ से जब बाघा लौटा, गुलाब एक हाथ में किरासिन की ढिबरी लिये चिमटे से दीवार पर लगे उपले उतार रही थी। बाघा को देखा तो चिमटे वाले हाथ से खींचकर आँचल सिर पर लेना चाहा, लेकिन तत्काल ऐसा न हो सका। बाघा खाँसते हुए कोठरी की तरफ़ बढ़ चला।

गुलाब के आने के बाद से बाघा की रहनवारी का एक हद तक कायान्तरण हो चुका था। बाहर वाली कोठरी, जिसे गुलाब के आने से पहले रसोई की तरह इस्तेमाल में लाया जाता था, बाघा ने अपनी चारपाई वहीं डाल ली थी। चारपाई पर साफ़ चदरी बिछी थी। दीवार पर माँ तारा की तस्वीर वाला एक कैलेंडर टँगा था। दरवाज़े के दायें-बायें अँजुरी से फूल गिरातीं दो लड़कियों की तस्वीर और ऊपर की चौखट से टँगे आम के पत्तों की झालरनुमा तोरण पर 'वेलकम' लिखा हुआ। आम के पत्ते सूख गये हैं। कपड़े-लत्ते आले पर करीने से तहा कर रखे हुए थे। भीतर वाली कोठरी में दक्खिना और गुलाब रहते थे। दोनों कोठरियों के बीच की जगह में थोड़ी आड़ कर दी गयी थी, जहाँ फिलहाल मिट्टी के चूल्हे पर एक हाँड़ी चढ़ी थी। बाघा ने सोचा कि आते वक़्त हराधन से दो-चार लीटर किरासिन तेल लेते आना

चाहिए था। स्टोव पर खाना बहुत जल्दी बन जाता है और धुएँ-उपले की कोई झंझट नहीं रहती।

बाघा ने अपने भीतर गुलाब के लिए एक अजीब मुलायम-सा भाव उमड़ता हुआ महसूस किया। आज अगर उसकी बेटी होती तो गुलाब की ही उमर की होती। बाघा को अफसोस हुआ कि आज ही वह हराधन से गुलाब के बारे में क्या-कुछ उल्टा-सीधा बक आया है। उसे ऐसा नहीं करना चाहिए था, जो भी हो गुलाब अब उसके घर की इज़्ज़त है।

दरअसल गुलाब से बाघा की चिढ़ की कुछ ठोस वजहें हैं। एक तो मयना कांड के बाद बाघा औरतजात से ही चिढ़ने लगा है, दूसरे गुलाब भी मयना की तरह बांग्लादेशी है। औरत और वह भी बांग्लादेशी, मतलब करेला और नीम चढ़ा। फिर जब से गुलाब आयी है, दक्खिना का मन धन्धा-रोज़गार में कम ही लगने लगा है। पहले वह हर रात धन्धे पर निकलता था और कुछ न कुछ बटोर ही लाता था, लेकिन अब वह कभी-कभी नागा भी कर दिया करता है। इसके अलावे दिन भर दोनों के बीच प्यार-मनुहार का खेल चलता रहता है और कभी-कभी वे यह भी भूल जाते हैं कि बगल की कोठरी में बाघा सोया है या जग रहा है। लड़की भी दक्खिना के पीछे ठीक-दुरुस्त रहती है, लेकिन अगर उसके साथ दक्खिना भी हो तो उससे लाज-लिहाज-मरजाद ऐसे ग़ायब हो जाते हैं जैसे गधे के सिर से सींग। दोनों कभी-कभी शाम को हाथ में हाथ डाले घूमने-टहलने निकल जाते हैं और रिक्शा पर सवार होकर एक दूसरे के हाथ से आइसक्रीम चाभते हुए लौटते हैं। या दिन-दुपहरी एक साथ पोखर में नहाने उतर जाते हैं। घंटों एक दूसरे की देह पर पानी उलीचते हैं, जलकुम्भियों के कन्द उछालते हैं और पनिया साँप की माला पहन लेते हैं। टिटकारी मारकर पनकौव्वे, बगुले या टेंटेई उड़ाते हैं।

औरत बाघा के साथ भी रही लेकिन ऐसी मस्ती को उसने सदैव दूर से प्रणाम किया, जिसमें मनुष्य को इन्द्र-चन्द्र की भी सुध नहीं रहती। यह क्या कि पूरा गाँव तमाशा देखे जा रहा है और आपको कोई होश ही नहीं। गाँव भर में इनकी बेशर्मी के क़िस्से मशहूर हो रहे हैं। वह दिन दूर नहीं जब गाँव के मातब्बर पंचानन बाबू बाघा को बुला भेजें और डाँट-फटकार लगाने लगे।

पंचानन बाबू शिक़ायती बोर्ड पर लिखी पंक्तियों को आधार बनाएँगे। कोई आधी रात, जब कोई देखता न होगा, आकर बोर्ड पर गुलाब के लिए लिख गया होगा कि उसके आचरण से गाँव की लड़कियों पर ग़लत असर पड़ रहा है।

'उल्टे पल्ले की साड़ी पहनती है। सिंगार-पटार पर ख़ूब ध्यान देती है। वेल्वेट की 'सदा सुहागन' बिन्दी और 'अमानत' पाउडर लगाती है। इठला के चलती है। दो लम्बर की जाली पारटी है।'

—एक गुमनाम आदमी।

पंचानन बाबू एक छड़ी को बोर्ड पर लिखे हर शब्द पर फिराते हुए पढ़ेंगे जैसे स्कूल में मास्टर लोग पढ़ते हैं— मदन घर चल, माला ताला ला। दुआर पर जितने भी लोग बैठेंगे, पंचानन बाबू द्वारा हर पंक्ति के पढ़े जाने के बाद उसे सस्वर दुहराएँगे। एक बार, फिर बार-बार। बार-बार दुहराने से उन्हें वे पंक्तियाँ याद होने लगेंगी। इस प्रकार उनकी ज़ेहन में गुलाब की एक छवि बनेगी। छवि इठला के चलेगी, 'अमानत' पाउडर लगाएगी। गाय पर निबन्ध, मेरा प्यारा गाँव पर निबन्ध की तरह पंचानन बाबू गुलाब पर निबन्ध लिखने की 'टास्क' देंगे। धीरे-धीरे इन पंक्तियों में और भी पंक्तियाँ जुड़ती चली जाएँगी और गाय की तरह, हमारा प्यारा गाँव की तरह गुलाब का चरित्र निर्धारण होगा।

"मुझे और भूख लगी है, एक रोटी और खाऊँगी।" अगर गुलाब कहेगी तो सारे लोग जल्दी-जल्दी निबन्ध के पन्ने पलटने लगेंगे। आपस में राय-विचार कर निष्कर्ष निकालेंगे कि वह सिर्फ़ दो रोटी ही खा सकती है।

पंचानन बाबू के दुआर पर सारे लोग बैठे रहेंगे और बाघा अपनी बेंच पर खड़ा रहेगा। उसे मन ही मन घंटी के बजने का इन्तज़ार होगा। घंटी बजने के बाद सारे लोग दुआर से चिल्लाते हुए भागेंगे— 'छुट्टी'! लेकिन बाघा वहीं खड़ा रहेगा। पंचानन बाबू बोर्ड पर लिखे को डस्टर से मिटाने के बाद एटेंडेंस रजिस्टर उठाकर जाने को होंगे कि उनकी नज़र बाघा पर जाएगी। उन्हें याद आएगा। वे उसके पास आएँगे। कहेंगे, "बाघा, तुम इलाक़े के नामी चोर हो। गाँव के सभी लोग तुम्हें मानते हैं, तुम्हारा आदर करते हैं। लेकिन यह लड़की तुम्हारी इज़्ज़त पर बट्टा लगा रही है। तुम्हें कुछ करना चाहिए, वर्ना मजबूर होकर मुझे एक्शन लेना पड़ेगा।"

बाघा कुछ कहना चाहेगा, लेकिन ऐन क्या कहना चाहिए, ठीक-ठीक पता नहीं चल पाएगा। इस प्रकार वह चुप ही रह जाएगा।

पंचानन बाबू पूछेंगे, "तुम्हें अपनी सफाई में क्या कहना है बाघा?"

बाघा चुप रहेगा। उसे सहसा याद आएगा कि गुलाब इठला के चलती है, यह उसने हराधन के यहाँ से लौटते हुए सोचा था। 'अमानत' पाउडर भी उसी ने कोठरी में रखे आले पर देखा था। हथेली पर ज़रा-सा छिड़का भी था। क्या ख़ुशबू थी

उसकी।

पंचानन बाबू उसके कन्धे पर हाथ रखेंगे। मुलायम स्वर में कहेंगे, "देखो बाघा, यह पूरे गाँव की इज़्ज़त का सवाल है। गाँव की बहू-बेटियों, लड़कियों पर ग़लत असर पड़ेगा, मतलब गाँव की इज़्ज़त ख़राब होगी। समझ रहे हो न? फिर भी तुम्हें एक मौक़ा दिया जा रहा है। जो तुम कर सकते हो, करो। और अगर नहीं कर पा रहे हो तो हमें कहो, आख़िर हम गाँव के बड़े-बुजुर्ग हैं! मेरी मानो तो दोनों को निकाल बाहर करो। न यह लड़की ठीक है और न वह लड़का, क्या नाम है उसका...!"

पंचानन बाबू चाचा नेहरू की तरह गाल पर एक उँगली रखकर सोचने लगे। जब भी उन्हें कुछ याद करना होता है, वे ऐसा ही करते हैं। बाघा ने सोचा कि वह मर जाएगा, फिर भी उन्हें दक्खिना का नाम याद नहीं दिलाएगा। लेकिन तब तक कोई आकर शिक़ायती बोर्ड पर लिख जाता है— दक्खिना रजक।

"हाँ याद आया, दक्खिना!"

"मैं तो बस याद दिलाने ही वाला था।" बाघा ने क़सम खाकर कही।

"देखो बाघा, कुछ लोगों ने दक्खिना को बी.एस.एफ. के सिपाहियों से घुल-मिलकर बातें करते देखा है। मुझे शक़ है, वह बीच-बीच में बांग्लादेश भी आता-जाता होगा। तुम्हें ख़बरदार करना मातब्बर होने के नाते मेरा फर्ज था, सो किया। बाक़ी तुम देख लो।"

अन्त में बाघा सिर झुकाये अपने ठिए पर लौटेगा कि रास्ते में अँधेरा हो जाएगा। जाड़े के छोटे दिन, साढ़े पाँच-छः तक अँधेरा उतर जाता है। गुलाब एक हाथ में किरासिन की ढिबरी लिये चिमटे से दीवार पर लगे उपले उतार रही होगी। बाघा को देखेगी तो चिमटे वाले से हाथ से खींचकर आँचल सिर पर लेना चाहेगी, लेकिन तत्काल ऐसा हो न सकेगा। बाघा अपने भीतर उसके प्रति एक अजीब मुलायम-से भाव को उमड़ते हुए महसूस करेगा। वह सोचेगा कि आते वक़्त हराधन से दो-चार लीटर किरासिन तेल लेते आना चाहिए था। स्टोव पर खाना बहुत जल्दी बन जाता है और धुएँ-उपले की कोई झंझट नहीं रहती।

हमने पुतली माई के हवाले से पहले ही कहीं कहा था कि गाँव के लोगों का मानना है, हराधन की माँ चुड़ैल थी। मुख्य रूप से इसी कारण उसकी शादी नहीं हुई।

भला कौन होगा जो किसी चुड़ैल के लड़के के हाथ में अपनी लड़की दे और दुनिया भर के आगे बेटीबेचवा कहलाए! एक बार पंचानन बाबू ने पास के किसी गाँव में हराधन का रिश्ता कराने की जुगत भी की थी, लेकिन ऐन मौक़े पर किसी दिलजले ने भेद खोल दिया और लड़की वाले भाग खड़े हुए। इसके बाद हराधन ने ख़ुद ही ब्याह करने से मना कर दिया।

हराधन का बाप काली मंडल भी दुकान चलाता था। एकाध बीघे की खेती भी थी। जब काली खेत पर होता तो उसकी माँ, यानी हराधन की दादी दुकान पर बैठती। तब ज़माने में रुपये-पैसे का इतना चलन नहीं था। बच्चों को अगर लेमनचूस खाने होते थे तो अँगोछे में या फ्रॉक में अँजुरी भर चावल या मकई लेकर जाते थे और बदले में लेमनचूस या काले पाचक की पुड़िया प्राप्त कर आते थे।

तब हराधन की माँ जीवित थी, लेकिन हराधन का जन्म नहीं हुआ था। गाँव की बड़ी-बूढ़ियाँ बताती हैं कि हराधन की माँ बहुत सुन्दर थी, तिस पर भी काली ने उसे छोड़ रखा था। काली का बड़ा भाई फ़ौज में था और जब चीन से लड़ाई हुई थी तो शहीद हुआ था। बड़े भाई की मृत्यु के बाद काली की नज़दीकियाँ अपनी विधवा भाभी से बढ़ गयी थीं। इसे लेकर हराधन की माँ हमेशा दुखी रहती थी, घुट-घुटकर रोती-कलपती रहती थी। भोरहरी में, या अँधेरा उतरने पर साथ में दिशामैदान को जाने वाली औरतें-लड़कियाँ उससे पूछती थीं कि कौन-सा ग़म उसे खाये जा रहा है, लेकिन वह किसी से कुछ नहीं कहती, चुप रहती और जब बर्दाश्त से बाहर हो जाता, मुँह में आँचल ठूँसकर रोने लगती। औरतें-लड़कियाँ सोचती थीं कि हो न हो वह अपनी सास के अत्याचारों से त्रस्त है और जग-हँसाई के डर से किसी को कुछ नहीं बताती। इन्हीं में से पुतली माई भी थी जो तब साल भर पहले ब्याह कर आदिग्राम आयी थी।

काली की माँ, यानी हराधन की दादी के बारे में पुतली माई कहती है कि वह बड़ी कुटनी थी। बड़ी बहू को चूँकि विधवा पेंशन मिलती था, इसलिए उसे ख़ूब मानती थी और घर का सारा काम काली की बीवी से करवाती थी। ख़ुद भी एक खर नहीं सरकाती थी, दुकान पर बैठती थी या घूम-घूमकर पर-पंचइती करती रहती थी। आधी-आधी रात तक काली की बीवी से अपने गोड़ दबवाती थी और उधर काली अपनी भाभी का लहँगा सूँघता रहता।

एक बार जब पूरे गाँव में हैजा फैला तो काली की बीवी भी उसके प्रकोप में धरा गयी। शहर से डॉक्टरों का एक दस्ता आया था जो हैजे से पीड़ित लोगों का मुफ़्त में

इलाज करता था। कहते हैं कि अन्त समय में काली का मन पसीजा था और वह अपनी पत्नी का इलाज करवाना चाहता था, लेकिन काली की माँ ने ऐसा नहीं होने दिया। वह पराये डॉक्टरों द्वारा अपने घर की औरत को 'छूने-सहलाये जाने' के विरोध में अड़ गयी और काली को धमकी दे डाली कि अगर वह ऐसा करेगा तो अगले ही पल गले में बालू से भरा गगरी बाँधकर पोखर में छलाँग लगा देगी। अन्त में दो दिनों तक बुरी तरह छटपटाने के बाद काली की पत्नी मर गयी। तब तक हराधन का जन्म नहीं हुआ था।

पत्नी के मरने के बाद काली एकदम से बदल गया, ऐसा बतलाते हैं। दिन-दिन भर आम की बगियारी में बउआता रहता, पाखी-पखेरू से अपना दुखड़ा रोता, बिलखने लगता। दो-तीन महीने में ही सूखकर काँटा हो गया, आँखें धँस गयीं, गालों पर की हड्डियाँ उभर आयीं, चेहरे का रंग कोयला हो गया, पूरे चेहरे पर नाक खांडे की तरह निकली प्रतीत होती थी। चलता था तो हड्डी-पंजरी आपस में टकराती, खन-खन बजती।

इधर मरने के बाद काली की बीवी चुड़ैल बन गयी। संयोग से उसने उसी आम की बगियारी में एक घने पेड़ को अपना ठियाँ बनाया। दिन भर पेड़ के घनेरे में छिपकर रहती और रात उतरते ही घूमने-पराने निकल पड़ती। एक दिन की बात है कि काली उसी पेड़ की जड़ के पास बैठा रो रहा था। डाल से लटक रही चुड़ैल ने देखा तो झट एक सुवे का रूप धरा और पूछा, ''ऐ आदमी, तू क्यों रो रहा है, बता।''

काली ने सुवे को आदि से इति तक अपनी व्यथा-कथा बतलायी। सुवे की भेख में चुड़ैल ने जब अपने पति को पछतावे की आग में झुलसते देखा तो उसकी आँखें भर आयीं, दिल पसीज गया। उसने मन ही मन संकल्प किया कि जैसे भी हो वह अपने पति से मिलकर रहेगी।

सुवे ने काली से पूछा, ''ऐ आदमी, अगर आज की रात तेरी अभागन नार तुझसे मिलने आये तो तू क्या करेगा, बता।''

काली ने सुवे से कहा, ''फिर तो मैं उसे अपने पास से कभी न जाने दूँ। एक बार उसे खो चुका हूँ, दुबारे से ऐसी ग़लती भूलकर भी न करूँगा।''

सुवे ने कहा, ''लेकिन अब तो वह चुड़ैल की योनि में चली गयी है। दिन होते ही उसे वापस अपनी योनि में जाना पड़ेगा। अगर तू वचन दे कि सुबह होने से पहले तू उसे जाने दिया करेगा तो वह हर रात तुझसे मिलने आया करेगी।''

सुनकर काली की ख़ुशी का ठिकाना न रहा। पूछा, ''ऐ सुवे, क्या ऐसा सचमुच

हो सकेगा?" सुवा चुप ही रहा। सुवे को कुछ बोलता न पाकर काली बेचैन हो गया। आतुर होकर बोला, "मैं वचन देता हूँ कि भोर उपजने से पहले-पहले मैं उसे विदा कर दिया करूँगा।"

तब सुवे ने कहा कि आज से वह घर के बाहर वाली पलानी में अपनी खटिया डाल ले और रोज़ रात को वहीं सोया करे। अगर कोई पूछे तो कहा करे कि घर-गिरिस्ती से उसका मन उचट गया है। हर रात दूसरे पहर उसकी पत्नी उसी मड़ई में उससे मिलने जाया करेगी और उसके साथ एक पहर बिताकर चली आएगी। इतना कहने के बाद सुवा उड़ा और पेड़ के घनेरे में बिला गया। काली ख़ुशी-ख़ुशी अपने घर लौट आया।

कहे के मुताबिक़ रात के दूसरे पहर चुड़ैल आयी। दूध की-सी चाँदनी। दुआर पर चारों तरफ़ सुनसान था, चिरई का पूत भी नहीं था, फिर भी चौकन्ना होकर उसने इधर-उधर देखा। दूर चिमन साहू के दुआर पर खूँटे से बँधी भैंस पगुरा रही थी। वहीं थोड़ा हटकर धान उसीनने की हाँड़ी औंधी पड़ी थी। धान को खेतों से लाकर खलिहान में रखने के दिन थे। हर घर के दुआर पर पुआलों का ढेर लगा रहता। सूप में धान को उठाकर ऊपर से गिराने से खलियाँ-खखरी उड़ जातीं और ढेर लग जाता। दिन भर अनाज को उसीनने-सुखाने-निराने का काम चलता रहता। पलानी के पास ही बैलों को खोल एक बैलगाड़ी को झुकाकर रखा गया था। उसके चक्कों के पास कुछ चूहे चावल के दानों के बीच चीं-चीं करते फुदक रहे थे।

चुड़ैल ने धीमे से पलानी का दरवाज़ा खोला और अन्दर हो लिया। भीतर काली उसका इन्तज़ार ही कर रहा था। वचन के अनुरूप उसने भोर होने से पहले ही चुड़ैल को विदा कर दिया। इस तरह वह रोज़ ही पलानी में सोने लगा तो एक दिन उसकी माँ ने टोका कि आख़िर क्या बात हो गयी जो अब वह घर में नहीं, बाहर मड़ई में सोने लगा है। सुवे के सिखाये अनुसार काली ने कहा कि अब घर-गृहस्थी से उसका मन हट चला है। वह सारे सुखों को तजकर अब सात्विक जीवन जीना चाहता है।

काली की माँ ने आख़िर नौ महीने उसे अपने पेट में रखा था। उसे समझते देर न लगी कि वह झूठ बोल रहा है और कि दाल में कुछ काला है। उसने तय किया कि चाहे जैसे भी हो आज की रात वह सचाई का पता लगाकर रहेगी। ऊपर-ऊपर उसने रोने का नाटक किया। कलपते-बिसूरते हुए काली को छाती से लगा लिया कि इस भरी जवानी में उसका पूत साधू-संन्यासी होने चला है। काली इस तिरिया चरित्तर

को समझ न सका।

उस रात काली की माँ घर के किवाड़ की आड़ लेकर खड़ी हो गयी और इन्तज़ार करने लगी। चाँदनी रात थी, इस कारण किवाड़ की आड़ से पलानी तक साफ़-साफ़ देखा जा सकता था। रात के दूसरे पहर चुड़ैल को आना था, आयी और पलानी के दरवाज़े के पास ठिठककर इधर-उधर देखा। काली की माँ ने जब सफ़ेद साड़ी में लिपटी चुड़ैल को देखा तो अचकचाई कि गाँव की यह कौन स्त्री है जो चुपके-चुपके उसके बेटे के पास आयी है। फिर जब उसकी नज़र चुड़ैल के उल्टे पाँवों पर गयी तो समझने में देर न लगी कि यह कोई अनचिन्हार औरत नहीं, काली की मृत पत्नी ही है जो मरने के बाद अब चुड़ैल बन चली है।

जब चुड़ैल आश्वस्त होकर पलानी के भीतर चली गयी तो काली की माँ अपने कमरे में लौट आयी। उसने अपने आँचल से एक चाकू बाँध लिया और इन्तज़ार करने लगी। रात का दूसरा पहर जब बीतने को हुआ, वह घर से निकली और बिल्ली की तरह दबे पाँव पलानी के दरवाज़े से जा लगी। कान लगाकर सुना, भीतर घोर शान्ति व्याप्त थी। दरवाज़ों की फाँक से लगकर देखा, काली और चुड़ैल एक दूसरे से लिपटे बेसुध सो रहे थे। दोनों के कपड़े अस्त-व्यस्त हो रहे थे। चुड़ैल के बाल खुलकर खटिया से नीचे को लटक रहे थे। काली की माँ ने पलानी का दरवाज़ा इतने हौले से खोला जैसे घाव पर से पट्टी उतारते हैं। घुटनों के बल चलती हुई वह खटिये तक पहुँची और चाकू से चुड़ैल के कुछ बाल काट लिये।

सुबह जब चुड़ैल चलने को हुई तो उसके क़दम उठ ही नहीं रहे थे। किसी तरह पैर घसीटते हुए वह वहाँ से निकली, लेकिन रास्ता भटककर फिर वहीं की वहीं पहुँच गयी। ऐसा कई बार हुआ, यहाँ तक कि पूरब आसमान में लाली छिटक आयी और मुसलमानों की बस्ती की तरफ़ से ढेंकियों पर चिवड़ा कूटने की आवाज़ आने लगी। चुड़ैल को सारा माजरा समझ में आ गया। वह वापस पलानी में आयी और काली को बताया कि उसकी माँ ने उसके थोड़े से बाल काट लिये हैं। जब तक उसके बाल नहीं मिल जाते, वह चाहकर भी यहाँ से जा नहीं सकती।

काली उसे लेकर जब अपनी माँ के पास पहुँचा तो माँ ने स्वीकार कर लिया कि उसने ऐसा किया है। जब चुड़ैल ने अपने बाल माँगे तो माँ ने कहा, अभी फुर्सत नहीं है, देखती नहीं कि इतने सारे बर्तन माँजने को पड़े हैं। चुड़ैल पल की पल में बर्तन माँजने में जुट गयी। बर्तन माँजकर उठी और फिर अपने बाल माँगे तो सास ने कहा, अभी फुर्सत नहीं है, घर में झाड़ू-बुहार करना है। चुड़ैल ने झाड़ू उठा लिया और घर

बुहारने में लग गयी।

काली की माँ काम गढ़ना ख़ूब जानती थी, चुड़ैल को ज़रा भी फुर्सत न देती। चुड़ैल जब भी अपने बाल माँगने जाती, कोई न कोई काम अढ़ा देती— घर-दुआर लीपना, कंडे थापना, छानी में लगे मकड़े का जाल हटाना, मसाला बाटना, बरी पारना, सूखने के लिए राई पसारना, सिरका छानना, ढेंकी चलाना आदि गृहस्थी में रोज़ ही सैकड़ों काम उपजते हैं। ऐसे ही दिन बीतते रहे और एक दिन चुड़ैल ने काली के कानों में फुसफुसाकर कहा कि वह पेट से है। काली की ख़ुशी का ठिकाना न रहा। जब उसकी माँ ने सुना तो वह भी बहुत ख़ुश हुई। अब तक दिन-रात उसे एक ही चिन्ता खाये जा रही थी कि उसके चौखट पर दीवा जलाने वाला कोई न हुआ। बड़ी बहू निपूती ही विधवा भई और हैजे ने दूसरी बहू को भी लील लिया। अब जब उसने यह ख़बर सुनी तो जैसे उसके सारे मृत पड़ चुके अरमान जाग उठे। उसने गौरांग महाप्रभु से गुहार लगायी कि उसे पोता ही हो और वह उसका नाम श्री हराधन मंडल रखेगी।

एक दिन जब चुड़ैल ने अपने बाल माँगे तो सास को सूझा ही नहीं कि उसे क्या काम अढ़ाये। जब चुड़ैल नकियाते हुए अपने बाल माँगती ही रही तो सास ने कहा, अभी फुर्सत नहीं है, एक पसेरी गेहूँ फटकना है। चुड़ैल को आश्चर्य हुआ कि अभी दो-एक दिन पहले ही उससे गेहूँ फटकवाया गया था। बहरहाल, वह कोठाल से गेहूँ निकालने लगी। अचानक उसे काग़ज़ की एक पुड़िया मिली। खोलकर देखा तो उसमें उसके बाल लिपटे पड़े थे। सास की नज़र पड़ी तो दौड़ी-दौड़ी आयी और चुड़ैल के पैरों से रपट गयी। चुड़ैल ने कहा कि अब उसके बाल मिल गये हैं, वह किसी भी सूरत पर नहीं रुक सकती। सास ने बिनती के स्वर में कहा कि अगर चुड़ैल ने जाने की ठान ही ली है तो उसे भला कौन रोक सकता है, लेकिन अब बस दो-ढाई महीने रह गये हैं, अगर वह बच्चा होने तक रुक सके तो बड़ी मेहरबानी होगी। चुड़ैल पसोपेश में पड़ गयी, बच्चे की बाबत तो वह भूल ही गयी थी। सात महीने का पेट लेकर वह कहाँ मरघट-मसान में घूमती-पराती रहेगी! पेड़ पर चढ़ने-उतरने में भी दिक़्क़त होगी।

अन्त में उसने अपना सात महीने का गर्भ अपनी जेठानी को दिया और पल की पल में वहाँ से अन्तर्धान हो गयी। दो महीने बाद जब बड़ी बहू ने हराधन को जन्म दिया तो पूरे गाँव में हल्ला मच गया। लोगों ने काली को मारने के लिए घेर लिया जिसने अपनी विधवा भाभी के साथ मुँह काला किया था। अन्ततः काली की माँ को

आगे आना पड़ा और शुरू से लगाकर अन्त तक सारी कहानी कहनी पड़ी। लोगों को विश्वास नहीं हुआ तो उसने नवजात बच्चे के सिर पर हाथ रखकर किरिया खायी।

बच्चे का नाम हराधन पड़ा। आज भी लोग यह कहते हैं कि जिस वंश को आगे बढ़ाने के लिए बुढ़िया ने चुड़ैल को इतना तड़पाया, वह देखो कैसे बुझने वाला है। भला कौन होगा जो अपनी बहन-बेटी का ब्याह किसी चुड़ैल के लड़के से करेगा!

जीप फिलहाल तीन ताड़ वाले रास्ते पर खड़ी थी। कलकत्ते से बैनर्जी आ चुका था और जीप से उतरकर दूर-दूर तक पसरे खेतों को देख रहा था। जाड़े की चमकीली धूप थी जिसकी चौंध से आँखों को बचाने के लिए उसने उल्टी हथेली की आड़ कर ली थी। रंजन मजूमदार ने हमेशा की तरह हैट पहन रखा था। सहायक जतिन विश्वास जीप के बोनट पर फैलाये गये नक़्शे पर झुका हुआ कुछ देख रहा था। उन लोगों के साथ शमसुल भी था जो जीप के पिछवाड़े खड़े तीन ताड़ के पेड़ों के पास बैठा ऊँघ रहा था।

बैनर्जी ने जतिन विश्वास को नक़्शे पर झुका हुआ देखा तो मुस्कराया। बोला, "हाथ पर हाथ रखकर सिर्फ़ नक़्शा निहारने से कुछ नहीं होने वाला बरखुरदार। एरिया आइडेंटिफिकेशन को फेब्रीकेट करो। पिछले दो हफ़्ते से तुम लोग यहाँ क्या कर रहे हो, यह मेरी समझ से बाहर है।"

कम्पनी ज्वाइन करने से पहले बैनर्जी फ़ौज में था। उसकी चाल-ढाल में वही ठसक और आवाज़ में वही कड़क अब भी मौजूद थी। वह अब भी फ़ौजियों की तरह छोटे-छोटे बाल रखता, तन कर चलता खड़ा होता और उसके चेहरे पर ज़मीन की मटमैली सतह से ख़ूब ऊपर उठे होने का वही दर्प था जो बेवकूफ फ़ौजियों में भूसे की तरह शुरू से ही भर दिया जाता है।

"सर वो...। कम्पनी नहीं समझेगी बट यू कैन अंडरस्टैंड सर कि इस सबमें टाइम तो लग ही जाता है। एंड द पीपल हियर आर वेरी फिल्दी।" रंजन मजूमदार को जब सूझा नहीं कि बैनर्जी के इस अटैक का क्या जवाब दे तो वह कहानी बनाने पर उतर आया।

"दे आर फिल्दी बिकॉज़ यू आर फोर्सिंग देम टु फील देयरसेल्व फिल्दी।" बैनर्जी एक साँस में उगला, फिर अगले ही पल ठंडा पड़कर समझाइश के लहज़े में

बोला, "उनके बीच बाहर के आदमी बनकर जाओगे तो वे कभी ओपन-अप नहीं होंगे। मेक देम कम्फर्टेबल एंड ईजी।"

"सर आपने कहा प्रोपोज़ल को फेब्रीकेट करो। सर मैं कुछ समझा नहीं।"

"मतलब कम्पनी को जो मीमो भेजोगे उसमें मेंशन करो कि अब तक तुमने यहाँ के अधिकांश किसानों से बातें कर ली हैं। भइया, नौकरी बचानी हो तो ऐसा करो, वर्ना लिख दो कि दो हफ़्ते से तुम लोग यहाँ गुलछर्रे उड़ा रहे हो। तुम लोगों को दो हफ़्ते लगते हैं पेपर वर्क पूरा करने में?" बैनर्जी कड़का।

"सर, कुछ किसानों से बातें तो की ही हैं।" रंजन मजूमदार अब तक हकलाने पर उतर आया था।

"शाबाश! तुम्हें पता भी है कि तुम्हें जिस एरिया को आइडेंटीफाई करना है, वह है कितना? दो हफ़्तों में दो किसानों से बातें हुईं तुम्हारी। हमें उन्नीस हज़ार एकड़ चाहिए, दो बिस्वा नहीं। यू शुड बी फास्ट, यू नो?"

"येस सर।"

"तो एक तरफ़ तो बढ़ा-चढ़ाकर कम्पनी को लिखो और दूसरी तरफ़ दिन-रात लोगों को मोबिलाइज़ करने में लग जाओ, समझे? ...और हाँ याद रखो, अपने आपको किसी भी तरह के कमिटमेंट से बचा के रखना है तुम्हें। फिलहाल स्टेट गवर्नमेंट की तरफ़ से ऐसा कोई निर्देश नहीं मिला है हमें। या हद से हद यह वर्वल आश्वासन दे सकते हो कि केमिकल हब के बैठने के बाद उन्हें कॉन्ट्रैक्ट बेसिस पर मजदूरी दी जाएगी।"

"ओके सर।" कहते हुए रंजन मजूमदार ने जतिन को इशारा किया। जतिन ने जीप के पीछे लदे काटन से दो-तीन कैन बियर लाकर रंजन और बैनर्जी को दिया। बियर देखकर बैनर्जी थोड़ा नरम पड़ा। सिप करते हुए बोला, "आदिग्राम, बशीरपुर, मुंशीग्राम और रानीरहाट से ही काम नहीं चलेगा। लाओ ज़रा मैप तो दिखाओ।"

इससे पेश्तर कि जतिन बोनट पर बिछाये नक़्शे को उठाता, बैनर्जी ख़ुद वहाँ चला गया। जतिन ने थोड़ा खिसककर दोनों के लिए जगह बनायी। बैनर्जी नक़्शे को गौर से देखने लगा। एक जगह उँगली रखते हुए पूछा, "ये क्या है?"

"सर यह कासारीपाड़ा है। ज़्यादातर मुसलमानों की खेतियाँ हैं। लेकिन छोटे-छोटे जोत हैं।"

"समेटो, समेटो। इसे भी बाइंड-अप करो।"

"बट सर...!"

"नो इफ नो बट, ओन्ली जट्ट!" बैनर्जी ने कहकहे लगाये। कहकहे में बियर की ताम्बई फिसलन थी। "आ रहा है भाई आ रहा है। तुम लोग अपना काम करते जाओ, बाक़ी का सँभालने वाला तुम्हारा बाप आ रहा है।"

"कौन सर?" रंजन और जतिन ने ज़रूरत से ज़्यादा उत्सुकता दिखायी।

"प्रेम चोपड़ा। इससे पहले गुड़गाँवा में था। स्टेट गवर्नमेंट ने उसे स्पेशली यहाँ के लिए रिकमेंड किया है।... लेकिन पहले तुम लोग प्राइमरी क़ाम तो कर रखो!"

"प्रेम चोपड़ा? ...सर क्या सचमुच के किसी आदमी का नाम है ये?"

जवाब में बैनर्जी ने जतिन को घूरा। जतिन बगलें झाँकने लगा।

"ऐसा करो। यहाँ का जो एम.एल.ए. है, वो अपनी ही पार्टी का है। उसके साथ मेरी मीटिंग फिक्स करो। ज़रूरत पड़े तो वजह बता देना। जल्दी ही एकाध जनसभा वग़ैरह भी करनी पड़ सकती है।" कहते हुए बैनर्जी ने ख़ाली कैन को खेतों में उछाल दिया और जीप में आ बैठा। शमसुल दौड़ा-दौड़ा आया।

"**आख़िर** रानी रासमणि ने बाबर में ऐसा क्या देखा जो उससे शादी कर ली!" राना चिन्तित हुआ।

"रानी रासमणि अनिंद्य सुन्दरी थी और बाबर कुरूप। कोई मेल नहीं था, एक दिन तो दूजा रात, वह भी अमावस की।" निमाई ने उसका समर्थन किया।

"और तो और वह मुसलमान भी था।" बाब्लू ने कहा तो फटिकचन्द्र को ग़ुस्सा आ गया। उसे बिलकीस की बेतरह याद आयी। पिछले दोल मेले में उसने अपने दायें हाथ पर 'बी' अक्षर गुदवाया था। उसने तैश में आकर बाब्लू का गरेबान पकड़ लिया। बोला, "क्यों बे, मुसलमान क्या आदमी नहीं होते? उनके रग़ों में भी लाल रंग का ही ख़ून दौड़ता है...!"

यह डॉयलॉग 'क्रान्तिवीर' का था जिसे हाल ही में फटिकचन्द्र ने फोटोग्राफर के यहाँ देखा था। बहुत अच्छा डॉयलॉग था, लेकिन भूल जाने की वजह से वह पूरा नहीं बोल सका। इस बात की उसे कमी खली, अफसोस हुआ। 'क्रान्तिवीर' का हीरो फटिकचन्द्र को अच्छा लगा था, लेकिन वह शाहरुख ख़ान की तरह 'ब्यूटीफुल' नहीं था। बाबर भी भले कुरूप हो, लेकिन...!

"मैं मुसलमान हूँ। एक बार की बात है कि मैं कहीं जा रहा था। बेनीमाधव

महाशय के दुआर पर गड़े खूँटे से ठेस लगी और मुँह के बल गिर गया। दाँत टूटने से जो ख़ून निकला, ख़ुदा की क़सम एकदम टमाटर की तरह लाल था।'' सद्दाम नशे में बड़बड़ाने लगा। वह ज़िद पर अड़ गया कि उस दिन की पूरी कहानी सुनाएगा कि जब वह कहीं जा रहा था तो बेनीमाधव महाशय के दुआर पर गिर पड़ा था और उसका दाँत टूट गया था और जो ख़ून निकला वह टमाटर की तरह लाल था।

लेकिन मूल प्रश्न था कि रानी रासमणि ने बाबर में ऐसा क्या देखा जो उससे शादी कर ली! फोटोग्राफर से पूछा जाए कि देखना आख़िर कहते किसे हैं! फटिकचन्द्र के बहुत से साथियों को बिलकीस अच्छी नहीं लगती, लेकिन जब फटिक उसे देखता है तो बस देखता ही रह जाता है। गीत गाने लगता है— एक लड़की को देखा तो ऐसा लगा...! वह अक्सर अपने दोस्तों को सफाई देता है कि तुम लोग जिस दिन उसे मेरी नज़र से देखोगे, समझ जाओगे। किसी और की नज़र से भला कैसे देखा जाए! दो लोगों की नज़र में दुनिया दो तरह की दिखती होगी। इज़राइल मियाँ–इस्माइल मियाँ इतने एक जैसे थे कि भले ही उन्हें दुनिया दो तरह की दिखती हो, लेकिन दुनिया उन्हें एक ही नज़र से देखती थी। वे भी चालाकी से अपनी अलग-अलग देखी दुनिया को परस्पर साझा कर लिया करते थे। एक कहता था, भाई याद रखना मैंने बेनीमाधव महाशय की बहू से मज़ाक किया है और कहा है कि तुम मुझे बहुत सुन्दर लगती हो। उस दिन के बाद से बेनीमाधव महाशय की बहू दूसरे भाई को भी सुन्दर लगने लगती। मुलाक़ात होती तो वह भी कहता, तुम मुझे बहुत सुन्दर लगती हो जी! बेनीमाधव महाशय की बहू कहती, ओहो, कितनी बार कहोगे! इसी तरह जो भाई अपने अब्बा के साथ दुकान पर बैठा, वह नलहाटी बाज़ार में मुंशीगिरी करने के बाद लौटे हुए भाई को यह ज़रूर बता देता कि आज कालोचाँद सरकार ने पचास रुपये का बकाया सामान लिया है, ताकि दूसरे दिन अगर उसकी जगह मुंशी भाई दुकान पर बैठे तो बकाया वसूल न सही, कम से कम तगादा तो कर सके। दोनों भाई अपने साथ घटने वाली हर छोटी-बड़ी घटना का जिक्र एक दूसरे से करते। इस प्रकार बाकियों के लिए अगर चौबीस घंटे के दिन-रात हों तो इज़राइल मियाँ–इस्माइल मियाँ के लिए अड़तालीस घंटे के होते थे। यह प्रकृति के शाश्वत नियमों का उल्लंघन था। दुनिया में एक आदमी एक ही वक़्त दो-दो जगहों पर मौजूद रहे, यह दुनिया की आँखों में धूल झोंकने जैसा था। इसलिए दुनिया ने षड्यन्त्र रचकर एक देश के दो टुकड़े कर दिये और दोनों को अलग-अलग

दो देशों में डाल दिया। बीच में सरहद खींची, बी.एस.एफ. का दस्ता तैनात कर दिया।

जब हम देखते हैं, तो आख़िर क्या दिखता है! जो हमें दिखता है, ऐन वही क्या गाय-भैंस-बकरी को भी दिखता है? गाय-भैंस-बकरी की नज़र से देखा जाए तो दुनिया घास से भरी हुई एक टोकरी है। उन्हें हर जगह घास ही घास दिखता होगा। अगर कहीं नहीं दिखता तो घास की तलाश में वे पृथ्वी के दूसरे कोने तक चले जाएँगे। पर्वत पठार गुफा समन्दर सब लाँघ जाएँगे, लेकिन जब लौटेंगे तो उनके पास सिर्फ़ घास के संस्मरण होंगे। वे घास के बारे में बतियाते होंगे, उस पर कविता-कहानी लिखते होंगे, रियलिटी शो और टैलेंट हंट करवाते होंगे और पुरस्कार स्वरूप जीतने वाले के घास-फूस के घर को एक टाल घास से भर देते होंगे।

फोटोग्राफर को जब अपने देखने पर यक़ीन नहीं होता कि उसने सिटकनी लगायी है या नहीं, तो वह उसे छूकर देख लेता है। लेकिन तारों को देखना हो तो उन्हें कैसे छुआ जाए! किसी तारे को देर तक एकटुक देखते रह जाया जाए जो वह सिहरकर टिमटिमाने लगता है। सूरज की रोशनी या दिन को देखना इतना अदृश्य होता है कि उन्हें अलग से नहीं देखना पड़ता। दोपहर के वक़्त किसी पेड़ के दृश्य में दिन की रोशनी का दिखना इतना घुला-मिला होता है जैसे दूध में पानी। हंस को पेड़ का दिखना और दिन का दिखना अलग-अलग दिख जाता होगा। अँधेरे में बिना टॉर्च या लालटेन के चलो तो रास्ता नहीं दिखता, सिर्फ़ अँधेरा दिखता है। जुगनुओं को दिखने के लिए अँधेरे का इन्तज़ार करना पड़ता है। रात के अँधेरे में कहीं रातरानी खिली हो तो उससे आती ख़ुशबू उसका पता बता देती है। रातरानी कभी नहीं देख पाती कि वह कितनी ख़ूबसूरत है और एक दिन मुरझा कर गिर जाती है। रासमणि और रातरानी में कितनी समानता है! दोनों ही एक दूसरे की तरह अन्धी हैं।

किस सुपर चोर ने ज़माने की जेब से हींग और जायफल चुरा लिया?

महेन्द्र और संघमित्रा किस धर्म के प्रचारक थे?

एक दिन 'तीसरी आँख' में एक ख़बर छपी कि बन्दूक वाली पार्टी के कुछ लड़कों ने झारखंड में दो-तीन जगहों पर रेल की पटरियाँ उड़ा दी हैं और राँची राजधानी एक्सप्रेस को किसी छोटे स्टेशन पर सात-आठ घंटे तक रोके रखा। उन लड़कों ने ट्रेन के साथ चल रहे सुरक्षा बल के जवानों के हथियार छीन लिये, उन्हें खदेड़ दिया और ट्रेन के डब्बों पर अपने दिग्गज नेताओं कामरेड मनोज चौधरी और कामरेड सुशील कान्ति, जिन्हें हाल ही में आन्ध्र प्रदेश के किसी छोटे-से-गाँव से गिरफ़्तार कर लिया गया था, की रिहाई की माँग वाले नारे लिख दिये। हालाँकि यात्रियों को जान-माल का कोई नुकसान नहीं हुआ था, फिर भी अनिश्चितता और संशय के सात-आठ घंटे बहुत होते हैं जब आप किसी सफ़र पर हों। इन सात-आठ घंटों के दौरान उन्हें कहीं से कोई आश्वासन नहीं मिला कि उन्हें कोई नुकसान नहीं पहुँचाया जाएगा, न पार्टी के लड़कों की तरफ़ से और न ही प्रशासन की ओर से ही।

आदिग्राम के लोग किसी सुशील कान्ति और मनोज चौधरी को नहीं जानते थे, न ही राँची आन्ध्र प्रदेश या राजधानी एक्सप्रेस को ही, फिर भी यदि इस ख़बर से आदिग्राम में सनसनी मच गयी तो सिर्फ़ इसलिए कि ख़बर के साथ एक तस्वीर भी छपी थी। तस्वीर में एक युवक हाथों में बन्दूक लिये कैमरे की तरफ़ पीठ करके

खड़ा था। यह तस्वीर बन्दूक वाली पार्टी के उस युवा नेता की थी जिसके बारे में मशहूर था कि वह मीडिया के सामने कभी अपना चेहरा नहीं दिखाता। अख़बार में उससे जुड़ी कुछ किंवदन्तियों का भी उल्लेख था, मसलन वह जितनी धाराप्रवाह रूप से हिन्दी और अँग्रेजी में बातें कर लेता था, उतनी ही बांग्ला और तेलुगु में भी। एक बार उसने बस्तर की कोई साठेक अधेड़ आदिवासी महिलाओं की रिहाई करवायी थी जिन्हें सरकार ने बन्दूकधारी समझकर जेल में डाल दिया था, जबकि सचाई यह थी कि वे खेतों में मजदूरी कर अपना और अपने परिवार का पेट पालने वाली ऐसी महिलाएँ थीं जिन्होंने शायद ही अपनी ज़िन्दगी में कभी असली बन्दूक देखी हो। तब से वहाँ के आदिवासी समाज में इस युवा नेता को भगवान का दर्जा मिला हुआ था।

ख़बर पढ़ने के बाद पंचानन बाबू ने बोर्ड पर एक सार्वजनिक घोषणा लिखी कि गदबेरे में गाँव के समस्त बड़े-बूढ़े उनके दुआर पर जमा हों। चार बजे तक जब सारे बड़े-बुजुर्ग दुआर पर इकट्ठा हो गये तो पंचानन बाबू ने परिमलेन्दु दा से ख़बर पढ़ने को कहा। परिमलेन्दु दा ने ज़ोर आवाज़ में ख़बर पढ़कर सुनायी और सबने बारी-बारी से अख़बार लेकर वह तस्वीर देखी। तस्वीर देखकर पंचानन बाबू चुप थे, उनके दुआर पर जमा सारे बड़े-बूढ़े चुप थे। एक तरफ़ थोड़ी ओट में गाँव की औरतें भी बैठी थीं। जब उन्होंने भी तस्वीर देखनी चाही तो चोर होने के नाते पुरुष पंक्ति में सबसे अख़ीर में बैठे बाघा ने पंचानन बाबू की तरफ़ सम्मति के लिए देखा। पंचानन बाबू ने कहा, ''मैं औरतों के सुभाव से भली-भाँति परिचित हूँ कि इनके पेट में कोई बात नहीं पचती। फिर भी अगर ये देखना ही चाहती हैं तो दिखा दो।''

बाघा ने अख़बार जनाना पंक्ति में बैठी पहली महिला के हाथों में सौंप दिया। उसने गौर से वह तस्वीर देखी, मुस्करायी और अगली महिला को दे दी। इस तरह एक-एक कर सब देखतीं, मुस्करातीं और अख़बार आगे बढ़ा देतीं। जब अख़बार पुतली माई तक पहुँचा तो वह तस्वीर देखते ही उछलकर खड़ी हो गयी, ''अरे ये तो अपना... !''

''चुप कर बूढ़ी, मुँह पर लगाम दे।'' पुरुष पंक्ति में से कोई गरजा।

पुतली माई बहरी थी, लेकिन उसने यह चेतावनी स्पष्टतया सुन ली। ''कहते हो कि मुँह पर लगाम दूँ? ठीक है। इसमें मेरा क्या जाता है!'' वह मुरझाकर बैठ गयी।

''मातब्बर ने पहले ही कहा था कि औरतजात... ! तिस पर इस बूढ़ी ने तो एक जुग से लोगों की नाक में दम कर रखा है।'' किसी ने कहा, शायद झोंटन मुकर्जी

ने। लेकिन पुतली माई सोचती थी कि पूरे गाँव में अगर उसके बारे में कोई ऊटपटाँग बोल सकता है तो वह है बटहरि। वह तपाक से उठी और बोली, "हरिपद, बेशी बक-बक मत कर। मैंने उस दिन से तुझे जाना है जब तू पैदा हुआ था। बेचारी को कितना कष्ट हुआ था तुझे जनने में! कलशी जैसा माथा था तेरा, और इतने बाल कि मैंने आज तक किसी बच्चे का नहीं देखा। हरिपद, तू क्या बोलेगा, सारी दुनिया जानती है कि तूने चार साल पूरे करने के बाद बोलना सीखा था।"

"अब मैंने क्या किया जो यह बुढ़िया मेरी जनमपत्री खोलने में लग गयी!" बटहरि ने पंचानन बाबू से शिक़ायत की। कुछ लोग बूढ़ी का अनर्गल प्रलाप सुनकर हँस रहे थे, जिन्हें सम्बोधित करता हुआ बटहरि बोला, "देख लिया न आप लोगों ने! इसी तरह जब भी इसकी बकरी ग़ायब होती है, यह सीधा आकर मुझे पकड़ती है। कटोरी घुमाने की धमकी देती है।"

एक बार पुतली माई की बकरी ग़ायब हो गयी थी तो उसने पूरे समाज के बीच बटहरि पर इल्ज़ाम लगाया था। कहा था, चुपचाप उसकी बकरी लौटा दे वर्ना वह मुंशीग्राम से प्रह्लाद ओझा को बुलवाकर कटोरी घुमाएगी। प्रह्लाद ओझा मूठ छोड़ने, भूत-पिशाच बाँधने और कटोरी घुमाने में उस्ताद है। घूमती हुई कटोरी सीधा उसी के पास जाकर रुकती है जिस पर चोरी का शक़ हो। बटहरि ने सोचा कि आज जब सबने देख ही लिया कि बूढ़ी के शक़ की सुई किस तरह हमेशा उसी पर आकर रुकती है, तो क्यों न लगे हाथ बकरी वाला मामला उठाकर ख़ुद को निर्दोष साबित कर लिया जाए!

"अच्छा अब बन्द करो यह सब। बैठो हरिपद, माई तुम भी बैठ जाओ।" पंचानन बाबू ने इस बेकार की बहस पर यहीं विराम लगाते हुए हाथ के इशारे से पुतली माई को बैठने के लिए कहा।

अचानक अपना गाल सहलाते हुए भागी मंडल उठा। बोलना शुरू कर दिया, "आज जब सभा बैठी ही है तो मैं भी कुछ कहूँ। भाइयो और बहनो, उस कल के छोकरे ने मुझे भरी सभा में तमाचा..."

"चुप कर यार, इन्द्र-चन्द्र कुछ नहीं देखेगा, अपनी कहानी लेकर बैठ जाएगा।" किसी ने उसकी बायीं बाँह खींचकर बिठा दिया। दायें हाथ से गाल सहलाता हुआ वह रुँआसा हो गया। और दो-एक लोगों ने कहा, "बैठ जाओ, बैठ जाओ!"

"कहते हो कि बैठ जाऊँ? जिसके जो मन में आये कहता रहे और मैं मुँह पर ताला मारकर चाबी पोखर में फेंक आऊँ?" पुतली माई ने पंचानन बाबू को दुत्कारा,

''जा पंचानन जा, देख ली मैंने तेरी मातब्बरी!''

बगल की कुछ महिलाएँ पुतली माई को खींचकर बिठाने के उपक्रम में लग गयीं। ''हुँह! मैं किसी से डरने वाली कहाँ हूँ!'' कहती हुई पुतली माई बैठ गयी।

सभा की खुसर-फुसर को शान्त करने के बाद संयत स्वर में पंचानन बाबू ने कहना शुरू किया, ''आदिग्राम के रहवासियो, आप सभी लोगों ने अख़बार की ख़बर सुनी और साथ में छपी हुई तस्वीर भी देखी। तस्वीर किसकी है, सिर पर गमछा बाँधे और हाथ में बन्दूक लिये हुए वह युवा नेता कौन है, यह मैं जानता हूँ और आप सब भी जानते हैं। लेकिन ध्यान रहे, आज के बाद हमें अपनी परछाईं को भी नहीं बताना है कि वह कौन है! इससे उसको ख़तरा हो सकता है। ख़ासतौर से उसके जो दोस्त यहाँ बैठे हैं, सपन सेन और केष्टा गिरि— तुम लोग कान खोलकर सुन लो, आपस में चर्चा भी नहीं करनी है। आयी बात समझ में?''

सबने एक स्वर में 'हाँ' कहा। सभा के विसर्जन से पूर्व पंचानन बाबू ने गाँव वालों को यह भी बतलाया कि आगामी 22 फरवरी को इलाक़े के विधायक श्री रासबिहारी घोष एक जनसभा करेंगे जिसमें सबकी उपस्थिति अनिवार्य है। जनसभा रानीरहाट के 'स्टार' ईंट भट्ठे के पास वाले मैदान में आयोजित है और जनसभा के बाद खाने-पीने का भी बन्दोबस्त किया गया है।

जाड़े के छोटे दिन। साढ़े पाँच-छह तक तो अँधेरा हो जाता है। शाम को काफ़ी देर तक बाघा हराधन के यहाँ बैठा रहा। जब अपने ठिए को लौटा, गुलाब एक हाथ में किरासिन की ढिबरी लिये चिमटे से खंडहर की दीवार पर लगे उपले उतार रही थी। बाघा खाँसते हुए कोठरी की तरफ़ बढ़ चला।

गुलाब के आने के बाद बाघा ने अपनी चारपाई बाहर वाली कोठरी में डाल ली है। भीतर वाली कोठरी में दक्खिना और गुलाब की रहनवारी है। दोनों कोठरियों के बीच की जगह में थोड़ी आड़ कर दी गयी है जहाँ रसोई का सामान, चूल्हे-बरतन आदि जमाकर रखे थे। फिलहाल मिट्टी के चूल्हे पर एक हाँड़ी चढ़ी थी जिससे पकते हुए चावल की गर्मागर्म खदबदाहट सुनाई पड़ रही थी। बाघा अपनी चारपाई पर लेटकर सोचने लगा कि हराधन के यहाँ से आते हुए उसे दो-चार लीटर किरासिन तेल लेते आना चाहिए था। स्टोव पर खाना बहुत जल्दी बन जाता है और

धुएँ-उपले की कोई झंझट नहीं रहती।

दक्खिना के बारे में उसे चिन्ता सताने लगी है। कभी-कभी वह दो-दो हफ़्ते तक ग़ायब रहता। हराधन कह रहा था कि गाँव में आजकल उसी की चर्चा है। कह रहा था कि गाँव के सभी लोगों की जुबान पर आजकल दक्खिना की ही चर्चा है।

"लेकिन बाघा, तुम तो उसके बड़े-बड़ेरे हो, उसे रोकते क्यों नहीं?"

बाघा चौंक गया था। उसे अन्देशा तो था कि कहीं कुछ गड़बड़ है, लेकिन दक्खिना ने ऐसा क्या कर डाला जो गाँव के सभी लोग जानते हैं पर वह नहीं। वह विस्तार से जानना तो चाहता था लेकिन हराधन पर यह ज़ाहिर हुए दिये बग़ैर कि वह कुछ नहीं जानता। घड़ी भर उसने हराधन की तरफ़ देखा था, इस उम्मीद में कि आगे वह कुछ बोले तो मामला साफ़ हो। लेकिन हराधन चुप रहा तो चुप ही रहा।

"अब क्या कहा जाए! ख़ैर, ऊपरवाले की मर्ज़ी।" कहते हुए बाघा वहाँ से उठ गया था।

बाघा का मानना है कि एक चोर को हमेशा दबे-छिपे रहना चाहिए। वह लोगों की निगाह में जितना ग़ायब रहेगा, उतना ही ठीक। लेकिन इस दक्खिना को कौन समझाए! जिस समाज में ज़्यादातर लोग पैदल चलने वाले हों, उसमें रिक्शे पर सपत्नीक चलना, जहाँ लोग मनोरंजन के लिए साल-साल भर यात्रा-नौटंकी की प्रतीक्षा करते हों वहाँ फोटोग्राफर की तरह टीवी-रेडियो रखना और नंग-धड़ंगों के बीच भर बाँह की कमीज़-जूते गाँठना सहज ही समाज की आँखों में चुभने वाली बातें हुईं।

एक दिन बाघा पंचानन बाबू के दुआर पर बैठा तमाखू पी रहा था तो उन्होंने उसे एक तरफ़ बुलाकर कहा, "बाघा, तुम इलाक़े के नामी चोर हो। तुम्हारी कला की कोई सानी नहीं। गाँव के सभी लोग तुम्हें मानते हैं, तुम्हारा आदर करते हैं। लेकिन यह जो तुम्हारे साथ नया लड़का रह रहा है, क्या तो नाम है उसका...!" पंचानन बाबू चाचा नेहरू की तरह गाल पर उँगली रखकर सोचने लगे। जब भी उन्हें कुछ याद करना होता, वे ऐसा ही करते।

"कौन, दक्खिना?" बाघा ने पूछा।

"हाँ हाँ, वही। सुनो बाघा, कुछ लोगों ने दक्खिना को बी.एस.एफ. के सिपाहियों से घुल-मिलकर बातें करते देखा है। मुझे लगता है, वह बीच-बीच में बांग्लादेश भी आता-जाता होगा। तुम्हें सावधान करना मेरा फर्ज था, सो किया। अब बाक़ी का तुम देख लो।"

घर लौटकर बाघा ने जब इस बाबत दक्खिना से बात करनी चाही तो वह बेहया की नाईं हो-हो कर हँसने लगा।

"हाँ जाता हूँ। घूमने-फिरने नहीं जाता, बिजिनेस करने जाता हूँ। दादा, आपको वहाँ के बाज़ार के बारे में कुछ नहीं पता। यहाँ जो चीनी सत्ताईस रुपये किलो है, वहाँ अस्सी रुपये में भी व्यापारी पलक झपकते उठा ले जाते हैं। यहाँ के साबुन, शैम्पू, सिगरेट आदि का वहाँ काफी डिमांड है।"

"लेकिन यह तो सरासर काला बाज़ारी है!" बाघा ने आश्चर्य जताया।

रात का समय था और दोनों खाना खा रहे थे। गुलाब एक तरफ़ थोड़ी आड़ लेकर पीढ़ी पर बैठी थी। आज उसने पोस्ते का दाना डालकर क्या ख़ूब बढ़िया तरकारी बनायी थी! लड़की गुनी है, तरह-तरह के व्यंजन पकाना जानती है। लोइटे माछ तो क्या ख़ूब राँधती है! मयना भी लौकी के डंठल और लोइटे मछली डालकर ऐसी दाल बनाती थी कि उँगलियाँ चाटने का मन करता था।

"दादा, याद है जब मैं आपसे पहली बार मिला था? लकड़ी के गोले में छोटे-छोटे नट-वॉल्व चुरा रहा था। मैंने सिर्फ़ एक लँगोट पहना था और अपनी ख़ाली देह पर सरसों का तेल चुपड़ रखा था। आपने मुझे देखकर कहा था कि इस भेख में आज से पचीस-तीस साल पहले के चोर निकला करते थे। याद है?" दक्खिना ने मुँह का कौर चपड़-चपड़ चबाते हुए पूछा।

"हूँ, तो?"

"तो क्या, कुछ भी नहीं! यही कहना चाहता था कि आपने ठीक कहा था। आज ज़माना बहुत बदल गया है। वैसे-वैसे ही चोरी करने का तरीक़ा भी। पचीस साल पहले जिस तरीक़े से चोरी की जाती थी, आज करने निकलो तो... । दादा, और फिर अब जब दिनदहाड़े आसानी से चोरी की जा सकती है तो रात में नींद ख़राब करने का क्या मतलब?"

"दिनदहाड़े चोरी पहले भी होती थी दक्खिना, लेकिन उसे चोरी नहीं डकैती कहते हैं। हाँ ठीक है कि ज़माना बहुत बदल गया है लेकिन आज भी चोर को चोर ही कहेंगे और चोरी करना ग़लत काम पहले भी था, आज भी है।" बाघा ने उठना चाहा, लेकिन गुलाब उसकी थाल में और भात परसने लगी।

"अरे नहीं नहीं, बस हो गया।" बाघा ने दुलार भरे स्वर में उसे बरजा।

"दादा, आप उनसे नाराज़ हों तो इसमें मेरा क्या दोष! खाना तो मैंने बनाया है न! क्या आपको ठीक नहीं लगा?"

"अरे नहीं, बहुत ही स्वादिष्ट है!"

"तो फिर?" गुलाब ने घूँघट की आड़ से पूछा तो बाघा पसीज गया। उसने अपने भीतर गुलाब के लिए एक अजीब मुलायम-सा भाव उमड़ता हुआ महसूस किया। आज अगर उसकी कोई बेटी होती तो गुलाब की ही उमर की होती। बाघा को अफ़सोस हुआ कि उसने एक-दो दिन पहले हराधन से गुलाब की कितनी शिक़ायत की थी—

उल्टे पल्ले की साड़ी पहनती है। बड़े-बूढ़ों का लिहाज नहीं करती। वेल्वेट की 'सदा सुहागन' बिन्दी और 'अमानत' पाउडर लगाती है। दो लम्बर की जाली पारटी जिसे कहते हैं, एकदम से वही है।

नहीं, बाघा को ऐसा हरगिज नहीं कहना चाहिए था, आख़िर गुलाब अब उसके घर की इज़्ज़त है!

"अच्छा लाओ, थोड़ा और भात परस दो। दाल में हींग डाली है क्या?"

बाघा ने बहुत दिनों बाद हींग का स्वाद चखा था। हाल तक गाँव में इज़राइल मियाँ-इस्माइल मियाँ की मसालों की दुकान थी, लेकिन बाघा उस तरफ़ जाने के नाम पर भी थूकता था। उसे शक़ है कि मयना...।

वैसे भी हींग वग़ैरह अब कहाँ मिल पाती हैं? गोलमिरिच, दालचीनी, बड़ी और छोटी इलायचियाँ तो अब भी दिख जाती हैं, लेकिन रतनजोत, जावित्री या जायफल जैसे मसाले अब देखने को भी नहीं मिलते। कोई बड़ा चोर है जो यह सब चुराकर ले गया। वह दिन दूर नहीं जब कोदो, ज्वार-बाजरे की तरह ज़माने से दालें भी ग़ायब हो जाएँगी। आज की तारीख़ उनकी क़ीमत आसमान छू रही है...। भात के साथ चाउमीन सानकर खाने में कैसा तो लगेगा!

बाघा ने सिर झटका। बोला, "तरकारी का तो जवाब नहीं!"

"जादू है इसके हाथों में!" दक्खिना उँगलियाँ चाटते हुए बोला तो गुलाब फिस्स-से हँस पड़ी।

अचानक बाघा को यह सब अच्छा नहीं लगा, दक्खिना का यों तारीफ़ करना और इस पर गुलाब का यों हँस देना। उसने दक्खिना को टेढ़ी निगाह से देखकर पूछा, "और जो विद्याएँ मैंने तुम्हें सिखायी थीं, वो?"

बाघा की आवाज़ में अचानक आई तुर्शी को भाँपकर दक्खिना चुप ही रहा आया। बाघा जल्दी-जल्दी अपना खाना ख़तम कर उठा और बाहर खम्भों के पास आकर हाथ-मुँह धोने, कुल्ला करने लगा। पीछे से गुलाब आयी और पानी से भरी हुई

बाल्टी रख गयी। थोड़ी देर बाद दक्खिना को भी हाथ-मुँह धोने आना था, लेकिन बाघा ने बाल्टी में बचे हुए पानी को बहा दिया।

नहीं ऐसे नहीं, यह बहुत महीन बात है। इसे यों समझना चाहिए कि जब गुलाब ने बाघा से पूछा कि और भात परसूँ तो बाघा को अच्छा लगा। वह एक लम्बे अरसे से अकेला रह रहा था और ऐसे में अचानक घूँघट की आड़ से गुलाब का यह पूछना, फिर हठपूर्वक भात परसने लग पड़ना उसे बहुत-बहुत अच्छा लगा। इसी के पुरस्कारस्वरूप वह कह गया कि बहुत ही स्वादिष्ट खाना बनाया है और कि तरकारी का तो जवाब नहीं! यह ठीक था कि व्यंजन सचमुच ही सुस्वादु था, लेकिन अगर ऐसा न भी होता तो भी बाघा को यही कहना था। यह तारीफ़ करना, न करना पूरी तरह से बाघा के ऊपर था। फिर जब दक्खिना ने कहा, "जादू है इसके हाथों में!" और गुलाब फिस्स-से हँस पड़ी तो जैसे बाघा एकाएक फिर से अकेला पड़ गया। अब वहाँ बस दक्खिना और गुलाब बच रहे थे— पति-पत्नी। पोखर में एक दूसरे की देहों पर पानी उलीचते और रिक्शे पर आइसक्रीम चाभते हुए। वहाँ किसी तीसरे की उपस्थिति वांछित नहीं थी, दोनों एक दूसरे के साथ एकान्त में सम्पूर्ण हो रहे थे। एकान्त में दक्खिना एक बार सावधानीवश इधर-उधर देखता और गुलाब की छातियाँ दबा देता। गुलाब फिस्स-से हँस पड़ती। यह 'फिस्स-से' हँसना बाघा को निहायत ही अश्लील लगा। वह जल्दी-जल्दी खाना ख़तम करके उठा और बाहर खम्भे के पास आकर हाथ-मुँह धोने और कुल्ला करने लगा। पीछे से गुलाब भी आयी। उसके एक हाथ में लालटेन और दूसरे में पानी से भरी हुई एक बाल्टी थी। जब वह बाल्टी रख रही थी, उसका पल्लू लुढ़क गया और छाती पर दाँतों के निशान जैसा कुछ दिखा। वह चली गयी, 'अमानत' पाउडर की भीनी ख़ुशबू से बाघा का आसपास भर गया। वह जानता था कि इस बाल्टी में सिर्फ़ उसी के हाथ-मुँह धोने और कुल्ला करने के लिए पानी नहीं है, अभी दक्खिना भी आता होगा। लेकिन बाघा ने बाल्टी को औंधाकर बचा हुआ पानी नीचे मलबे में बहा दिया।

पुतली माई के घर में सिर्फ़ दो ही प्राणी थे— एक वह ख़ुद, दूसरी उसकी पतोह काजल। काजल सन्ताली है जिससे पुतली माई के बेटे बुद्धदेव ने भालोबाशा कर ब्याह किया था। ब्याह के बखत बहुत हो-हल्ला मचा— बंगाली लड़का होकर

सन्ताली को ब्याहेगा? बुद्धदेव को लोगों ने घेरा, समझाया-बुझाया, ऊँच-नीच की बातें बतायीं। चालू लड़का था बुद्धदेव, क़सम खाकर बोला कि ऐसा वह हरगिज नहीं करेगा।

"लेकिन मेरी एक शर्त है कि आप लोगों में से कोई एक आगे आकर कहे कि किसी बंगालन से मेरा लगन करा देगा।"

सुनकर लोग अचकचाये। बेनीमाधव महाशय सबसे बुजुर्ग थे, सो उन्होंने ही मोर्चा सँभाला, "क्या है रे, ये क्या बात हुई भला! ऐसा कभी सुना है कि दुनिया में किसी का चुमौना होने से बाक़ी रहा है? सबका हो जाता है एक-एक कर के, तेरा भी होगा।"

"लेकिन होगा कब? और कै दिन लगेगा? मैंने सब जगह ट्राई करके देख लिया है, कोई मुझसे शादी करने को राजी नहीं।" बुद्धदेव ने आगे बढ़कर बेनीमाधव महाशय को छेड़ा, "और तो और मैंने तुम्हारी बहू से भी बात करके देख ली है बाबा।"

बेनीमाधव महाशय का बेटा लालन परदेस गया था, सो उनकी बहू गाँव भर की भौजी थी। सभी उसे छेड़ते थे, वह भी हँस-हँसकर प्रत्युत्तर देती थी। बेनीमाधव महाशय उसके इस सुभाव से दुखी रहते थे, इसलिए बुद्धदेव ने जब उन्हें छेड़ा, वे बिदक गये। बाक़ी लोग हँसने लगे थे। ऐसा मुँहफट और हँसोड़ छौरा था बुद्धदेव। यह सब तो ठीक है, लेकिन बहुत ज़िद्दी भी था। उसको लगाम में लेना मोश्किल था। ठीक दो दिन बाद काजल उसका घर लीप रही थी।

केंदा माँझी की लड़की है काजल। वही दुलू माँझी की बहन, जिसने एक बार हाड़ू घोष के साले भूपत को मारने के लिए दौड़ा दिया था। हाड़ू घोष उस अपमान को भूला नहीं। थैली भर पैसे खर्च करके दुलू को पकड़वा दिया चर्च जलाने के आरोप में। पादरी जोनाथन मारा गया, अब ख़ून का इल्ज़ाम दुलू पर है। कोई कहता है जिनगी भर जेल की चक्की पीसेगा, कोई बताता है आज नहीं तो कल उसे फाँसी होनी ही है।

एक तो सान्थाली, तिस पर दाग़ी घर की लड़की से ब्याह करके पुरखों के कुल-करम को बोर दिया बुद्धदेव ने। उसका एक तरह से सामाजिक बहिष्कार कर दिया गया। लेकिन बुद्धदेव को इससे कोई फ़र्क़ नहीं पड़ना था। मस्त-मलंग मानुष ठहरा वह। रसिक छैला। रंगीन बुश्शर्ट पहनता, गले में रूमाल बाँधता। बालों में चमेली का तेल लगाकर बीच से माँग काढ़ता। एक बार आधी रात भूकम्प आया था, सब

अपने-अपने घर से निकल खुले खेतों की तरफ़ भागे थे, तब सिरीमान बुद्धदेव बाबू कंघी खोज रहे थे कि बिना बाल सँवारे घर से कैसे निकलें! अन्हरिया रात में मजाल है कि बिना टार्च के एक डेग भी रखे। बैटरी भरकर ट्रांजिस्टर पर गीत सुनता है—हो साथी कोई भूला याद आया। काम-धाम कुछ ख़ास नहीं, नलहाटी बाज़ार से ख़रीदी एक लाल डायरी में कवित्त लिखता और गाता रहता है। धान कटाई के बाद ख़ाली पड़े खेतों में नाटक करता, अकेले ही बेहुला और लखिन्दर दोनों का ऐसा पार्ट उतारता कि देखकर लोग दाँतों तले उँगलियाँ दाब लेते। जब जगन्नाथ का रथ खींचा जाता, वह आगे-आगे झाल-करताल बजाता स्वरचित कीर्तन गाते हुए चलता। शादी-ब्याह के टाइम जब वर पक्ष और वधू पक्ष में प्रश्नोत्तर पूछे जाते, कविता प्रतियोगिता होती, पहेलियाँ-मुकरियाँ बुझाई जातीं, तब बुद्धदेव की बहुत पूछ होती। लोग बारात में उसे स्पेशली बुला ले जाते। अपनी वाक्पटुता से बुद्धदेव दूसरे पक्ष को मिनटों में चित्त कर देता।

काजल बुद्धदेव से दो-तीन बरिस बड़ी ही होगी। दोनों की मुलाक़ात दोल मेले में हुई थी जब वामन सरकार के ठेले से अपनी कुछ सहेलियों के साथ वह टिकुली-झुमके की ख़रीदारी कर रही थी। काजल को एक करनफूल पसन्द आ गया था, उसे लगाकर वह छोटे-से शीशे में ख़ुद को निहार रही थी। बुद्धदेव ने देखा तो चट् से दो पंक्तियों का कवित्त गढ़ दिया, जिसमें काजल के सौन्दर्य की तारीफ़ थी और कहा गया था कि यदि अकेले में मिलो तो इस पिलास्टिक के करनफूल के बदले असली करनफूल गढ़ाकर पिन्हा दूँगा। काजल और उसकी सहेलियाँ हँसने लग पड़ी थीं।

दूसरे दिन जब जंगल के धुँधलके में बुद्धदेव काजल से मिला तो उसे 'मेझेन' कहकर पुकारा। गाँव के लोग सन्ताली लड़कियों को यही कहते थे। बुद्धदेव को इसका अर्थ नहीं पता था, सोचा जैसे श्रीमती, कुमारी, देवी इत्यादि, उसी तरह यह 'मेझेन' होगा। अपने लिए यह सम्बोधन सुनकर जब काजल ग़ुस्से से आग बबूला हो गयी तो बुद्धदेव को अहसास हुआ कहीं कुछ ग़लत है। उसने स्वीकार किया कि उसे नहीं पता 'मेझेन' मतलब क्या होता है। काजल ने भी बताया कि इसका ठीक-ठीक अर्थ उसे भी नहीं पता, बस वह इतना जानती है कि यह तिरस्कार का सम्बोधन है। बुद्धदेव ने माफ़ी माँगी। दोनों के बीच गहरा मौन व्याप गया। उस दिन पहली बार बुद्धदेव को अपनी और काजल की दुनिया के फ़र्क़ का पता चला।

आप ग़ौर करेंगे, दुनिया में हर जोड़ी के बीच प्यार के शुरुआती दिनों में क़िस्मत की निर्णायक भूमिका होती है। आप क़िस्मत को न भी मानते हों, तो भी आपको लगेगा कि जब तक दो लोगों के बीच वह स्थिति न आयी हो कि प्रेम ख़ुद-ब-ख़ुद अपनी दिशा-गति का निर्धारण कर सके, तब तक बहुत कुछ किसी तीसरी शक्ति

पर निर्भर करता है। इस तीसरी शक्ति को क़िस्मत न कहें, समय कह लीजिए। मसलन काफ़ी देर तक चुप बने रहने के बाद काजल की निगाह पड़ती है बुद्धदेव के हाथों पर। चलते समय रास्ते में बैंजनी-सफ़ेद फूलों को देखकर बुद्धदेव ने यों ही तोड़ लिया था। याद रहे, जिस प्रकार उसे 'मेझेन' का अर्थ पता नहीं था, उसी प्रकार वह सर्वथा अनभिज्ञ था कि सन्ताली समुदाय (दुनिया?) में एक दूसरे को फूल भेंट करने का क्या मतलब होता है।

"तुम ये फूल मेरे लिए लाये हो?" काजल ने चहकते हुए पूछा। बुद्धदेव ने बिना कुछ कहे फूल बढ़ा दिया।

"इसका मानी जानते हो?" काजल ने फूल लेते हुए पूछा। बुद्धदेव ने सिर हिलाया— दायें-बायें।

"मतलब अब से तुम मुझे नाम से मत पुकारना। मुझे फूल कहना। मैं भी तुम्हें फूल कहूँगी।"

"क्यों?"

"हमारे यहाँ ऐसा ही होता है। जब कोई किसी को दोस्त मानता है तो उसे फूल देता है। फिर दोनों एक दूसरे का नाम नहीं धरते, फूल कहकर ही बुलाते हैं। एक दूसरे से मन का कोई भेद भी नहीं छिपाते।"

"फूल।"

"क्या फूल?"

"तुमसे अपने मन का एक भेद कहूँ?"

"जानती हूँ।" काजल खिलखिला पड़ी थी। फूलों को बालों में गूँथने लगी। बुद्धदेव ने उसके हाथों से फूल ले लिया और उसके जूड़े में लगाने लगा। फूल गन्धहीन थे, काजल की देह से अलबत्त एक ख़ुशबू आ रही थी।

"मेरे मन में तुमको देखकर ख़ूब अरमान होता है। तुमको देखा जभी मैंने सोच लिया कि ब्याह करूँगा तो तुम्हीं से।" बुद्धदेव के हाथ काजल की देह पर फिसलने लगे। काजल की खिलखिलाहट बढ़ती गयी थी। थोड़ी देर बाद बुद्धदेव ने पूछा था, "ऊँ?"

काजल ने सिर हिलाया था— ऊपर-नीचे।

दोनों के भीतर एक ज्वार-सा उठने लगा था।

जाड़े के छोटे दिन। साढ़े पाँच–छह तक तो अँधेरा उतर जाता है। शमसुल और जतिन जब आधे रास्ते तक पहुँचे, अँधेरा हो गया। आदिग्राम तक पहुँचने में अभी चार–पाँच घंटे और लगने थे। वे सिलीगुड़ी से लौट रहे थे। जीप में पीछे खाने–पीने का सामान लदा था। अगले दिन रानीरहाट में रासबिहारी घोष की जनसभा थी जिसके बाद खाने–पीने का भी बन्दोबस्त किया गया था। नलहाटी बाज़ार से हलवाई और रसोइये बुलवाये गये थे। 'स्टार' ईंट भट्ठे के मालिक नन्दलाल खटीक ने तिरपाल डालकर एक अस्थायी रसोई बनवा दी थी। सभा के लिए शामियाने, टेबुल–कुर्सी, बैनर, माइक, जेनरेटर आदि की व्यवस्था भी खटिक के ऊपर ही थी। पत्तल, मिट्टी के चुक्के, दाल–चावल–नमक की बोरियाँ, हरी सब्ज़ी, दरी आदि का इन्तज़ाम नलहाटी बाज़ार से हो चुका था। शमसुल और जतिन विश्वास के ज़िम्मे स्पेशल लोगों की ख़ातिरदारी थी। स्पेशल लोग मतलब तीनों गाँवों के मातब्बर कोची घोष, पंचानन हाल्दार व मोहम्मद अशरफुल। नन्दलाल खटीक। गुड़गाँव से प्रेम चोपड़ा भी कल सुबह, नहीं तो दोपहर तक पहुँच ही जाएगा। बैनर्जी को मिलाकर तीन–चार लोग वे ख़ुद हो गये। और रासबिहारी घोष व उनकी तरफ़ से दो–एक लोग। इतने लोगों के लिए खाने और पीने का सामान लेकर जब शमसुल और जतिन लौट रहे थे तो अँधेरा हो गया।

शमसुल ड्राइव कर रहा था और उसके बगल में बैठा जतिन ऊँघ रहा था। जतिन ने इससे पहले शमसुल से उसके घर–परिवार के बारे में बातें की थीं। जब शमसुल ने उसे अपनी पत्नी की बीमारी और बच्चों के अनिश्चित भविष्य के बारे में बतलाया तो सहानुभूति दिखाते हुए जतिन ने उसे आश्वस्त किया था कि वापस कोलकाता पहुँचकर वह बड़े साहब से उसकी सिफ़ारिश करेगा। शमसुल ने ख़ुश होते हुए कहा कि जैसे ही उसकी नौकरी पर्मानेंट हो जाती है, वह कोलकाता ले जाकर पत्नी का इलाज करवाएगा और कि उसके बच्चे भी वहाँ जाकर पढ़–लिख सकेंगे। उसने कहा कि यहाँ कोई अच्छा स्कूल नहीं, एक मदरसा है बस जहाँ उसकी कौम के बच्चे क़ुरान और हदीस की तालीमात हासिल कर सकते हैं, लेकिन उसे डर है कहीं उसके बच्चे ग़लत संगत में न पड़ जाएँ। ऐसे में वे बड़े होकर हद से हद अपने बाप की तरह ड्राइवर बन सकते हैं जबकि वह चाहता है कि वे बड़े होकर जतिन की ही तरह इंजीनियर बनें। शमसुल जो एक बार खुल गया तो फिर बन्द होने का नाम ही नहीं ले रहा था और फिर थोड़ी ही देर में जतिन को यह बेतरह अहसास होने लगा था कि शमसुल को शह देकर उसने जैसे बर्रों के छत्ते में हाथ डाल दिया है।

शमसुल बहुत बोलता था और जतिन को बहुत बोलने वालों से बहुत डर लगता था। फिलहाल उसे नींद नहीं आ रही थी, लेकिन वह शमसुल को इग्नोर करने के लिए ऊँघने का नाटक कर रहा था।

अचानक जब शमसुल ने जीप को रोड से उतार दिया तो वह चौंका। शमसुल रोड के बगल-बगल से ऊबड़-खाबड़ ज़मीन पर जीप चलाने लगा। कोई तीस-चालीस मीटर भर इस तरह चलने के बाद वह जीप वापस रोड पर ले आया। जतिन को उसकी इस हरक़त का अर्थ समझ में नहीं आया। उसने शमसुल को देखा, यह सोचते हुए कि शमसुल के लिए इतना ही काफी होगा और उसने ऐसा क्यों किया, वह बताने लग पड़ेगा। इसके विपरीत शमसुल ने उससे नज़रें चुराने की कोशिश के तहत अपना सारा ध्यान ड्राइविंग पर लगा दिया।

"ए, हलो? क्या था यह?" जतिन ने उसे टोका।

"कुछ नहीं, बस ऐसे ही।" शमसुल टाल गया।

"कुछ नहीं मतलब? तुम मज़े से रोड पर चला रहे थे, फिर एकाएक गाड़ी रोड से नीचे उतारी और थोड़ी देर बाद वापस रोड पर ले ली, ड्राइविंग करने लगे। पूछने पर कहते हो कि कुछ नहीं। कुछ नहीं का क्या मतलब?"

"सभी ऐसा करते हैं, इसलिए मैंने भी किया।" शमसुल ने अपनी तरफ़ से बात ख़तम करनी चाही।

"सभी ऐसा करते हैं? कौन करते हैं? मैंने तो आज तक नहीं की ऐसी हरक़त! और फिर भला करूँगा क्यों?"

"नहीं आप तो बाहर के हैं। जो लोग यहाँ के हैं, ट्रक कार या कुछ भी चलाते हैं, और कुछ नहीं तो साइकिल ही, वे लोग ऐसा करते हैं।"

"कमाल है! ...लेकिन क्यों करते हैं, कुछ तो पता चले!"

"जाने दीजिए साहब, फिर कभी बताऊँगा।" शमसुल का हाथ हॉर्न पर चला गया। पीं-पीं की आवाज़ दूर तक सन्नाटे को भेदती हुई निकल गयी।

कहते हैं कि सत्तर के दशक में यहाँ दो भाई-बहन महेन्द्र और संघमित्रा आये हुए थे। कलकत्ते के किसी बड़े घर के बच्चे थे, प्रेसिडेंसी कॉलेज से पढ़े-लिखे। चाहते तो आसानी से अपने बाप-दादाओं की तरह वकालत-डॉक्टरी कर सकते थे, विदेश जा सकते थे; लेकिन बंगाल का वह समय कुछ और था, आबोहवा कुछ और थी। घर का ऐशोआराम, बाप-दादाओं का संरक्षण, उज्ज्वल भविष्य— सबकुछ पीछे छोड़ वे यहाँ अपनी पार्टी की विचारधारा को ग्रासरूट लेवल पर फैलाने की मकसद

से आए हुए थे। हाँ वह ज़माना कुछ और था, कलकत्ते में एक ख़ूनी संघर्ष छिड़ा हुआ था। पुलिस रातों में फुटपाथों पर भिखारियों के साथ कम्बल ओढ़े पड़ी रहती थी। जैसे ही कोई लड़का सुनसान सड़कों पर लेनिन या माओ का पोस्टर लगाने की कोशिश करता— धाँय!

महेन्द्र और संघमित्रा यहाँ के किसानों को एकजुट करने में लगे हुए थे। ज़मीन उसी की जो उस पर खेती करे। किसानों के नारे बलन्द होने लगे— जान देंगे, धान नहीं देंगे। तेभागा की याद अभी पुरानी नहीं पड़ी थी। महेन्द्र और संघमित्रा के आह्वान पर हर घर से 'एक भाई, एक रुपया, एक लाठी' की माँग हुई और देखते-देखते किसानों की एक बड़ी फ़ौज बन गयी। आदमी और अनाज के बीच के युगों पुराना सम्बन्ध मात्र रह गया, बीच की तमाम बाधाओं— ज़मींदार, पुलिस-दारोगा, पटवारी, साहूकार-महाजन को 'एक धक्का और दो'। फ़सल तैयार होने पर दल के दल लोग एकजुट होकर खेतों में उतरे। लाल झंडा गाड़कर धान की कटाई हुई, ढाक बजाये गये, औरतों ने गीत गाया। ज़मींदारों को किसानों के खलिहान से अनाज निकलवाने के लिए बन्दूकधारी पुलिस का सहारा लेना पड़ा।

सहज ही महेन्द्र और संघमित्रा यहाँ के सामन्तों-ज़मीदारों की आँख की किरकिरी बन गये। जहाँ शमसुल ने जीप को रोड से उतार दिया था, कहते हैं वहीं एक दिन महेन्द्र और संघमित्रा के ख़ून से लथपथ धड़ पाए गये थे। दोनों के सिर को गरदन से काटकर बगल के पेड़ से टाँग दिया गया था। कदम्ब का वह पेड़ आज भी है जिसकी जड़ों तले गाँव वालों ने महेन्द्र और संघमित्रा का दाह-संस्कार किया था। तब से इस रोड पर गुज़रने वाली हर गाड़ी वहाँ रोड छोड़कर ज़मीन पर उतार दी जाती है ताकि वह पवित्र भूमि रौंदी न जाए।

आँखों के बदलने से दृश्य बदल जाता है।

बच्चों ने रानी रासमणि की कथा बाँच रखी थी।

जाने कैसे बात चल निकली गाँव के लोगों की मान्यताओं की और फिर होते-होते शमसुल गाँव में प्रचलित भूत-प्रेत के क़िस्से सुनाने लगा। जतिन को उसकी बातें सुनकर बड़ा मज़ा आ रहा था, वह दिल खोलकर हँस रहा था। रात उतर चुकी थी और किसी जगह रुककर एक लाइन होटल में उन्होंने खा-पी लिया था। गरम पानी के साथ रम के घूँट अब अपना असर दिखा रहे थे। रास्ता अब बस दो-ढाई घंटे का ही बचा था तय करने को। शमसुल कहानी कहते हुए आराम से ड्राइव कर रहा था और 'ओल्ड-मांक' के सरूर में रँगे जतिन को भी कोई ख़ास जल्दी नहीं थी।

हाँ तो एक बार की बात है कि एक फ़ौजी था। छुट्टियों में जब गाँव आता था तो हर शाम उसके दुआर पर जवान-जहान लड़कों की भीड़ लगी रहती। फ़ौजी उन लड़कों को लाम पर के क़िस्से सुनाता, अपनी बहादुरी के क़सीदे काढ़ता। वह था भी लम्बा-चौड़ा, दोहरे बदन का। दोनों कानों पर भर-भर रोंएँ, छाती पर और बाँहों पर भी। लोहे के दरवाज़े जैसा उसका सीना था और एक औसत आदमी की जाँघों जितनी उसकी भुजाएँ। उसकी घरवाली बहुत पहले मर-खप चुकी थी सो मस्त-मलंगों की तरह खाता-पीता और यार-दोस्तों के साथ ही सो पड़ रहता। उसके घर में एक बूढ़ी माँ और भाई-भौजाई थे। भाई उससे छोटा था और हर तरह से उसका

विलोम। सींक की तरह दुबला-पतला था, तितली की तरह उसकी छाती थी और अक्सर बीमार रहता था। नाम था काली मंडल।

हाँ हाँ, यह एकदम सच्ची बात है। काली मंडल का लड़का हराधन इसी गाँव में रहता है। हाइवे के पास उसकी दुकान है— माँ मनसा वेराइटी स्टोर्स। क्या कहा, देखा है आपने? ख़ैर! तो कहाँ था मैं? हाँ, याद आया। कहते हैं कि फ़ौजी का अपने छोटे भाई की पत्नी से अवैध सम्बन्ध था। इसे लेकर काली अक्सर उदास रहता, शाम होते ही दारू पीकर धुत्त पड़ जाता और अपनी माँ को गरियाने लग पड़ता। आख़िर यह उसकी माँ ही थी जिसकी नाक तले यह नाजायज़ रिश्ता पनपा और अब फूलने-फलने की तैयारी में था। हाँ, उसकी माँ सब जानते हुए भी जाने क्यों चुप रहा करती थी।

वैसे बुढ़िया थी भी एक नम्बर की कुटनी। बड़ा बेटा कमाऊ पूत था, छोटा था निकम्मा, पियक्कड़, सो हमेशा दुनेत करती रहती। कहते हैं कि अपनी जवानी में उसने भी ख़ूब रंग दिखाये थे, लेकिन वह क़िस्सा फिर कभी। कुल मिलाकर सास-बहू का मामला ऐसा था जैसे खरबूजे के साथ खरबूजा। काली की बीवी का रंग-रूप कुछ ख़ास नहीं था, जाने क्या देखकर फ़ौजी उस पर फ़िदा था! कहते हैं न, दिल लगी दीवार से तो परी क्या चीज़ है!

तो इसी तरह दिन महीने साल बीतते रहे। एक दिन क्या हुआ कि ज़हरीली शराब से काली की मौत हो गयी। बाक़ी सब पूर्ववत चलता रहा। फ़ौजी की छुट्टियाँ ख़त्म होतीं तो वह लाम पर चला जाता और फिर साल-छह महीने बाद लौटता। ऐसे ही एक बार जब वह गाँव में था, रात के क़रीब बारह साढ़े बारह बजे खेतों पर काम कर रहा था। चौंकिये मत, गर्मियों में अक्सर रात में ही सिंचाई, माटी कटाई वग़ैरह का काम किया जाता है। तो फ़ौजी अपने एक दोस्त के साथ दुगले से अपने खेत की सिंचाई कर रहा था।

क्या? दुगला? एक तरह की डोलची समझ लीजिए जिसकी दोनों तरफ़ रस्सियाँ बँधी होती हैं। दो लोग दोनों तरफ़ से रस्सी की तनियाँ पकड़कर तालाब से पानी उलीचते हैं और फिर मोरी से होकर पानी खेतों तक पहुँचता है।

कल्पना कीजिए, अमावस की अँधियारी रात। एक हाथ को दूसरा हाथ नहीं सूझता था, इतनी अँधियारी। चारों तरफ़ सुनसान, चरिन्द-परिन्द का नामोनिशान नहीं। कहीं दूर से किसी कुत्ते के रोने की आवाज़ आयी। उल्लू के डाकने की आवाज़। फिर देर तक सन्नाटा, कहीं से कोई सुगबुगी नहीं।

कोई आधे घंटे तक पानी उलीचने के बाद दोनों दोस्त थक गये। वहीं पास में बरगद का एक घना पेड़ था जिसके नीचे बैठकर वे सुस्ताने लगे। फ़ौजी अपने दोस्त की निस्बत ताक़तवर था, सो कम थका था, लेकिन दोस्त की हालत ख़राब हो रही थी। निहुरकर काम करते रहने से उसकी कमर टूट रही थी, घुटनों में दर्द अमा गया था। दक्खिन की ओर से ठंडी बयार बह रही थी, तिस पर भी वह पसीने से तर-ब-तर हो रहा था। उसने फ़ौजी से कहा कि वह थककर चूर हो गया है, उसका पूरा बदन टूट रहा है, और अधिक दुगला नहीं उलीच सकता, और कि बेहतर है वे लौट चलें। फ़ौजी ने उसकी लानत-मलामत की, पुचकारा, फिर दुत्कारने पर उतर आया। दोस्त ने फिर भी अपनी असमर्थता ज़ाहिर करते हुए कहा कि फ़ौजी चले न चले, वह अब यहाँ एक पल नहीं रुक सकता, जा रहा है। इतना कहकर वह वहाँ से चल दिया। फ़ौजी पर उसकी झूठी धमकियों का कोई असर नहीं हुआ। उसे यक़ीन था, थोड़ी दूर जाकर दोस्त का मन बदल जाएगा, वह लौट आएगा। उसने इत्मीनान से हुक़्क़ा निकाला, बोझकर सुलगाया और पीने लगा।

अभी उसने तीन-चार क़श ही खींचे होंगे कि उसका दोस्त आ गया। फ़ौजी ख़ुश हो गया। बोला, ''मैं जानता था कि तू वापस लौट आएगा।''

दोस्त कुछ बोला नहीं, फ़ौजी से दो हाथ की दूरी पर वहीं बैठ गया। फ़ौजी ने अँधेरे में उसके अक्स की तरफ़ हुक़्क़ा बढ़ाया, ''ले, पिएगा?''

यह एक पुराना मज़ाक था। दरअसल फ़ौजी का दोस्त हुक़्क़ा-चिलम आदि कभी नहीं पीता था। जब यार-दोस्तों की महफ़िल लगती, हुक़्क़े का दौर चलने लगता तो एकाध क़श खींचने के बाद लोग अगले को बढ़ा देते। अगला यदि वह दोस्त हुआ और ग़लती से किसी ने उसे हुक़्क़ा बढ़ा दिया जो वह ग़ुस्से में आग बबूला हो जाता, गालियाँ निकालने लगता। लोग कभी-कभी मज़े के लिए भी गालियाँ सुनना चाहते और जानबूझकर ऐसी ग़लती कर देते। फिर जुबान काटकर कहते, ''अरे अरे, मैं तो भूल ही गया था कि तू हुक़्क़े को छूता तक नहीं!'' और बस, गालियों की बौछार शुरू हो जाती।

''अरे माफ करियो भाई, ग़लती हो गयी। तू तो हुक़्क़े को हाथ भी नहीं लगाता!'' कहकर फ़ौजी ठठाकर हँसने लगा। हुक़्क़ा वापस लेना चाहा कि दोस्त ने उसके हाथों से हुक़्क़ा ले लिया। फ़ौजी का हाथ दोस्त के हाथों से छुआ गया। इस गर्मी में भी दोस्त का हाथ बर्फ़ के मानिन्द पल्ला था। फ़ौजी के आश्चर्य का ठिकाना न रहा, जब उसने देखा कि उसका दोस्त मज़े में हुक़्क़ा गुड़गुड़ा रहा है।

"अरे तू कब से हुक़्क़ा पीने लगा! ...और तेरा हाथ इतना ठंडा कैसे है!" फ़ौजी ने पूछा, लेकिन दोस्त ने कोई जवाब नहीं दिया। फ़ौजी को याद आया कि थोड़ी देर पहले जब दोस्त ने वापस लौट चलने की ज़िद पकड़ ली थी तो उसने उसकी काफी लानत-मलामत की थी। कहा था कि खेत की सिंचाई छोड़कर मेहरारू की सिंचाई करने के लिए ही वह घर लौटने को उद्धत है। उसे लगा कि उसकी बातों से दोस्त को बुरा लगा होगा, इसलिए वह कुछ नहीं बोल रहा, मौन साधे हुए है।

"तू कुछ बोल क्यों नहीं रहा? ...यार अगर तुझे मेरी बातों का बुरा लगा हो तो ये देख मैं कान पकड़ रहा हूँ। दोस्तों की बातों का बुरा नहीं मानते भाई, चल अब उठ, दिल से न लगा।" फ़ौजी अपना पेंदा झाड़ते हुए उठ खड़ा हुआ। दोस्त में जब कोई हरक़त न देखी तो बोला, "क्या हुआ? सारी रात इसी तरह बैठे-बैठे ही गुजारनी है या कुछ काम भी कर लें। चल अब ज़्यादा काम नहीं बचा, एक बार आधेक घंटे के लिए दुगला उलीच लेते हैं, बस। चल चल, उठ।"

क्या हुआ, आपको नींद तो नहीं आ रही? रास्ता अभी भी कोई डेढ़ पौने दो घंटे का बचा है। यह जो क़िस्सा मैं कह रहा हूँ, वह एकदम सच है, रास्ते में वह बरगद का पेड़ भी है जहाँ फ़ौजी और उसका दोस्त बैठे सुस्ता रहे थे। चलिए, आपको उस पुराने बरगद से मिलाऊँगा। तालाब को अब पाट दिया गया है। हाँ तो क़िस्से पर लौटते हैं, लेकिन इससे पहले मैं आपको फिर से याद दिलाऊँ कि अमावस की अँधियारी रात थी, सो दोनों एक-दूसरे के चेहरों के नक़ूश नहीं देख पा रहे थे, बस क़द-काठ से अन्दाज़ा भर लगा पा रहे थे। फ़ौजी के ललकारने पर दोस्त उठा और तालाब के किनारे जाकर फ़ौजी के साथ दुगला उलीचने लगा। बीच-बीच में फ़ौजी कुछ कहता, लेकिन दोस्त शुरू से चुप ही रहा आया। कहीं दूर से फिर से कुत्ते के रोने की आवाज़ आने लगी। टिटिहरी की टिटकारियाँ भी। आप शहरी लोग हैं इसलिए नहीं जानते, गाँव-देहात में टिटिहरी का बोलना असगुन माना जाता है। लेकिन फ़ौजी तो फ़ौजी था, वह यह सब कहाँ मानने वाला था!

दोनों दुगले उलीचते रहे, इस तरह समय बीतता रहा। आधे घंटे तक अनवरत दुगला उलीचने के बाद फ़ौजी थकने लगा। उसने दोस्त को देखने की कोशिश की, लेकिन पाया कि दोस्त अब भी इस त्वरा से दुगला उलीच रहा है मानो उसने अभी शुरू ही किया हो। फ़ौजी को आश्चर्य तो हुआ लेकिन उसने प्रकट नहीं किया। वह सोचता था कि पहले दोस्त कहे कि वह थक गया है। अपनी थकान के बारे में पहले कहकर वह अपनी हेठी नहीं करवाना चाहता था। कोई दस-पन्द्रह मिनट बाद

फ़ौजी ने फिर से अपने दोस्त की तरफ़ देखा। उसकी त्वरा में कोई अन्तर न देख फ़ौजी को कुछ शक़ पड़ा। वह अपने दोस्त के बारे में बख़ूबी जानता था, उसके सामर्थ्य-शक्ति से भी परिचित था। क़ायदे से उसे अब तक टें बोल जाना चाहिए था। फ़ौजी ने नज़रें गड़ाकर उसे देखने की कोशिश की, लेकिन उसे साफ़-साफ़ कुछ दिखा नहीं। ऐसे में फ़ौजी ने पूछा, "हाथ बदल लें?"

दोस्त रुक गया, सिर हिलाकर उसने सम्मति दी। हाथ बदलना मतलब अब तक जो दायीं तरफ़ से उलीच रहा था, वह बायीं तरफ़ चला जाए और बायीं तरफ़ वाला दायीं तरफ़। दोनों में अपेक्षाकृत जो हृष्ट-पुष्ट होता है, उसे दायीं तरफ़ रखा जाता है, बायें हाथ से उलीचने के लिए। फ़ौजी अब तक दायीं तरफ़ ही था, और बायीं तरफ़ जाने की उसकी गुज़ारिश एक तरह से उसकी हार ही थी, लेकिन यह भी सच है कि अब तक वह बेतरह थक चुका था। जब दोनों ने अपनी जगह बदली, तो इस बीच भी फ़ौजी ने नज़रें गड़ाकर अपने दोस्त को देखना चाहा। लेकिन वह इतनी जल्दी गुज़र गया कि फ़ौजी साफ़-साफ़ कुछ देख न सका।

फ़ौजी ने इस बार उलीचने की गति जान बूझकर धीमे ही रखी। उसने दोस्त की परीक्षा भी लेने की सोची। वह उससे कुछ ऐसे सवाल करने लगा, जिसके सही-सही जवाब अगर उसका दोस्त होता तो ज़रूर देता। लेकिन वहाँ उसके पास बैठा जो शख़्स दुगला उलीच रहा था, वह तो दरअसल उसके छोटे भाई काली का भूत था। बात यह थी कि काली के भूत को हुक़्क़े का बड़ा चाव था। ऐसा होता है कि किसी भूत को हुक़्क़े का चाव होता है तो किसी को सुरती-बीड़ी से लगाकर ताड़ी-शराब तक का। आपको याद होगा, जब फ़ौजी का दोस्त चला गया था, उसने तुरत हुक़्क़ा बोझ लिया था। बरगद के जिस पेड़ के नीचे फ़ौजी बैठा था, संयोग से उसी पर काली के भूत का वास था। हुक़्क़े के लोभ में काली का भूत पेड़ से नीचे उतर आया और फ़ौजी ने सोचा कि यह उसका दोस्त है जो बीच रास्ते से लौट आया है।

तो फ़ौजी इस निष्कर्ष पर तो पहुँच गया कि फिलहाल वह जिसके साथ बैठा है, वह कोई भूत है, लेकिन उसे अभी यह पता नहीं था कि भूत उसके सगे भाई काली का ही है। इधर काली का भूत अब तक फ़ौजी को पहचान चुका था। वह इस ताक में था कि कब उसे मौक़ा मिले और कब वह फ़ौजी की गरदन मरोड़ दे। आख़िर यह उसका फ़ौजी भाई ही था जिसे उसकी मौत का ज़िम्मेदार कहा जा सकता है।

कहते हैं कि जब फजीरा हुआ और गाँव के लोग दिशामैदान को निकले तो किसी ने फ़ौजी को तालाब के किनारे अधमरी अवस्था में पाया। वह हाथ का लोटा

वहीं फेंककर भाग खड़ा हुआ और पल की पल में पूरे गाँव में हल्ला मच गया कि फ़ौजी को तालाब के किनारे भूत ने धर दबोचा है। जब गाँव वाले लाठी-भाले के साथ दल बाँधकर वहाँ पहुँचे तो फ़ौजी के मुँह से ख़ून सना थूक निकल रहा था, धुकधुकी चल रही थी, आँखें उलट रही थीं और वह लगातार कुछ-कुछ बड़बड़ाये जा रहा था। कीच-कादो से सनी उसकी देह को खटिया पर लादकर घर लाया गया। इसके ठीक साल भर बाद काली की बेवा ने हराधन को जन्म दिया।

हराधन के जन्म के बाद गाँव वालों ने तब तक स्वस्थ हो चुके फ़ौजी को घेर लिया जिसने अपने छोटे भाई की विधवा से मुँह काला किया था। अन्त में उसकी कुटनी माँ को आगे आना पड़ा और उसने गाँव वालों के सामने इस राज़ पर से परदा हटाया कि हर रात फ़ौजी पर काली का भूत सवारी करने आता था। लोक-लाज के भय से उसने अब तक अपना मुँह सी रखा था। उसने नवजात बच्चे की क़सम खाकर कहा कि वह जो बोल रही है सच है, सच के सिवा कुछ भी नहीं।

"**हम** कैसे मान लें कि आप सच बोल रहे हैं?" सहसा भीड़ के बीच से कोई चिल्लाया। यह प्रश्न मानो प्रतीक्षित ही था कि जैसे ही वह चिल्लाया, भीड़ से यही प्रश्न नाना विन्यासों में उछाला जाने लगा।

रासबिहारी घोष इस अप्रत्याशित हमले के लिए पहले से कतई तैयार नहीं थे। "देखिए देखिए!" उन्होंने माइक को ठोंका। "हेलो-हेलो, शान्त हो जाइए। अब अगर आप लोग इस तरह से... हेलो!"

"ये बार-बार हेलो-हेलो क्या कर रहा है?" भीड़ के बीच वह बूढ़ा भी मौजूद था जो कुछ दिनों पहले अमेरिका जाने के लिए पोटली बाँधकर घर से निकल पड़ा था। उसने अपने जवान साथी से पूछा, "हेलो मतलब क्या होता है?"

"अमेरिका में बोलते होंगे।" जवान ने अन्दाज़ा लगाया।

"तू याद कर ले, वहाँ काम आएगा।" बूढ़े ने समझदारी दिखायी।

"बन्धुगण, देखिए आप लोग ऐसे शोरगुल मचाएँगे तो मैं कैसे समझा पाऊँगा!" घोष बाबू हताश हो रहे थे।

"हम अपनी ज़मीन किसके भरोसे दें?" कोई चिल्लाया।

इस बात पर घोष बाबू एकदम से तिलमिला गये। "भरोसे की बात पूछ रहे हैं

आप लोग? कह रहे हैं कि आप अपनी ज़मीन किसके भरोसे देंगे? ...देखिए, हम तीस साल से आपके सामने हैं। आपके सामने तीस बरस पूरे हो गये हैं हमारे। आजकल जो कई सारी नयी-नयी पार्टियाँ उग आयी हैं बरसात में कुकुरमुत्ते की तरह— घासफूल पार्टी, और भी जाने क्या-क्या— उन लोगों की तरह नहीं हैं हम। हमें आज यहाँ आपको ठगकर कल कहीं और नहीं भाग जाना। कोई चिटफंड कम्पनी नहीं हैं हम। चन्द्र टरै सूरज टरै लेकिन हमें यहीं रहना है, आपके बीच। हमारा घर यहीं है, हमारा गढ़ यहीं है! हम जनता के बीच पिछले तीस साल से हैं और आप लोगों का साथ रहा तो आगे भी तीस साल रहेंगे।''

आगे की कुछ पंक्तियों में तालियों की करतल ध्वनि।

''आप भरोसे की बात पूछते हैं तो उल्टे मैं आपसे पूछता हूँ कि आप हमारा भरोसा नहीं करेंगे तो किसका करेंगे? इन कल के आये लोगों पर करेंगे? याद रखिएगा— नया नौ दिन और पुराना सौ दिन। हाँ, माना कि हममें कुछ कमियाँ भी हैं, मैं इससे इंकार नहीं कर रहा। हरगिज नहीं। लेकिन आप ही बताइए कमियाँ किसमें नहीं होतीं— सूरज में आग है तो चन्दा में दाग़ है। लेकिन कम से कम हमारा दो मुँह तो नहीं है। भाइयो, हम उनमें से नहीं हैं जो मस्जिद ढहाने वालों के भी साथ हैं और चरखा चलाने वालों के भी साथ। इनके साथ अमुक मन्त्री बन गये तो उनके साथ तमुक मन्त्री। मैंने कहा न, हमारा दो मुँह नहीं, हमारा अपना चरित्र है। हम ज़मीन से जुड़े लोग हैं, जान दे देंगे लेकिन...''

''जान दे देंगे, लेकिन ज़मीन नहीं देंगे!''

''हाँ हाँ, नहीं देंगे।'' एकाएक वहाँ हल्ला मच गया। कोई चिल्लाया, ''इन्क्लाब?'' सबने एक स्वर में पूरा किया, ''ज़िन्दाबाद!''

इससे पहले रात में जब शमसुल और जतिन आदिग्राम के सीमाने पर पहुँचे तो बरगद के एक पेड़ के पास पहुँचकर शमसुल ने जीप रोकी।

''क्या हुआ? यहाँ क्यों रोक दी जीप?''

''आइए उतरिए।'' शमसुल ने ख़ुद भी उतरते हुए कहा, ''अरे आइए न, आपको एक चीज़ दिखाता हूँ।'' उसके स्वर में बच्चों का-सा उत्साह और हठ था।

''क्या है, तुम भी न!'' कुनमुनाते हुए जतिन उतरा। चारों तरफ़ रात की

निस्तब्धता व्यापी थी। झींगुरों की एकसार किर्र-किर्र। रोड से उतरकर वे बरगद के पास पहुँचे।

"देखिए जतिन बाबू, ये रहा वो बरगद जिसके तले बैठकर वह फ़ौजी सुस्ता रहा था।" फिर हँसते हुए जोड़ा, "आइए ज़रा हम भी सुस्ता लें। ...डरिये मत, मैं कोई भूत नहीं हूँ जिसे हुक़्क़े-सूरती का चाव हो। और वैसे भी हम मुसलमानों के भूत नहीं, जिन्न होते हैं।"

सुनकर जतिन भी ख़ुद को हँसने से न रोक सका। वह बरगद के पास ही खड़ा होकर पेशाब करने को उद्धत हुआ तो शमसुल ने उसे बरजा। "यहाँ मत करिए। कहते हैं कि जिस पेड़ पर किसी भूत का वास हो, वहाँ पेशाब करना ख़तरे से ख़ाली नहीं होता।"

"तुम यक़ीन करते हो इन सब पर?" जतिन ने आश्चर्य जताया, हालाँकि नशे में होने की वजह से उसका यह आश्चर्य फीका-फीका सा रहा। उसे याद आया, थोड़ी देर पहले की उसकी हँसी भी बिना चीनी की थी।

"पता नहीं। लेकिन मैंने बहुतों से यह बात सुन रखी है।"

"क्या? ये सब ऊटपटाँग? ...ओह कमऑन, तुम्हें लगता है कि यह सब सच में होता है?"

"मैंने कहा न, मैं कुछ भी यक़ीन के साथ नहीं कह सकता।" शमसुल चुप हो गया। कहीं दूर स्यारों का हुआँ-हुआँ सुनाई पड़ा। रात के सुनसान में स्यारों की बोली इतनी नक़ली लगी जैसे कई बच्चे एक साथ स्यार की नक़ल उतार रहे हों और ऐसा ठीक से नहीं कर पा रहे हों। शमसुल ने बरगद को देखते हुए कहा, "वैसे जतिन बाबू, ज़रा इस बरगद को ध्यान से देखिए, कैसे दो-दो पुरसा ऊँची जड़ काढ़े खड़ा है, और वे हवा में बहुत धीमे डोलते इसके सूँड़! रात के सुनसान में इसे देखिए, कुछ देर बस देखते रहिए तो ख़ुदा क़सम एक मिनट के लिए सबकुछ यक़ीन कर लेने का मन करता है।" कहते हुए शमसुल गम्भीर लगा।

"शटअप यार, मुझे डराने की कोशिश मत करो। ...किसने तुम्हारे भेजे में यह गोबर भर दिया? गाँव के अनपढ़ लोगों का विश्वास भर हैं ये सारे क़िस्से, और कभी-कभी तो विश्वास भी नहीं, टाइमपास करने के लिए बस गप्प समझ लो।" कहते हुए जतिन पेशाब करने लगा, हालाँकि थोड़ा हटकर।

अचानक उसने अपने कन्धे पर हाथ का दबाव महसूस किया, ठीक उसकी पीठ के पीछे कोई ज़ोर-ज़ोर से साँस ले रहा था। वह हड़बड़ाकर घूमा। शमसुल ही था,

लेकिन थोड़ा बदला-बदला सा लगा। वह एकटक जतिन को घूर रहा था, फटी-फटी आँखों से।

उसे यों देख जतिन के चेहरे पर हवाइयाँ उड़ने लगीं। हकलाते हुए पूछा, "क्या है? ...तुम ठीक तो हो न ...शमसुल?"

शमसुल के होंठ काँपे। बहुत धीमे स्वर में उसने कहना शुरू किया, "आपको पूरा यक़ीन है कि मैं शमसुल ही हूँ?" उसकी आवाज़ बदली-बदली-सी थी, थी तो वह शमसुल की ही आवाज़ लेकिन जैसे एक ऊँची पिच पर जाकर फट जाती, टुकड़े-टुकड़े काँच की मिली-जुली रगड़ जैसी— आवाज़ नहीं, आवाज़ों के चींथड़े। अँधेरे में उसकी आँखों के कोये चमक रहे थे। वह धीरे-धीरे आगे बढ़ रहा था। जतिन के कन्धे पर उसका दबाव बढ़ता जा रहा था। जतिन की साँसें रुक गयीं। वह क़दम-क़दम पीछे खिसकने लगा। सहसा किसी खूँट से लिथड़कर उसका सन्तुलन बिगड़ा और वह पीठ के बल नीचे ढलुई ज़मीन पर जा गिरा। उसके मुँह से बेसाख्ता एक चीख निकल गयी।

शमसुल ज़ोर-ज़ोर से हँसने लगा। हक्का-बक्का जतिन उठा और जब उसे पूरा माजरा समझ में आया, उसने खींचकर एक तमाचा शमसुल के गालों पर रसीद कर दिया। शमसुल सन्न रह गया।

"बदतमीज!" जतिन के अपने कपड़े झाड़े, "सूअर!"

"गाली क्यों निकालते हैं साहेब! मैं तो बस यह समझाने की कोशिश कर रहा था कि जब आप अपनी जगह सही हैं तो कैसे-न-कैसे ये गाँव वाले भी...!"

शमसुल की बात पूरी होती, उससे पेश्तर झाड़ियों के पीछे एक अजीब-सी सरसराहट हुई, फिर थम गयी। दोनों सहम गये। एक पल के लिए उन्होंने एक दूसरे को घूरा कि कहीं एक ने दूसरे को फिर से डराने की कोशिश तो नहीं की! कोई बनैला जन्तु हो सकता है, यह सोच अगल-बगल देखा। कहीं कुछ नहीं।

एक बच्चे के रोने की आवाज़ आयी तो दोनों फिर से सहम गये। इस वीराने में यह बच्चा कौन है? विलाप का स्वर कहीं बहुत नज़दीक से ही आ रहा था। वे बुरी तरह डर गये।

अचानक फिर से जब सरसराहट हुई तो उन्हें समझते देर न लगी कि झाड़ी में कुछ नहीं, शोर की दिशा कहीं और है। वे फटी हुई निगाहों से ऊपर पेड़ की तरफ़ देखने लगे। बरगद के घनेरे में हलचल-सी थी और इससे पेश्तर कि वे वहाँ से भागने का उपक्रम करते, जैसे बिजली कड़की हो, दस-बारह आकृतियाँ बरगद के

घनेरे से निकलीं और सूँड़ों से झूलती हुई पेंडुलम की तरह जतिन और शमसुल के दायें-बायें डोलने लगीं।

1976 में सी.पी.टी. कम्पनी आयी और उसने जब किसानों को सब्ज़बाग़ दिखलाकर गाँव की साढ़े तीन सौ एकड़ ज़मीन का अधिग्रहण कर लिया, तब भी किसानों ने इसका विरोध किया था, हालाँकि तब कुछ ऐसे किसान भी थे जिन्हें अपनी परती पड़ी ज़मीन की अच्छी-ख़ासी क़ीमत मिल रही थी और वे अन्त तक इस आन्दोलन से बाहर ही रहे। तब रासबिहारी घोष कलकत्ते के प्रेसिडेंसी कॉलेज में बी.ए. की पढ़ाई कर रहे थे। वहीं ईडेन हिन्दू हॉस्टल में रहते, हर माह एक-दो दिनों के लिए आदिग्राम आते, फिर कलकत्ता लौट जाते।

रासबिहारी घोष के पिता स्व. श्री उमाचरण घोष पक्के कांग्रेसी थे। कहते हैं कि आज़ादी की लड़ाई के दिनों में जब गाँधीजी ने आदिग्राम का दौरा किया था, वे उमाचरण घोष के यहाँ ही ठहरे थे। कभी गाँधीजी के सचिव श्री महादेव भाई देसाई के साथ उनका ख़ूब पत्राचार भी चला था। उमाचरण बाबू ने अढ़ाई बीघा ज़मीन पर गाँव के बच्चों के लिए एक चटशाला खोली थी, जहाँ पढ़ाई-लिखाई के अलावा बच्चों को चरखे पर सूत कातना भी सिखाया जाता। बाद में कुछ दिनों तक वे सन्त विनोबा की भी संगत में रहे और भूदान आन्दोलन में बढ़-चढ़कर हिस्सेदारी की।

उन्हीं उमाचरण घोष ने तब कांग्रेस की अपनी सदस्यता ख़त्म कर दी जब उन्हें पता चला कि कलकत्ते में उनका बेटा रासबिहारी मार्क्सवादी पार्टी से जुड़कर अपने कॉलेज में छात्रसंघ का नेता बन गया है। उनका कहना था कि अब उनके दिन लद चुके हैं, गाँधी बाबा नहीं रहे, कांग्रेस भी अब वो कांग्रेस नहीं रही। अब नयी बयार बह चली है, नये लड़के सब अच्छा कर रहे हैं तो उन्हें स्वेच्छा से, कम-से-कम घर में अपने बेटे के लिए जगह ख़ाली कर देनी चाहिए।

सत्तर के दशक में बंगाल के राजनीति-कोश में एक नये शब्द का प्रवेश हुआ था— रीगिंग। रीगिंग मतलब छाप्पा वोट। वर्ष 1972 के विधानसभा चुनाव में कांग्रेस के हाथों सीपीएम की दुर्गत हुई थी। ज़ाहिर है तब तक बंगाल में वामफ्रंट नामक इस बरगद की जड़ें ज़मीन के नीचे इतने गहरे नहीं उतरी थीं। हालाँकि कमान तब सीपीएम के हाथों में ही थी, लेकिन वाम घटकों में कोई ख़ास तालमेल

नहीं था। तब एक लतीफा बड़ा मशहूर हुआ था कि एक बार जब फिदेल कास्त्रो बंगाल आये थे, उनकी अगवानी के लिए वामपन्थी नेतागण लाल झंडे लिये पहुँचे थे। कास्त्रो ने झंडों को गिना— पूरे बयालीस। पूछा कि आख़िर बंगाल में कितनी लेफ्ट पार्टियाँ हैं!

बहरहाल, बहत्तर के चुनाव में कांग्रेस और सीपीआई के गठबन्धन के हाथों करारी मात मिलने के बाद ही सीपीएम ने 'रीगिंग' शब्द का ईज़ाद किया। तब कुल दो सौ अस्सी सीटों में से सीपीएम को मात्र चौदह सीटों पर जीत मिली थी। ज्योति बाबू ने इस चुनाव को 'प्रहसन' करार दिया था। ख़ासकर सात सीटों— दमदम, बरानगर, खड़दह, पानीहाटी, मेमारी, कालना और नादनघाट को विशेष रूप से चिह्नित किया गया। इनमें कांग्रेस-सीपीआई गठबन्धन और सीपीएम में सबसे नज़दीकी मुक़ाबला बरानगर सीट पर हुआ था, फिर भी अन्तर लगभग चालीस हज़ार वोटों का था। दमदम में यह फ़र्क़ जहाँ एक लाख वोट के आसपास था, तो कालना में बासठ हज़ार का। निश्चित रूप से सीपीएम ग़लत नहीं था, और जब उसने इसके विरोध में लगातार पाँच सालों तक विधानसभा का बहिष्कार किया तो उसे जनता का समर्थन खींचने में बहुत हद तक सफलता भी मिली। वैसे भी बंगाल में कांग्रेस विरोधी बयार को गति देना कोई ख़ास मुश्किल काम नहीं था। बंग भंग के समय कांग्रेस के ठंडे रवैये को अगर बहुत पुरानी बात मानें तो भी आज़ादी के आन्दोलन के समय जब गाँधीजी ने सुभाषचन्द्र बोस पर पट्टाभिसीतारमैया को तरजीह दी थी, तभी से कांग्रेस को बंगाल और बंगाल विरोधी पार्टी समझा जाने लगा था।

मज़ेदार बात है कि तक़रीबन बीस साल बाद सीपीएम के ही कामरेड अनिल बसु के नाम सर्वाधिक अन्तर से लोकसभा चुनाव जीतने का रिकार्ड बनता है, लगभग छह लाख वोट के मार्जिन से। सिर्फ़ दो दशक में ही बंगाल की राजनीति का यह आलम बन जाता है कि पार्टी के सर्वाधिक शरीफ़ कामरेड माने जाने वाले सोमनाथ चैटर्जी भी बंगाल की लालगढ़ी कहे जाने वाले बोलपुर से जब लगभग हर बूथ पर सात-आठ सौ वोट पाते हैं तो विपक्षी दल को दो-तीन वोटों से ही सन्तोष करना पड़ता है।

लेकिन यह सब अन्तिम दशक की बातें हैं। रासबिहारी घोष का नाम पहली बार सत्तर के दशक में उछला था जब बंगाल में सिद्धार्थ शंकर राय का ज़माना था और उन दिनों रासबिहारी का छात्रसंघ का अध्यक्ष हो जाना बहुत बड़ी बात थी। महेन्द्र

और संघमित्रा से रासबिहारी घोष का परिचय कॉलेज के दिनों में हुआ। तब कॉलेज के पोर्टिको में, कॉफी हाउस में वे बराबर ही मिला करते, कॉलेज स्क्वायर पार्क या अगल-बगल भी कहीं। विचारों का आदान-प्रदान होता, गर्मागर्म बहस-मुबाहिसे। वर्ग संघर्ष, पेटी बुर्जुआ, सशस्त्र क्रान्ति, पीडब्लूए, लाल सुबह आदि जुमलों से रासबिहारी का पहला परिचय था। टॉलीगंज के पास हरिनाभि नामक मुहल्ले में महेन्द्र और संघमित्रा की पुश्तैनी बड़ी-सी हवेली थी। कभी-कभी रासबिहारी घोष वहाँ भी जाते। महेन्द्र और संघमित्रा को आदिग्राम के बारे में सबसे पहले रासबिहारी घोष ने ही बताया।

जब आदिग्राम में महेन्द्र और संघमित्रा की नृशंस हत्या हुई थी, अपने पिता के लाख मना करने पर भी रासबिहारी घोष आदिग्राम पहुँचे। सन्तप्त किसानों को लेकर उन्होंने एक महारैली भी निकाली थी। यह रासबिहारी घोष का सार्वजनिक क्षेत्र में पहला क़दम था।

मज़े की बात है कि सी.पी.टी. कम्पनी के ज़मीन अधिग्रहण के ख़िलाफ़ उठ खड़े होने वाले किसानों का नेतृत्व भी तब रासबिहारी घोष ने ही किया था। बाद में पार्टी की टिकट पर उन्होंने चुनाव लड़ा और तब से अब तक विधायकी कर रहे हैं। वही श्री रासबिहारी घोष आज जनसभा में समझा रहे थे कि विदेश की एक बड़ी कम्पनी यहाँ अपना कारख़ाना लगाना चाहती है। इसके लिए उसे चाहिए ज़मीन—एकाध सौ एकड़ नहीं, पूरे उन्नीस हज़ार एकड़ ज़मीन।

''देखिए पिछले तीस बरस में बंगाल कहाँ से उठकर कहाँ आ गया। आपलोग इससे इंकार नहीं करेंगे कि चहुँमुखी विकास हो रहा है। गाँव-गाँव में सड़कों का निर्माण हुआ, स्कूल-मदरसा खुले, बिजली आयी, और भी जाने क्या-क्या! कुएँ-पोखर खुदवाये, मछली पालन, मुर्गी पालन आदि। हमने जो-जो किया, उसे गिनाने का समय नहीं है। गिनाने चलें तो गिनवा भी नहीं सकते। दूसरी तरफ़ जब देखते हैं तो ऐसा बहुत कुछ दिख जाता है जो अभी नहीं हुआ और जिसे होना चाहिए। बन्धुगण, अब वह बाक़ी काम पूरा करने का समय आ गया है। जैसे देखिए कि आदिग्राम में जब कारख़ाना लगेगा तो इलाक़े का सर्वांगीण विकास होगा। आज की तारीख़ में एक-एक बिस्वे में एक घर के चार-चार लोग खेती करते हैं। नतीजा? दो जून का भात भी ठीक से नसीब नहीं होता। फटा-चींथड़ा पहनते हैं। बात-बात पर झगड़ा-सिर फुटौव्वल करते हैं। जब कारख़ाने में नौकरी लगेगी तो सबका दुख-दलिद्दर दूर होगा। हर महीने सात तारीख़ को वेतन मिलेगा ही मिलेगा। न सूखे-

बरसात की फिकिर, न फ़सल को कीड़ा-पाला लगने का डर। मैं कहता हूँ कि एक बार जब कारखाना बैठ जाएगा तो फिर आप देखेंगे कि यह आदिग्राम, अपना पुराना आदिग्राम नहीं रह जाएगा।''

''हम कैसे मान लें कि आप सच बोल रहे हैं?'' सहसा भीड़ के बीच से कोई चिल्लाया। यह प्रश्न मानो प्रतीक्षित ही था कि जैसे ही वह चिल्लाया, भीड़ से यही प्रश्न नाना विन्यासों में उछाला जाने लगा— हाँ हाँ, क्या गारंटी है कि आप सच बोल रहे हैं!

वह निमाई का छोटा भाई ढोढ़ाई था जिसने सबसे पहले इशारा किया था। तब शमसुल और जतिन बरगद के उस विकराल पेड़ के पास खड़े होकर जाने क्या बातें कर रहे थे। ढोढ़ाई उन पर नज़र रखे हुए था। जैसे ही उसने इशारा किया, माना से और रहा न गया और उत्साह में आकर वह पहले ही कूद जाने को हुआ। एक हलचल भर हुई कि इतने में बाब्लू और हरिगोपाल ने उसे पीछे दबोच लिया। उसे चोट आयी और दबी-दबी आवाज़ में वह रोने लगा।

रात की इस निर्जन निस्तब्धता में किसी बच्चे के सिसकने की आवाज़ सुनकर शमसुल और जतिन बुरी तरह सहम गये। उन्होंने चौंककर झाड़ी की तरफ़ देखा। इधर फटिकचन्द्र ने उँगली के इशारे से उलटी गिनती प्रारम्भ कर दी— तीन दो एक, और जो बच्चे पहले से बरगद पर चढ़े हुए थे, सब एकाएक टारज़न की तरह सूँड़ पकड़कर सरसराते हुए उतरे और ज़मीन से डेढ़-दो फुट ऊँचे रहकर जतिन-शमसुल के दायें-बायें पेंडुलम की मानिन्द डोलने लगे।

मारे दहशत के जतिन-शमसुल चीखने लग पड़े। सारे लड़के, जो बरगद की सूँड़ पकड़कर हवा में झूल रहे थे, एकाध तो बाक़ायदा कलाबाज़ियाँ भी दिखा रहे थे, आपादमस्तक नंगे थे। चार बरस के माना से लगाकर बारह-तेरह के फटिकचन्द्र तक। सबने अपने चेहरों पर मैदे जैसी सफ़ेदी पोत रखी थी। जतिन तो सनाका ही खा गया था, शमसुल आँखें बन्द कर आयत-अल-कुर्सी पढ़ने लग पड़ा था।

आकृतियाँ ज़मीन पर उतरीं और दोनों की परिक्रमा करते हुए थेई-थेई कर नाचने लगीं। बीच-बीच में नकियाते हुए 'आँ-आँ' की आवाज़ निकालतीं, टाँगें फेंक-फेंककर नाचती रहीं। थोड़ी देर सबकुछ इसी तरह। फिर एक-एक कर सारी

आकृतियाँ जीप की तरफ़ बढ़ने लगीं। अन्तिम जाने वाला थोड़ा लड़खड़ाया मानो वह नशे में हो और शमसुल के पास धम्म-से गिर पड़ा। शमसुल चिहुँका, फिर उसने आँखें बन्द कर लीं। ढोढ़ाई राखाल शंकर इत्यादि झाड़ी के पीछे थे, वे भी निकल आये। जब सब जीप के पिछवाड़े लदे खाने-पीने के सामान पर झपटे तो जतिन के होश फाख़्ता हो गये। वह बढ़ना चाहा, लेकिन शमसुल ने उसे बरजा, "गाँव-देहात में जो बच्चे असमय मर जाते हैं, या किसी को अनचाहा गर्भ ठहर जाए, बच्चा हो जाए तो उस दूधमुँहे को नून चटाकर यहीं कहीं दफ़्ना दिया जाता है। ये सब वही हैं।"

सुनकर जतिन ज़ोर-ज़ोर से बड़बड़ाने लगा— भूत पिशाच निकट नहिं आवै, महावीर जब नाम सुनावै!

अब तक सारी आकृतियाँ जीप के पास डोलती हुईं गटागट कोल्डड्रिंक पी रही थीं। कुछ को कोल्डड्रिंक से नशा हो रहा था और वे मुँह बा-बाकर डकार रहे थे। नंग-धड़ंग फटिकचन्द्र सिगरेट पी रहा था, धुएँ का छल्ला बना रहा था। नंग-धड़ंग बाब्लू दोनों हाथों से मुँह में सूखे मेवे ठूँसने के बाद जल्दी-जल्दी मुँह चला रहा था। अद्‌भुत दृश्य था।

जतिन को प्रतीत हो रहा था, वह एक ऐसे भयानक लोक में आ गया है जहाँ सबकुछ सम्भव था— मर्द को गन्ने की तरह चूसकर फेंक देने वाली चुड़ैलें, दाँत गड़ाकर ख़ून सोख लेने वाले प्रेत, हवा में लाई की तरह उड़ते भुतहा पेड़। सबकुछ साँप की आँखों जैसा चित्ताकर्षक किन्तु डरावना था, जिसमें ऐसा दुर्दमनीय आर्कषण था कि मोहपाश में जकड़ा आदमी उसे तब तक देखता चला जाए जब तक उसकी रग़ों में ज़हर न उतरने लगे।

जतिन की पेशानी पर इस ठंड में भी पसीने की बूँदें चुहचुहा आयी थीं, उसके दोनों घुटने काँप रहे थे। पेडू में एक मरोड़-सी उठ रही थी। हलक़ में मानो काँटें उग आये हों और वह बार-बार थूक निगलने की कोशिश कर रहा था। धड़कनों की रफ़्तार इतनी बढ़ गयी थी कि लगता था छाती के पंजरे फट पड़ेंगे।

बासमती चावल की बोरी पीठ पर लादे नंग-धड़ंग निमाई सबसे पहले झाड़ी के पीछे गुम हो गया। पल भर में एक-एक कर खाने-पीने के सारे सामान लाद-लूद कर आकृतियाँ झाड़ी के पीछे बिला गयीं। जीप में पीछे की सीट पर कैलेंडरनुमा एक बड़ा काग़ज़ गोलमोल कर रखा था। जीप की तरफ़ बढ़ते समय जो आकृति लड़खड़ाकर गिर पड़ी थी, उसे रंग-बिरंगे चित्रों का बड़ा शौक़ था। उठाकर भागते

हुए वह एक बार शमसुल को देखती है, शमसुल उसे ही देख रहा था। वह आकृति तुरन्त ग़ायब हो जाती है। माना अब भी निश्चिन्त होकर जीप के टायर के पास बैठा अपने दोनों हाथों में दो किसिम की मिठाइयाँ लिये भकोस रहा था। उसके पैरों के पास कोल्डड्रिंक की ख़ाली बोतलें, रंग-बिरंगे रैपर्स आदि पड़े हुए थे। जतिन और शमसुल उसे ग़ौर से देख रहे थे। नहर किनारे पहुँचकर भागते हुए बच्चों को माना की याद आती है।

थोड़ी देर बाद माना को होश आया कि वह झुंड से बिछड़ चुका है। वह घबराया नहीं, मुँह से विचित्र क़िस्म की आवाज़ें निकालकर शमसुल और जतिन को डराने लगा, ताकि वे उसके पास न फटकने पाएँ। लेकिन था तो वह महज़ चार साल का बच्चा ही, काफी देर तक जब्त करने के बाद धीरे-धीरे वह रोने लगा।

जतिन और शमसुल धीरे-धीरे माना की तरफ़ बढ़ ही रहे थे कि अचानक झाड़ी के पीछे से किसी तेंदुए की तरह राना निकला। जतिन चिहुँककर पीछे की तरफ़ हुआ, उसके पैर रपट गये और वह मुँह की खा गया। शमसुल कुछ न समझ पाने की दशा में, कि क्या करे, तत्काल वहीं उकड़ू हो बैठ गया— सिर झुकाये, दोनों हाथ हैंड्स-अप की मुद्रा में उठाकर। राना ने दोनों को एक बार अंगार बरसाती आँखों से घूरा और तीर की तरह झपटकर अपने भाई माना को गोद में उठाकर पीठ पर लाद लिया। झाड़ी में गुम होता, कि पलटकर जतिन-शमसुल को फिर से देखा। दोनों अपनी जगहों पर बुत बने थे। राना चिल्लाया, "इन्क्लाब?"

बन्दर की तरह पीठ पर लटके माना ने मिठाई से भरे मुँह से जैसे-तैसे कहा, "ज़िन्दाबाद!"

सद्दाम हुसैन को शराब पीने की लत कैसे लगी?

जब आदिग्राम में जलियाँवाला बाग़ के जनरल डायर का आगमन हुआ।

सबसे अन्त में जो आकृति जीप की तरफ़ बढ़ी और लड़खड़ाकर गिर पड़ी थी, उसे शमसुल पहचान गया था। यह भी सच है कि सिर्फ़ उसी को बचाने की गरज से जतिन के समक्ष शमसुल ने यह क़िस्सा गढ़ा था कि ये आकृतियाँ असमय काल कवलित हो जाने वाले गाँव के बच्चों की आत्माएँ हैं। जीप के पीछे की सीट पर कैलेंडरनुमा गोलमोल कर रखे बड़े काग़ज़ को उठाकर ले जाते समय उस आकृति ने एकबार पलटकर शमसुल को देखा भी था। उस वक़्त शमसुल की निगाहें उसी आकृति पर टिकी हुई थीं। वह कोई और नहीं, शमसुल का बड़ा बेटा सद्दाम हुसैन था।

शमसुल ने सद्दाम हुसैन का नाम सद्दाम हुसैन के नाम पर रखा था। शमसुल के इस बेटे को शराब पीने की लत थी। बचपन से ही वह कुछ ऐसी त्रासदी का शिकार था कि जब वह नौ साल का हुआ, ग़म भुलाने के लिए उसने जाम का सहारा ले लिया। उसकी माँ एक अजीबोग़रीब बीमारी का शिकार हो चुकी थी। माँ के ग़म में वह कोई हफ़्ते भर रोता रहा, खाना-पीना लगभग त्याग दिया था। शमसुल ने साल बीतते न बीतते दूसरी शादी कर ली। सद्दाम की यह दूसरी माँ पहले-पहल तो उसे ख़ूब मानती थी, लेकिन जैसे ही उसने एक सन्तान को जना, सद्दाम के प्रति उसका

प्यार कम होते-होते अन्ततः ख़त्म हो गया। कुछ महीनों बाद उसने वही प्यार पड़ोस की एक लड़की के दिल में देखा, फौरन से पेश्तर वह उस पर दिलोजान से फ़िदा हो गया। लेकिन वह भी आख़िर बेवफ़ा सनम निकली। एक दिन सौरी भगत के खेत में उसने अपनी महबूबा को किसी पराये मर्द के साथ घुघुआ माना खेलते देख लिया। उस दिन सद्दाम का दिल चकनाचूर हो गया। तिस पर भी उसे शराब की लत न लगती, अगर उसके व्यक्तित्व में एक कमी न होती।

जब वह पाँच-साढ़े पाँच साल का था, तब पहली बार ध्यान दिया गया कि थोड़ी-थोड़ी देर के नियमित अन्तराल पर उसकी उँगली उठती है और ऊपर की तरफ़ बढ़ते-बढ़ते चेहरे के पास आती है, वहाँ हवा में थोड़ी देर झिझकती है और फिर धीरे से नाक के भीतर चली जाती है। उसकी आँखें आनन्दातिरेक में मुँद जातीं। सबसे पहले इस पर शमसुल की पहली बीवी, जिसने सद्दाम को जना था, ने ग़ौर किया। वह चिन्ता में पड़ गयी। दिन-रात वह इसी फिक्र में बझी रहने लगी और ऐसे में उसका मन घर-संसार के कामों से पूरी तरह उचट गया। एक रात जब शमसुल ने उसे अपनी क़सम दी, तब उसने तफसील से सद्दाम की इस बुरी आदत के बारे में बताया।

"अब तुम ही बताओ, मैं क्या करूँ! दिन-रात मैं इसी फिक्र में खोयी रहती हूँ। कहीं यह सब उसी वजह से तो नहीं हो रहा?" उसने आशंकित होते हुए शमसुल से पूछा। दरअसल शमसुल और उसकी बीवी के बारे में एक गुप्त बात यह थी कि दोनों खालाज़ाद भाई-बहन थे। ख़ैर यह तो कोई बुरी बात नहीं थी, लेकिन शमसुल की माँ जब उसे दुधमुँहा छोड़ मर गयी थी, उसकी खाला ने ही उसे अपना दूध पिलाकर बड़ा किया था। खाला भी बहुत दिनों तक नहीं बचीं और शमसुल ने अपनी इस यतीम खालाज़ाद बहन से निकाह कर लिया था। चूँकि दोनों एक ही औरत का दूध पिये हुए थे, ऐसी शादी उनके फिरके में वर्जित थी। इसलिए शमसुल की बीवी ने सोचा कि हो न हो सद्दाम की इस बुरी आदत के पीछे यही वजह है।

तिस पर भी अपने शौहर से वह एक बात छिपा गयी थी। उसने सद्दाम को कई बार तब ग़ौर से देखा था जब वह अपनी नाक में उँगली डाले हुए होता। उसके चेहरे पर तब ऐन वही मोहमह आनन्द की तृप्ति झलकती, जो शादी से पेश्तर उसकी देह में स्खलित होते समय शमसुल के चेहरे पर थी। उसकी ज़ेहन में पहली बार वर्जित फल को चखते हुए शमसुल का वह एक ही साथ आशंकित और तृप्त चेहरा सदा के लिए अंकित हो चुका था। सद्दाम ने अपने अब्बा का ही नैन-नक़्श पाया था, हू-

ब-हू वह भी तब वैसा ही लगता।

बहरहाल, शमसुल ने उससे कहा कि वह कुछ दिन और देख ले, अगर सद्दाम की यह आदत नहीं छूटती तो वह बेझिझक उससे बात करे। अगर वह तब भी नहीं मानता तो मजबूरन शमसुल को ही कुछ करना पड़ेगा।

सद्दाम की अपनी नाक में उँगली डालने की आदत बदस्तूर जारी रही। उसकी माँ ने शमसुल के कहे अनुसार कई बार उससे इस बाबत बातचीत करने की कोशिश की, लेकिन जब भी इस ख़याल से वह उसके गिर्द जाती, उसके ज़ेहन में टँगा शमसुल का वह चेहरा उसका रास्ता रोक खड़ा हो जाता। वह एक अजीब शोर से ख़ुद को घिरती हुई पाती— फ़ैसला सुनाते लोगों का हुजूमी शोर, उसे नंगा कर सरेआम सूली पर चढ़ाते लोग, तानाज़नी करते, पत्थर मारते। उसे लगता, एक पत्थर सनसनाता हुआ अभी उसकी पेशानी से आ लगा है और ख़ून की एक गर्म-झिझकती-सी धारा रिस आयी है। जिन्हें कभी सूरज की रोशनी ने भी नहीं देखा, अपने उन अंगों पर वह कई अनजानी उँगलियों को रेंगती हुई पाती, मसलतीं-चिकोटियाँ काटतीं। कोई उसके नंगे सिर के बालों को बेतरह खींचे जा रहा है। अतः वह फौरन वहाँ से भाग पड़ती जहाँ सद्दाम अपनी आँखें मूँदकर नाक में उँगली डाले बैठा होता।

इस प्रकार अन्ततः उसे एक अजीबोग़रीब बीमारी ने धर-दबोचा और यह सोग लिये-लिये वह इस दुनिया से कूच कर गयी। साल भर बाद शमसुल ने दूसरी शादी कर ली। सद्दाम पूर्ववत नाक में उँगली डालता, आँखें मूँदता रहा। दिन बीतते रहे, उसकी आदत पर परवान चढ़ता रहा। अब हमेशा ही उसकी नाक में उँगली डली रहती। ऐसा करते-करते जब एक हाथ की उँगलियाँ सूज जातीं तो वह दूसरे हाथ की उँगलियों का इस्तेमाल करने लग पड़ता। एक दिन उसकी दूसरी माँ ने इस पर ग़ौर किया और ज़िन्दगी में पहली बार इस वजह से उसे डाँट पड़ी। इस प्रकार उसकी दूसरी माँ दुनिया का वह पहला शख़्स थी, जिसने सद्दाम पर ज़ाहिर किया कि यह एक घिनौनी हरक़त है।

उन दिनों सद्दाम की यह दूसरी माँ पेट से थी। वह अपना पेट फुलाये किसी हंसिनी की तरह सारे घर में क्वाक-क्वाक करती मटकती रहती। उसे डर था, कहीं सद्दाम की यह बुरी आदत उसके गर्भ को संक्रमित न कर दे। ऐसे में वह सद्दाम को दिन भर घर के बाहर-बाहर खदेड़े रहती। देर रात जब शमसुल ट्रक ड्राइवरी कर घर लौट आता, दोनों मियाँ-बीवी सो जाते, वह चोरों की तरह घर में प्रवेश करता।

रसोई में उसके लिए रात का खाना ढँककर रखा होता, खा लेता और नाक में उँगली डाले सो पड़ रहता।

नौ महीने के बाद शमसुल की दूसरी बीवी ने भी एक बेटे को जना। कुछ दिनों बाद शमसुल की दूसरी बीवी तब हतप्रभ रह गयी, जब उसने देखा कि उसका नवजात बच्चा गुदड़ी में लिपटा आराम से सो रहा है। वह भागी-भागी शमसुल के पास गयी जो सदर दरवाज़े पर खड़ा दातुन कर रहा था। खींचकर वह उसे नवजात के पास ले आयी और कहा, "देखो।"

शमसुल ने कहा, "देख रहा हूँ, बच्चा सो रहा है।"

"और?"

"और सोते हुए उसकी आँखें बन्द हैं।"

"दिमाग़ मत ख़राब करो, सोते समय आँखें बन्द ही रहती हैं। कुछ और है, ग़ौर से देखो।"

"वह मन्द-मन्द मुस्करा रहा है।"

वाक़ई दूसरी बीवी ने अपने बच्चे को मन्द-मन्द मुस्कराते देखा। पहली बार के देखे में यह मुस्कराहट वह देख नहीं पायी थी, या हो सकता है तब वह मुस्करा ही न रहा हो। बच्चे को मुस्कराते देख दूसरी बीवी को उस पर प्यार आ गया और उसने झुककर उसकी बलैया ले ली। उठी और अपने शौहर का कन्धा छूकर धीमे से बोली, "और भी कुछ है जिसे अब तक तुमने नहीं देखा।"

और तब शमसुल ने देखा कि उसका बेटा सोते हुए अपना अँगूठा मुँह में लिये हुए है। सोते समय वह उसे चूस रहा होगा और अब गहरी नींद में अँगूठे पर उसके होठों की पकड़ ढीली पड़ चुकी थी, वह मुस्करा रहा था। एक छोटे बच्चे का यों अँगूठा चूसना आम बात होगी, लेकिन जब इसे इस सन्दर्भ में देखा जाए कि सद्दाम उसका बड़ा भाई है, भले सौतेला सही, तो यही प्रतीत होता है कि इसने जनमते ही अपने बड़े भाई की तर्ज पर अपनी एक नयी और निराली आदत पा ली है, जिसे वाक़ई एक अच्छी आदत के तौर पर तो नहीं ही लिया जा सकता।

शमसुल तत्क्षण ही ग़ुस्से में अपना आपा खो बैठा। वह अभी का अभी सद्दाम की चमड़ी उधेड़ देना चाहता था, लेकिन उसकी दूसरी बीवी, भले चाहे उसमें और कई ख़ामियाँ हों, मूलतः अल्ला मियाँ से डरने वाली एक नेक औरत थी। उसने शमसुल को प्यार से समझाया कि जिस तरह अभी उसने उसे प्यार से समझाया, उसी तरह वह भी सद्दाम को प्यार से ही समझाए।

और तब शमसुल ने सद्दाम की यह बुरी आदत छुड़वाने की गरज से उसे एक क़िस्सा सुनाया।

बहुत ज़माने पहले की बात है जब बंगाल पर नवाब सिराजुद्दौला का राज था। एक गाँव में एक लड़की रहती थी जो कभी अपने माँ-बाप का कहना नहीं मानती थी। अगर उसके माँ-बाप कहते कि खिड़की से मत झाँको तो वह झाँकने लगती, दौड़ो मत तो दौड़ने लगती, हँसो मत तो बात-बात पर खींसे निकालने लगती। वह दिन चढ़े तक सोती रहती, ख़ूब खाती, इधर-उधर थूकती और मुँह खोलकर उबासी लेती। गरज कि वह हर वो काम करती जो किसी लड़की के लिए कतई मुनासिब नहीं समझा जाता।

लड़की के इस सुभाव से उसके माँ-बाप आजिज आ गये। इसी प्रकार दिन बीते, बरस बीते, धीरे-धीरे लड़की बड़ी होने लगी। उम्र बढ़ने के साथ-साथ उसकी यह बुरी आदत भी बढ़ती गयी। पहले तो वह माँ-बाप का कहना सुनकर उल्टे काम करती, अब तो उसे सुनाई भी उल्टा पड़ने लगा। माँ-बाप, गुरुजन कहते कि सूरज पूरब से उगता है तो वह सुनती कि पच्छिम से उगता है। इसके बाद उसे दिखाई भी उल्टा देने लगा। माँ-बाप उसकी आदत से परेशान होकर रो रहे होते तो उसे दिखता, वे दिल खोलकर हँस रहे हैं।

एक दिन लड़की का सिर बेतरह दुखने लग पड़ा। मारे दर्द के वह बेहाल हो गयी। दिन भर वह तड़पती रही और साँझ होते ही उसे आश्चर्यजनक रूप से घोर निद्रा ने डँस लिया। सुबह वह उठी तो उसका सिर रूई की तरह हल्का था। वह प्रसन्न हो गयी और हिरणी की तरह कुलाँचे भरने लगी। जब उसके माँ-बाप ने उसे देखा तो उनके मुख से एक तेज़ चीख निकल पड़ी। लड़की को पहले तो कुछ समझ में नहीं आया, लेकिन नदी के जल में उसने जब अपना चेहरा देखा तो वहीं पछाड़ खाकर गिर पड़ी। दरअसल रात में जब वह सो रही थी तो उसकी गरदन के पास से एक नया सिर उग आया था।

गाँव-गिराँव में बात फैल गयी। लड़की को देखने के लिए उसके घर पर लोगों का ताँता लग गया। लोग घर लौटे, घरवालों को सारा क़िस्सा बताया। लोगों के बच्चों ने लोगों से पूछा कि लड़की के साथ ऐसा क्यों हुआ, तो लोगों ने अपने बच्चों को बताया कि लड़की के साथ ऐसा इसलिए हुआ क्योंकि उसने अपने माँ-बाप, गुरुजनों का कहना नहीं माना था।

क़िस्सा सुनकर सद्दाम डर गया। क्या अगर उसने नाक में उँगली डालने की

अपनी बुरी आदत नहीं छोड़ी तो उसके भी दो सिर उग आएँगे? शमसुल ने कहा कि उससे भी बुरा हो सकता है कि न सिर्फ़ सिर, बल्कि हाथ और पैर भी उग आएँ।

क़िस्से का सद्दाम पर पड़े असर को देखकर शमसुल की बीवी बहुत ख़ुश हुई। उसने शमसुल की क़िस्सागोई की तारीफ़ की। शमसुल यह छिपा गया कि जब वह किशोर था तो एक बार उसने अपनी खालाज़ाद बहन की नयी-नयी उभरती छातियाँ टटोली थीं। ऐसा करते उसकी खाला ने देख लिया था। उन्होंने तब मना किया था कि यह गुनाह है। लेकिन जवानी किसी बन्दिश को नहीं मानती। जब खाला ने शमसुल को एक दिन अपनी बेटी को चूमते हुए देखा तब उन्होंने दोनों को यह क़िस्सा सुनाया।

शमसुल तो नहीं, लेकिन उसकी खालाज़ाद बहन पर इस क़िस्से का इतना गहरा प्रभाव पड़ा कि जब सद्दाम उसके गर्भ में था, वह हमेशा आशंकित रहती थी कि कहीं उसके होने वाले बच्चे के दो सिर न हों! यही कारण है कि जब सद्दाम की इस बुरी आदत का उसे पता चला, उसने शमसुल से यही पूछा था कि कहीं यह सब 'उस' वजह से तो नहीं?

बाइस फरवरी। जाड़े की चमकीली धूप थी। शाम की जनसभा की तैयारियाँ पूरी हो चुकी थीं। शमसुल को साथ लेकर जतिन कल दोपहर ही सिलीगुड़ी के लिए रवाना हो चुका था। जनसभा के बाद खाने-पीने का भी बन्दोबस्त किया गया था। तीनों गाँव के मातब्बरों समेत रासबिहारी घोष तथा पार्टी के अन्यान्य कुछ लोगों के लिए स्पेशल डिनर का इन्तज़ाम 'स्टार' ईंट भट्ठे के मालिक नन्दलाल खटीक की तरफ़ से किया गया था। स्पेशल खाने-पीने का सामान लाने के लिए ही जतिन और शमसुल सिलीगुड़ी गये थे।

दोपहर के क़रीब बारह-सवा बारह के आसपास आदिग्राम में प्रेम चोपड़ा की आमद हुई। बैनर्जी व रंजन ने उसका खुलुसी से इस्तकबाल किया। अपने नाम के ही मुताबिक प्रेम चोपड़ा काफ़ी दिलचस्प क़िस्म का आदमी मालूम हुआ। बैनर्जी से हाथ मिलाते हुए उसने अपना तआरुफ़ कुछ यों दिया— प्रेम नाम है मेरा, प्रेम चोपड़ा! मैं वह बला हूँ कि शीशे से पत्थर को काटता हूँ।

बैनर्जी हँसने लगा था, देखादेखी रंजन भी। तत्काल ही बैनर्जी ने रंजन को घूरा तो

वह चुपा गया। समझ गया कि यह हँसी सिर्फ़ 'बड़ों' के लिए है। दरअसल बैनर्जी प्रोटोकॉल में माहिर है। वह भली-भाँति जानता था कि चोपड़ा उनके साथ चाहे जितनी 'यारकी' कर ले, उसे हल्के में नहीं लेना चाहिए। बैनर्जी लोगों को यह हरगिज नहीं भूलना चाहिए कि उनके साथ दिल्लगी करने वाला यह वह शख़्स है, जिसे स्टेट गवर्नमेंट ने ख़ास तौर पर यहाँ बुलाया है। चोपड़ा का तकियाकलाम था— प्रेम चोपड़ा प्रॉब्लेम साल्व करता है। जिस तरह इंजीनियर का काम इमारतें खड़ी करना है, डॉक्टर इलाज करता है, उसी तरह...। इसका अर्थ यह है कि जब उसे यहाँ बुलाया गया है तो स्टेट गवर्नमेंट को इस बात का पूरा अन्देशा है कि ज़मीन अधिग्रहण के मामले में यहाँ निकट भविष्य में कोई गड़बड़ी हो सकती है। प्रेम चोपड़ा उसी मर्ज की अग्रिम दवा के रूप में यहाँ उपस्थित है।

प्रेम चोपड़ा इससे पूर्व हरियाणे के गुड़गाँव नामक ज़िले में था। 1990 से पूर्व गुड़गाँव और प्रेम चोपड़ा दोनों ही बेकार-बेरोज़गार थे। यह वह समय था जब देश के कोनों-अँतरों से निकलकर हरित क्रान्ति दिल्ली को अपना ठिया बना रही थी और 'क्लीन दिल्ली ग्रीन दिल्ली' जैसे नारों का आविष्कार हुआ था। नतीजतन दिल्ली के सारे उद्योग अगल-बगल के राज्यों की ओर कूच करने को बाध्य हुए और इस तरह गुड़गाँव, फरीदाबाद, नोएडा और ग़ाज़ियाबाद को नेशनल कैपिटल रीजन (एनसीआर) कहे और माने जाने की शुरुआत हुई।

इत्तेफाक़ कहें या जो भी, इनमें गुड़गाँव ही ज़्यादातर विदेशी कम्पनियों का पहला चुनाव था जो उदारीकरण और मुक्त बाज़ार नीति के तहत भारत में अपनी पूँजी का सीधा निवेश करने पहुँची थीं। नयी सदी के आते-आते जहाँ गुड़गाँव इस क्षेत्र में 'नुमेरो उनो' बन गया, वहीं प्रेम चोपड़ा भी मोटी तन्ख्वाह के पैकेज पर होंडा कम्पनी में सीईओ मिस्टर हिरोशी का मुख्य सलाहकार नियुक्त हो गया। इससे पूर्व वह हरियाणा के ही रेवाड़ी नामक ज़िले में धारूहेड़ा के एक कपड़ा मिल में मुख्य प्रबन्धक हुआ करता था। वर्ष 1998 में कम्पनी ने जिस तरह कर्मचारियों को बिना किसी तरह का मुआवजा दिये, लॉकआउट किया, और इसमें चोपड़ा की जो भूमिका रही, कहते हैं कि उसी के पुरस्कारस्वरूप होंडा कम्पनी ने उसे अपने यहाँ ऊँचे ओहदे के साथ-साथ एक गाड़ी और पालमविहार में एक बंगला प्रदान किया।

गुड़गाँव ज़िलान्तर्गत मानेसर नामक जगह में होंडा कम्पनी का विशाल प्रांगण था, जिसके बनने की शुरुआत अक्तूबर 1999 में हुई और वर्ष 2001 से सुचारू रूप से उत्पादन का काम शुरू हो गया। आज इसके पास तक़रीबन तीन सौ करोड़ की

पूँजी है। प्रतिवर्ष लगभग दो लाख टू-व्हीलर्स की उत्पादन क्षमता वाली इस कम्पनी की पूरी मिल्कियत होंडा कम्पनी, जापान के पास है।

विदेशी पूँजी निवेश को प्रोत्साहित करने के लिए हरियाणा सरकार ने कोई कोर-कसर नहीं छोड़ी। 'हरियाणा इन्वेस्टमेंट गाइड' की मानें तो भारत में हरियाणा एक ऐसा राज्य है जहाँ विदेशी पूँजी का निवेश इसलिए ज़्यादा हुआ कि यहाँ का लॉ एंड ऑर्डर सर्वोत्तम है और सरकार का मजदूरों के प्रति रवैया अत्यन्त 'मधुर' है। इसी तरह होंडा कम्पंनी का भी दर्शन मूलत: दो सिद्धान्तों पर टिका था— पहला : नेतृत्व, गुणवत्ता और विकास पर आधारित 'रेस्पेक्ट फॉर इंडीविजुअॅल' और दूसरा : 'ज़िन्दगी के तीन आनन्द— ख़रीदो, बेचो और उत्पादन करो।' लेकिन समय के साथ-साथ जैसे-जैसे भारत में विदेशी पूँजी का सीधा निवेश बढ़ा, राज्य सरकारों और कम्पनियों का एकमात्र सिद्धान्त बन गया— 'हायर एंड फायर पॉलिसी।' कम्पनी बिना नोटिस कर्मचारियों की छँटनी कर देती और लेबर कोर्ट में उनका केस एक बार जो लम्बित होता तो फिर होता ही जाता। सरकार और मजदूरों के बीच 'मधुर' सम्बन्ध का इससे बड़ा प्रमाण और क्या होगा कि गुड़गाँव में जो लेबर कोर्ट है वहाँ आज की तारीख़ में कोई छह हज़ार से ज़्यादा लेबर केस लम्बित पड़े हैं। गुड़गाँव, रेवाड़ी और नन्दननगर नामक तीन ज़िलों के लिए यह एकमात्र लेबर कोर्ट है जहाँ पिछले डेढ़ साल से कोई टाइपिस्ट नहीं। कभी-कभी बहुत आवश्यकता पड़ने पर बाज़ार से किसी टाइपिस्ट को दिहाड़ी करने के लिए बुला लिया जाता है।

कार्पोरेट जगत में प्रेम चोपड़ा पहली बार तब चर्चे का सबब बना था जब उसने छँटनी के ख़िलाफ़ शान्तिपूर्ण तरीक़े से मार्च कर रहे होंडा कम्पनी के कोई दो हज़ार मजदूरों पर लाठी चार्ज करवा दिया था। कहते हैं कि 'हायर एंड फायर पॉलिसी' चोपड़ा के ही दिमाग़ की उपज थी और उसने लाठी चार्ज कराने के लिए गुंडों को नहीं, पुलिस को हायर किया था।

घटना 25 जुलाई 2005 की है जब चोपड़ा के निर्देशन व नेतृत्व में हरियाणा पुलिस के जवानों ने मजदूरों की देह पर लाठियाँ तोड़ीं। उस दिन सुबह के क़रीब आठ सवा आठ बजे कोई तीन-चार हज़ार मजदूरों ने कमला नेहरू पार्क से एक रैली निकाली। इनमें ज़्यादातर मजदूर होंडा कम्पनी के थे। यह रैली डी.सी. को अपना ज्ञापन सौंपने जा रही थी। सवा बारह के आसपास कल्याणी अस्पताल के आगे पुलिस ने रैली को आगे बढ़ने से रोका। ठीक इसी वक़्त अस्पताल के बगल की इमारत से पुलिस के जवानों पर पथराव शुरू हो गया। दरअसल प्रेम चोपड़ा ने कई

भाड़े के आदमियों को मजदूरों के साथ लगा दिया था, जिन्होंने उसका इशारा पाते ही पथराव शुरू कर दिया था। घटनास्थल पर पहुँचकर डी.सी. ने मजदूरों से कहा कि वे मिनी सेक्रेटेरिएट आकर ज्ञापन सौंप दें। यह आश्वासन पाकर रैली वहाँ से दाहिने मुड़ी और सेक्टर 15 होते हुए मिनी सेक्रेटेरिएट पहुँची। तब दिन के ढाई बजे थे और मजदूरों को तब तक पता नहीं था कि उनके साथ क्या होने जा रहा है।

पुलिस ने मजदूरों को मिनी सेक्रेटेरिएट के भीतर आने दिया। वहाँ मैदान में तक़रीबन बीस-पच्चीस मिनट वे बैठे। सुबह के निकले मजदूर डी.सी. का इन्तज़ार करते-करते वहाँ आरामफर्मा हो गये थे। चप्पलें-जूते उतारकर सिरहाने रख कोई कमर सीधी करने, तो कोई उँगलियाँ चटकाने लगा था। अचानक जब उन्होंने पाया कि पुलिस के सैकड़ों जवानों ने उन्हें चारों तरफ़ से घेर लिया है, तब तक बहुत देर हो चुकी थी। ख़ुद डी.सी. और एस.पी. के हाथों में भी लाठियाँ थीं।

सनद रहे कि नब्बे-इक्यानबे में पहली दुनिया और तीसरी दुनिया के देशों के बीच की वह 'दूसरी दुनिया' संसार के मानचित्र पर विघटित हो चुकी थी और भारत में भी परिस्थितियाँ अब बहुत हद तक बदल चुकी थीं, लेकिन पिछले कुछ दशकों में मजदूरों की एकता और क्रान्ति का हव्वा सरकार और कम्पनी प्रबन्धन पर अब भी कुछ इस क़दर हावी था कि मजदूरों पर लाठी चार्ज जैसे क़दम को तत्काल होंडा कम्पनी ने भी एक भारी चूक के तौर पर लिया। टोक्यो हेडक्वार्टर से मिस्टर हिरोशी को इस आशय के कई फैक्स प्राप्त हो रहे थे कि मामले को जितनी जल्दी हो सके, मुआवजा इत्यादि देकर सलटाए। ज़रूरत पड़ने पर सार्वजनिक रूप से माफ़ी भी माँग ली जाए। लेकिन चोपड़ा को यक़ीन था कि न तो आम जनता, और न ही बुद्धिजीवी वर्ग में इसकी कोई ख़ास चर्चा होगी और महीना बीतते न बीतते लोग इसे भूल जाएँगे। और ऐसा हुआ भी।

दरअसल चोपड़ा ने अपने समय को सही तरीक़े से पढ़ा था। वह जानता था कि यह वह समय है कि न तो ख़ुशी और न ही दुख की कोई ख़बर लोगों की ज़ेहन में ज़्यादा देर तक टिक सकती है। एक ख़बर अभी सूचना पट्ट पर ठीक से अंकित भी नहीं हो पाती कि दूसरी ख़बर उसे बासी कर देती है। और क्रान्ति या एकता जैसे टर्म अब बीते दिनों की बात हो गये। लोगों के पास चुनाव के लिए इतने विकल्प हैं कि नीति हो या राजनीति, पूर्ण बहुमत किसी भी दशा-दिशा में नहीं बन पाता। इस तरह प्रेम चोपड़ा भारत का पहला सिद्धान्तकार था जिसने यह सिद्धान्त प्रतिपादित किया कि लाठियों की जगह उस दिन अगर गोली भी चला दी जाए तो दुनिया के किसी भी कोने में इसे लेकर कोई सुगबुगी नहीं होती।

शमसुल ने जब सद्दाम को अपने माँ-बाप का कहना न मानने वाली उस लड़की की कथा सुनायी तो वह लड़की का हस्र जानकर डर गया। उसके बालमन पर कथा का इतना तगड़ा प्रभाव पड़ा कि उसे यक़ीन हो गया, अगर उसने दुबारे से नाक में उँगली डालने जैसी 'घिनौनी हरक़त' की, तो एक शाम उसका सिर बेतरह दुखने लग जाएगा। दर्द के मारे सहसा उसे प्रतीत होगा कि उसकी खोपड़ी के परखच्चे उड़ जाएँगे। उस रात किसी तरह करवट बदलते-बदलते उसे नींद आएगी और सुबह जब वह उठेगा तो उसका सिर फूल की तरह हल्का होगा। गयी शाम के जानलेवा दर्द से छुटकारा मिलने पर वह ख़ुशी से नाच उठेगा। किसी मृगछौने की तरह कुलाँचे भरते-भरते जब वह आईने के आगे खड़ा होगा, तब...। इसके आगे का सोचकर वह सिहर गया।

अब ऐसा अक्सर होता कि किसी ख़्याल में गुम सद्दाम का दायाँ हाथ हरक़त में आता, उल्टी हथेली की मुख्य शिरा में हल्का खिंचाव होता और ख़ून की रफ़्तार की ताल पर तर्जनी एक-दो बार अपना सिर उठाती। उँगली और नाक के इर्द-गिर्द की हवा में एक उत्तेजक सनसनी तैर जाती और फिर किसी स्वचालित यन्त्र की तरह उँगली उठती, उठती, उठती...! हर बीतते पल के साथ नाक से उँगली की दूरी कम होती जाती। जब नाक और उँगली के बीच की सारी दीवारें ढहने-ढहने को होतीं, कि अचानक सद्दाम की ज़ेहन में उस लड़की के दोनों चेहरे कौंध जाते।

सद्दाम तिलमिला जाता। कुछ ही दिनों में उसकी भूख-प्यास मर गयी। सूखकर काँटा हो गया। वह बेचैनी में सारा दिन इधर-उधर बउआता रहता। जब देह में आग फूँकती तो पोखर में छलाँग लगा देता। अपने आपको सज़ा देने के लिए वह पेड़ पर चढ़ जाता। बैठने के लिए सबसे ऊबड़-खाबड़ शाखा को चुनता और घंटों बैठा शून्य में ताकता रहता। कभी-कभी गुलेल से दसियों चिड़ियाँ मार गिराता। तब भी नाक में उँगली डालने की तलब ज़ोर मारती तो कूद पड़ता। केवड़े और नागफनी की झाड़ियों से अँटी पड़ी पगडंडी पर बेतहाशा दौड़ने लगता। वह कहीं भाग जाना चाहता था अपनी इस घिनौनी आदत से बहुत दूर, लेकिन दौड़ते-दौड़ते वह जहाँ कहीं पहुँचता, उसके पास फिर वही एक नाक होती और उसमें डालने के लिए दोनों हाथों में पाँच-पाँच उँगलियाँ।

इन्हीं कठिन दिनों में एक शाम उसे भागी मंडल मिला जिसने उसे अपने आपसे जूझते देखा तो पूछा कि क्या बात है! सद्दाम ने उसे अपनी समस्या बतायी। भागी

मंडल उसे अपने साथ जगदीश साहू की भट्ठी में ले गया। हाइवे से सटा जो छोटा-मोटा बाज़ार था, क़रीब दो फर्लांग पीछे जगदीश साहू की भट्ठी थी। सूरज डूबने के बाद से लगातार रात के पहले पहर तक भट्ठी में उत्सव-सा माहौल रहता। फूस की बड़ी-सी छानी बाँस के खम्भों के सहारे खड़ी की गयी थी। बेंचों पर लोग आमने-सामने बैठते और चाय पीने वाले काँच के छोटे-छोटे ग्लास में देसी शराब, जिसे बंगला कहा जाता, पीते। वहीं एक तरफ़ जगदीश साहू की पत्नी मद्धिम आँच वाले चूल्हे पर भुने हुए छोले, घुघनी-मटर और कटे हुए प्याज के साथ बैठती। बंगला की बोतल के साथ छोले-घुघनी का चखना ख़रीदने वालों को ही पीने के लिए ग्लास और बैठने के लिए बेंच पर जगह मिलती। कुछ लोग ऐसे भी होते जिन्हें चखना ख़रीदना फिजूलखर्ची लगता। वे हरी मिर्च और नमक की पुड़िया अपने साथ लेकर आते, फाटाकेष्टो की चाय दुकान से मिट्टी का कुल्हड़ फोकट में मिल जाता, बंगला की बोतल ख़रीदकर पिछवाड़े काठचम्पा की झाड़ियों की आड़ में चले जाते। वहाँ एक औंधी हुई एसिड बैटरी और रंग का एक ख़ाली डिब्बा पड़ा था, जो मिल जाए, पेंदे के नीचे लगाकर बैठते और शुरू हो जाते। कभी-कभी उन पर पहले से ही कोई जमा होता तो इधर-उधर पड़ा कोई ईंट-अधेला, और अगर वह भी न दिखे तो पहनी हुई हवाई चप्पल उतारकर उसी पर आसनी लगा लेते।

भागी मंडल ने बंगला की एक बोतल ख़रीदी और दोनों काठचम्पा की झाड़ियों के पीछे आ बैठे। दो कुल्हड़ों में थोड़ी-थोड़ी बंगला ढालने के बाद भागी मंडल ने एक कुल्हड़ सद्दाम की तरफ़ बढ़ाते हुए कहा, ''ले, सड़ाक् से पी जा। भूल जा अपने सारे ग़म।''

उसने बतौर चखना सद्दाम को एक हाजमोला पकड़ाया। सद्दाम के लिए यह सबकुछ पहली बार का था। उसने पहले भागी मंडल को गौर से पीते हुए देखा—वह एक घूँट पीता, फिर हाजमोला चाटता, फिर दूसरा घूँट। सबकुछ भली-भाँति जज़्ब करने के बाद उसने भागी मंडल की तरह ही पीने से पहले अपनी अनामिका को शराब में डुबाकर ज़मीन पर छिड़क दिया, मानो धरती मैया को शराब के साथ-साथ अपनी 'घिनौनी हरक़त' भी बरास्ते उँगली ही अर्पित कर रहा हो। फिर कुल्हड़ को होठों से लगाकर एक ही घूँट में पूरा उतार लिया।

यह तब की बात है जब भागी मंडल को जतिन विश्वास ने तमाचा नहीं मारा था और बकौल भागी, दुनिया में इतना घोर कलजुग नहीं व्यापा था। उस दिन के बाद से भागी मंडल और सद्दाम की गहरी छनने लगी थी। पूरे गाँव में भागी को समझने वाला नहीं था, सिवाय सद्दाम के। इस बात को लेकर कभी-कभी वह दुखी हो जाता। नशे में होता तो कहता, ''साला वो ज़माना ही दूसरा था। बाघ और बकरी

एक ही घाट पर पानी पीते थे। अभी क्या है कि दुनिया में जिसका कोई नहीं हो, उस पर सब अपनी धौंस जमाते हैं। ...समझा रे सद्दाम, पहले यह दुनिया ख़ूब सुन्दर थी। कितनी सुन्दर, मैं समझा नहीं सकता, रवि ठाकुर होते तो कवित्त रचकर समझाते तुझे। रास्ते में तू तो रोज ही कानाई कुंडू के दुआर पर जमी झाड़ियों को देखता होगा और सोचता होगा कि क्या फालतू की चीज़ है! लेकिन तेरे जनम से पहले जब इन्हीं झाड़ियों में गुलाबी-गुलाबी फूल उपजते थे तो अहा, फूलझड़ी कहने के अलावा दूसरा कोई उपाय नहीं था।'' फिर वह देर तक चुप रहने के बाद जाने क्या सोचकर रोने लगता। सद्दाम पूछता, ''उस्ताद, क्या बात है, रो क्यों रहे हो?'' तो सुबकते हुए कहता, ''गाँधीजी की याद आ गयी थी। साले एक बांग्लादेशी ने उन्हें गोली मार दी। पूरे गाँव में तीन साँझ चूल्हा नहीं बाला गया था। क्यों न भला, वे थे ही ऐसे। उनकी जो लम्बाई-चौड़ाई थी कि पूछो मत! चैतन्य देव की नाईं देह पर सिर्फ़ एक धोती धारण करते। मुर्शिदाबादी-टुर्शिदाबादी धोती नहीं, टाँगाइल के खाँटी मलमल की धोती। इतनी उजली कि धूप में खड़े हो जाते तो आँख में चुभती। जाड़ा हो गर्मी हो बरसात हो, सिर्फ़ बथुए का साग और रोटी ही खाते। एक-एक निवाले को गिनकर बत्तीस बार चबाते थे। फिर खाने के बाद चाहे धरती घूमना बन्द कर दे, अकास-पताल एक हो जाए, लेकिन चौंसठ लम्बर ज़र्दा वाला एक पान चाहिए ही चाहिए। नहीं मिलने से ही आग बबूला हो जाते। लेकिन एक बात माननी पड़ेगी सद्दाम, चाहे जितने गुस्से में क्यों न हों, मुँह से कभी असत नहीं निकालते थे। कहते थे, भागी मंडल मेरी एक बात गाँठ बाँधकर रख लो, एक दिन इसी धरती पर ऐसा घोर कलजुग उपजेगा कि... !''

तभी उसे जतिन विश्वास की याद आ जाती। ''यह कलजुग ही तो है कि बड़े-बड़ेरे को एक कल का लौंडा चमेटा मार देता है... ।'' कई दफ़े जब टुन्न होकर वह और सद्दाम भट्ठी से निकलते, उसने सद्दाम से गुप्त मन्त्रणा की थी कि कैसे वह जतिन विश्वास से निपटने वाला है। नशे में भी वह अपने गाल को सहलाते हुए कहता, ''देखना रे छोरे, तू भी देखना। भरी सभा में उसने जिस तरह मुझे तमाचा मारा था, मैं भी अपनी पनही उसके सिर पर ना तोड़ूँ तो मेरे नाम पर बिलाई पोस लेना।''

माई नेम इज़ बुद्धदेव, एंड आ'म नॉट अ टेररिस्ट।

दुनिया गोल है तो आदिग्राम भी गोल होगा।

एक रात जब बुद्धदेव घर लौटा, रोज़-रोज़ के नाटक से आज़िज आकर पुतली माई उबली पड़ी बैठी थी। रानीरहाट बार्डर पर पिछले तीन दिनों से 'क़ानून के लम्बे हाथ' नामक एक जात्रा पाली चल रही थी जिसमें सूत्रधार की भूमिका बुद्धदेव निभाता था। वहाँ से लौटने में रोज़ ही अबेर हो जाती थी। आज भी रात का तीसरा पहर था जब वह लौटा। आते ही उसने हाथ-मुँह धोया और हमेशा की तरह बोला— माँ, खाना लगा दे।

कलमी का साग और भात परसते हुए पुतली माई ने पूछा, "है रे बुद्धदेव, तू कब सुधरेगा बेटा ज़रा बता दे।"

"खाने दे न माँ!" साग के साथ भात सानते हुए बुद्धदेव ने बेफिक्री से कहा। बेटे की दिशा-गति से माँ पहले ही जली-भुनी थी, उसकी यह बेफिक्री देख पुतली माई का माथा ख़राब हो गया। वह पहला कौर मुँह में डालता, इससे पहले ही उसका हाथ पकड़कर बोली, "आज हाड़ू घोष आया था तगादा करने। पैसे तो हैं नहीं देने को, देना ज़रूरी भी है। तू बता दे बदले में तेरी राँड़ बीवी को उसके साथ सुला दूँ या ख़ुद जाकर सो रहूँ। जैसा निर्लज्ज तू है, पहले बता दे फिर चैन से खाते रहना बेटा।"

बुद्धदेव फटी आँखों से माँ को ताकता रह गया।

एक पहर बाद जब पुतली माई और काजल अभी सो ही रही थीं, वह कोलकाता के लिए रवाना हो गया। कलकत्ते में आदिग्राम के ढेरों लोग थे जो सियालदह में, मौलाली-पार्क सर्कस में रिक्शा-ठेला खींचते थे, या तोप्सिया में चमड़े की दुकानों पर काम करते थे। बुद्धदेव को भी काम का जुगाड़ बैठाने में ज़्यादा मशक्कत नहीं करनी पड़ी। जगदलपुर का कालीकान्त तालुकदार उसका दोस्त था। मलिक बाज़ार में सिराज होटल में काम करता था। पहले तो बुद्धदेव ने सिराज में ही काम किया, फिर कुछ दिनों बाद पार्क स्ट्रीट में सेंट स्टीफेंस के पीछे आइसक्रीम कारख़ाने में लग गया।

इधर जब सुबह की पहली किरन फूटी, पुतली माई और काजल ने बुद्धदेव को नदारद पाया तो पहले पहल यही समझा कि भिनसार होते ही वह रिहर्सल के लिए निकल पड़ा है। ऐसा अक्सर होता भी था, इसलिए उनके लिए सबकुछ सामान्य ही था। लेकिन दोपहर बाद जब बुद्धदेव की तलाश में जात्रा पाली के कुछ लोग पहुँचे कि आज अचानक क्या बात हो गयी जो वह अभी तक रिहर्सल के लिए नहीं पहुँचा, तब जाकर दोनों का माथा ठनका। दोपहर बीता, गदबेरे में पुतली माई उसकी खोज में निकली। बगियारी घूम आयी, पोखर देख आयी, जगदलपुर, रानीरहाट बार्डर छान मारा और हालाँकि वह पीता नहीं लेकिन जब थाली गुम हो जाती है तो हम हाँड़ी भी टकटोर लेते हैं, सो वह जगदीश साहू की भट्ठी भी देख आयी, लेकिन उसका कहीं पता न चला। शाम तक उनके दुआर पर गाँववालों का ताँता लग गया था और पुतली माई रो-रोकर सबसे गयी रात का क़िस्सा बयान कर रही थी।

दिन बीते, बुद्धदेव का कहीं कोई पता न चला, न ही कलकत्ते से उसने कोई सन्देसा ही भेजा। काजल पहले कुछ दिनों तक तो नयी-नकोर बहू बनी रही, लाज-शरम इत्यादि, पानी लेने भी निकलती तो डेढ़ हाथ घूँघट, फिर हारकर उसे भी पुतली माई के साथ मजूरी पर निकलना पड़ा। वह सन्ताली लड़की थी, मेहनत-मजूरी उसके ख़ून में थी, फिर उसकी काठी भी मजबूत थी, सो दिन भर खेतों में काम कर दोनों सास-बहू इतना ज़रूर अर्जन कर लेतीं कि दो जून के भात की कमी न पड़े।

जब बुद्धदेव काजल को ब्याह कर लाया, हालाँकि पुतली माई अपने बेटे को लेकर मजबूर थी, लेकिन यह सच है कि काजल उसे फूटी आँख नहीं सुहायी। जब तक बेटा था, वह काजल से सीधे मुँह बात तक नहीं करती थी। लेकिन अब

बुद्धदेव के न होने पर दोनों सास-बहू में एक अजीब-सा बहनापा पनपने लगा। एक बार काजल ने लालू की माँ की भरपूर कुटम्मस कर दी थी, जब उसने कुएँ के पास पुतली माई के बहरेपन का मज़ाक उड़ाया था। इसी तरह काजल अभी जवान थी जिसका पति उसे छोड़ गया था— यह एक ऐसा सच था जिस पर पुतली माई का कोई अख़्तियार न था। वह भली-भाँत समझती थी कि बाबू लोग काजल को मजूरी देते समय छुट्टा नहीं है कहकर दो-चार रुपये ज़्यादा क्यों दे देते हैं। काजल हँसती और रुपयों को ब्लाउज में खोंस लेती। पुतली माई चाह कर भी कुछ नहीं कर सकती थी, आख़िर यह सब दोनों के ही हित में जाता था। फिर जब तक अपनी आँखों काजल को कुछ ऐसा-वैसा करते न देख लेती, आख़िर किस आधार पर कुछ कहती। काजल ऊपर-ऊपर चाहे जैसी भी हँसोड़ और मनचली प्रतीत होती हो, बाबू लोगों को अपने पुट्ठे पर हाथ धरने न देती। दो बोल बतियाने, दो हँसी हँस लेने से ही अगर उनके घर में लछमी आती है तो इसमें बुरा क्या है!

यह पहला मौक़ा था जब आदिग्राम में रासबिहारी घोष की सभा असफल हुई थी। जब से घोष बाबू विधायकी में उतरे हैं, तभी से इलाक़े में उनकी तूती बोलती है। पिछले कुछ वर्षों से हालाँकि तृणमूल कांग्रेस की नाज़िया ख़ातून से उन्हें थोड़ा ख़तरा महसूस हो रहा था, फिर भी कुल मिलाकर सिचुएशन अंडर कंट्रोल था। एम.पी. माखनदास का वरदहस्त उन पर था और हर गली हर मुहल्ले में उनके कार्यकर्ता भरे पड़े थे।

ऐसा सुनने में आ रहा था कि माखनदास की आदिग्राम में कारख़ाना बैठाने वाले उस उद्योगपति घराने से कोई साठ-गाँठ थी, जिसकी भनक पहले रासबिहारी घोष को नहीं थी। तो ऐसे में उनसे एक थोड़ी-सी ग़फ़लत हो गयी। दरअसल शुरू में पार्टी के ज़ोनल सेक्रेटरी पिनाकी दासगुप्ता ने घोष बाबू को बताया था कि कुछ लोग जीप से इलाक़े का सर्वे जैसा कुछ कर रहे हैं। कई बार उन्हें किसानों से बातचीत करते भी देखा गया। घोष बाबू को दाल में कुछ काला प्रतीत हुआ। उन्होंने पिनाकी दासगुप्ता तथा दूसरे कार्यकर्ताओं से कहा कि मामले की तह में जाकर पता करो कि असल माजरा क्या है!

यह बात तब की है जब बैनर्जी और प्रेम चोपड़ा आदिग्राम नहीं पहुँचे थे। बैनर्जी

ने आते ही रासबिहारी घोष से सम्पर्क किया, लेकिन तब तक देर हो चुकी थी। पिनाकी ने पुख़्ता ख़बर दी थी कि ये लोग यहाँ किसी केमिकल हब के लिए ज़मीन अधिग्रहण के सिलसिले में आये हुए हैं। रासबिहारी घोष ने इससे पेश्तर 1976 में सी.पी.टी. कम्पनी वाले मामले में किसानों का पक्ष लिया था। उन्हें लगा, यह सुनहरा मौक़ा है जब फिर से किसानों की अगुवाई कर नाज़िया ख़ातून को चारों ख़ाने चित्त कर दिया जाए। आनन फानन में उन्होंने जगदलपुर और नलहाटी बाज़ार में नुक्कड़ सभाएँ संयोजित कर डालीं।

बैनर्जी ने प्रेम चोपड़ा के आने से दो-तीन दिन पहले माखनदास से मुलाक़ात की, उन्हें स्थिति से अवगत कराया। माखनदास ने रासबिहारी घोष को बुलवाया। काफ़ी देर तक दोनों की मीटिंग चलती रही। फिर वहाँ से लौटकर शाम को रासबिहारी घोष ने पिनाकी दासगुप्ता को बुलाया। घोष बाबू के घर से लौटने के बाद पिनाकी दासगुप्ता ने रात में पार्टी ऑफिस या कहें 'नवयुवक संघ' में अपने कार्यकर्ताओं को बुलाकर मीटिंग की। तय हुआ कि जितनी जल्दी हो सके बड़े पैमाने पर एक जनसभा आयोजित की जाए। स्पांशरशिप के लिए 'स्टार' ईंट भट्ठे के मालिक नन्दलाल खटीक से बात की गयी। बैनर्जी को सूचित किया गया। बैनर्जी ने गुज़ारिश की कि कम से कम प्रेम चोपड़ा के आने तक वे रुक सकें तो बेहतर। लेकिन ऊपर का प्रेशर कहें या जो भी, जनसभा की तारीख़ उसी दिन मुकर्रर हुई जिस दिन प्रेम चोपड़ा को आना था, यानी बाईस फरवरी को।

इसके बाद पासा पलट गया। जनसभा में रासबिहारी घोष ने खुलकर कहा कि इलाक़े का विकास तभी सम्भव हो सकेगा जब यहाँ कारख़ाना बैठेगा। "...आज की तारीख़ में एक-एक बिस्वे में एक घर के चार-चार लोग खेती करते हैं। इस कारण दो जून का भात भी ठीक से नसीब नहीं हो पाता। फटा-चींथड़ा पहनते हैं, बात-बात पर सिर-फुटौव्वल करते हैं। मैं कहता हूँ कि जब कारख़ाने में नौकरी लगेगी तो सबका दुख-दलिद्दर दूर होगा। हर महीने सात तारीख़ को तनखा मिलेगी। न सूखे-बरसात की फिकर, न फ़सल को कीड़ा-पाला लगने का डर। मैं कहता हूँ कि एक बार जब कारख़ाना बैठ जाएगा फिर आप देखेंगे कि आदिग्राम अपना पुराना आदिग्राम नहीं रह जाएगा।"

लेकिन यह पहला मौक़ा था जब आदिग्राम में रासबिहारी घोष की कोई जनसभा असफल रही थी। लोगों की समझ में यह नहीं आ रहा था कि आख़िर असल मामला क्या है! जिस पिनाकी दासगुप्ता ने कुछ ही दिनों पहले उन्हें यह कहकर

नुक्कड़ सभा में बटोरा था कि किसानों से उनकी ज़मीन हड़पने की ख़ातिर ही कारख़ाना बैठाया जा रहा है, उसी पिनाकी को उन्होंने एक बार फिर से अपने सम्मुख यह कहते हुए पाया कि बाईस फरवरी को घोष बाबू 'स्टार' ईंट भट्ठे पर जनसभा कर रहे हैं और सभा के बाद सबके खाने-पीने की भी व्यवस्था है। जिन रासबिहारी घोष को लोगों ने कारख़ाना बैठाने के विरोध में कहता पाया, वे ही अब कारख़ाने को इलाक़े के सर्वांगीण विकास के लिए ज़रूरी बता रहे हैं।

स्थिति का फ़ायदा नाज़िया ख़ातून ने भी अपनी तरह से उठाया। उन्होंने बार-बार इस तथ्य को रेखांकित किया कि दरअसल जब घोष बाबू कारख़ाने के विरोध में बोल रहे थे, तब तक उन्हें पता ही नहीं था कि यह उन्हीं की पार्टी की करतूत है। बाद में माखनदास तथा हाई कमान के निर्देश पर उन्होंने अपनी भाषा बदल ली। नाज़िया ख़ातून ने एकाध जगहों पर छोटी-मोटी जनसभाएँ भी कीं, जिसमें पिनाकी दासगुप्ता के हड़काने के बाद भी लोगों ने भाग लिया। नलहाटी बाज़ार में एक बार तृणमूल तथा सीपीएम के कार्यकर्ताओं के बीच मारपीट भी हुई थी। इसी झगड़े में पहली बार पिनाकी दासगुप्ता ने वह रिवॉल्वर निकाला था जिससे बाद में वह हराधन मंडल का सरेबाज़ार क़त्ल करने वाला था। नाज़िया चाहती थीं कि कलकत्ते से एक बार अगर 'दीदी' यहाँ आ जातीं तो इलाक़े में उनकी पार्टी को काफ़ी बल मिलता। उन्होंने कई बार 'दीदी' से डायरेक्ट लाइन पर इस बाबत बातें भी कीं, लेकिन 'दीदी' तब लगातार नयी दिल्ली के दौरे पर व्यस्त रहती थीं और दूसरे, तब तक 'दीदी' को भी इस बात का अहसास नहीं था कि मामला इतना तूल पकड़ लेगा।

मज़ेदार बात यह है कि इस पूरे प्रकरण में माखनदास कहीं भी सतह पर नहीं दिखे। जिस उद्योगपति ने आदिग्राम में केमिकल हब बैठाने की पहल की थी, उसकी राज्य सरकार से मुलाक़ात में बिचौलिया माखनदास ही थे। पूरे समय रासबिहारी घोष इस मामले में सीधे हाई कमान से सम्पर्क में कतई नहीं रहे, जो कुछ भी निर्देश मिलता था उन्हें माखनदास से ही। माखनदास हालाँकि कई वर्षों से एम.पी. थे, लेकिन एक सच्चाई यह थी कि वे अ-बंगाली थे और इस इलाक़े में हिन्दी भाषियों की संख्या न के बराबर थी। ऐसे में माखनदास में वे कौन से गुण थे, कि पार्टी ने उन्हें पहली बार यहाँ से टिकट दिया और वे जनाधार के न होने के बावजूद भारी अन्तर से जीते भी, यह बताना किसी के बूते की बात नहीं। और तब से यह सिलसिला चल निकला, वे लगातार तीसरी बार यहाँ से एम.पी. हैं।

कहते हैं कि प्रेम चोपड़ा भी यहाँ उन्हीं की सिफ़ारिश से आया और जब सीधी उँगली से घी निकालना सम्भव प्रतीत न हुआ, तो उन्होंने ही प्रेम चोपड़ा को अपने तरीक़े आजमाने की छूट दी, हालाँकि तब रासबिहारी घोष ने इसका सख्त विरोध किया कि यह गुड़गाँव नहीं है, बंगाल है और यहाँ ख़ून-ख़राबा बहुत महँगा पड़ सकता है। लेकिन अन्ततः तय हुआ कि पिनाकी दासगुप्ता...

लेकिन यह बाद की कहानी है।

सद्दाम ने जीप में जो गोलमोल कर रखे गये काग़ज़ को उठाया था, वह हिरोइनों वाला कोई कैलेंडर या सीनरी इत्यादि नहीं था, बल्कि आदिग्राम का नक्शा था। रात में जब शमसुल और उसकी बीवी सो रहे थे, नशे में डोलता हुआ सद्दाम घर के अन्दर प्रविष्ट हुआ। शमसुल ने अपनी बीवी को उस घटना के बारे में कुछ नहीं बताया था जो सिलीगुड़ी से लौटते वक़्त उनके साथ घटी थी। वहाँ से लौटकर वे सीधे बैनर्जी के पास पहुँचे थे और विस्तार से सारी बातें बतायी थीं कि कैसे बच्चों के एक दल ने उन्हें रोका और जीप से खाने-पीने का सारा सामान उतारकर चम्पत हो गये। जतिन ने अपने बचाव के लिए यह भी जोड़ा था कि उन बच्चों में से दो के पास देसी कट्टे थे। रंजन मजूमदार ने बैनर्जी को बताया कि जिस दिन वे पहली बार पंचानन बाबू से मिले थे, उसी दिन मातब्बर ने उन्हें आगाह कर दिया था कि इस गाँव के बच्चे बहुत डेंजर हैं। बैनर्जी ने जनसभा के बाद इस सन्दर्भ में मातब्बर से मुलाक़ात करने की मंशा जताते हुए दुबारा शमसुल और जतिन को नलहाटी बाज़ार भेज दिया था कि खाने-पीने की कोई दूसरी व्यवस्था की जा सके।

बहरहाल, शमसुल यह तो जान ही गया था कि उन बच्चों में उसका बेटा सद्दाम भी शामिल था, लेकिन उसने बीवी को कुछ नहीं बताया था। शायद वह सद्दाम से भी अन्त तक कुछ न कहता, लेकिन सद्दाम को डर था कि कहीं उसकी दुर्गत न हो, इसलिए वह दूसरे दिन घर गया ही नहीं। आज रात में भी वह सीधे रसोई में गया, लेकिन खाने को कुछ था नहीं तो वह वहीं फर्श पर नक्शे को फैलाकर देखने लगा। ढिबरी के मद्धिम आलोक में आड़ी-तिरछी रेखाओं को देखकर एकबारगी वह सकते में आ गया। बारीक अक्षरों में जो कुछ लिखा था, उसे देखकर अहसास हुआ कि अब तक वह नक्शे को उल्टा देख रहा था। सीधा करने के बाद भी उसे

कुछ ख़ास समझ में नहीं आया कि यह भला है क्या!

नक्शे में सबसे ऊपर दायीं तरफ़ एक कोने में चार काँटों की एक घड़ी बनी हुई थी। ऊपर वाले काँटे पर लिखा था 'उत्तर' और नीचे वाले काँटे पर 'दक्षिण'। नीचे जैसे किसी ने बेतरतीबी से हरी स्याही फैला दी थी जिसमें काले मोटे अक्षरों में लिखा था— जंगल। उसके ठीक नीचे एक तरफ़ नलहाटी बाज़ार और दूसरी तरफ़ मुंशीग्राम। सद्दाम को यद्यपि कुछ समझ में नहीं आ रहा था, तथापि यह ज़रूर प्रतीत हो रहा था कि यह काग़ज़ किसी ऐसी चीज़ की बाबत है जिसका सम्बन्ध उससे और उसके आसपास के लोगों से है। नक्शे में कई छोटे-छोटे त्रिभुज बने थे और उनके इर्द गिर्द ऐसे नाम थे जिनसे सद्दाम भली-भाँति परिचित था, मसलन पंचायत ऑफिस, तीन ताड़े पेड़ और वहाँ से बँटती राहें, नवयुवक संघ, आटा चक्की इत्यादि। एक मोटी-सी रेखा, जो ऊपर से थोड़ी तिरछी और फिर लगभग एक सीध में नीचे उतरती थी, उससे सटाकर लिखा गया था— नलहाटी सिलीगुड़ी हाइवे। नक्शे के लगभग बीचोंबीच इस रेखा से सटे-सटे कुछ डिब्बे-से बने थे, जिनके पास बहुत बारीक अक्षरों में कुछ लिखा था। ढिबरी की मद्धिम रोशनी में सद्दाम सिर्फ़ हराधन मंडल की दुकान का ही नाम पढ़ सका— माँ मनसा वेरायटी स्टोर्स। ठीक ऐसे ही ऊपर की तरफ़ एक बड़ा डिब्बा था जिसमें नीला रंग भरा गया था, लिखा था— सी.पी.टी. कम्पनी।

सद्दाम बड़ी देर तक उस नक्शे को निहारता रहा और पता नहीं कब और कैसे वह इस निष्कर्ष पर पहुँचा कि हो न हो यह आदिग्राम का नक्शा है। इस निष्कर्ष तक पहुँचकर उसे एक अजीब से रोमांच ने घेर लिया। उसने आँखें मूँद लीं और एक लम्बी साँस ली।

"तो ये बात है!" उसने सोचा। उसे प्रतीत हो रहा था कि उसके हाथ अनजाने ही किसी क़िले में सदियों से दबे पड़े खज़ाने का सुराग लग गया हो। उँगली के पोर से वह नक्शे में एक-एक इलाक़े की शिनाख्त करने लगा। ये रहा निमाई का घर, और इसके बाद से ही शुरू होता है जगदलपुर। यह रहा वह स्कूल जहाँ शुरुआती कुछ दर्जों तक उसने पढ़ाई की थी। इसकी दाहिनी तरफ़ थोड़ी दूर पर तेंतुल का वह पेड़ होना चाहिए था, लेकिन नक्शे में कोई पेड़ नहीं दिख रहा था। सद्दाम ने एक क़लम ली और हिसाब लगाकर जहाँ पेड़ होना चाहिए, वहाँ एक निशान बना दिया। इसके बाजू ही राखाल का घर होना चाहिए, और फिर थोड़ा बायीं ओर जो गली जाती है, वहाँ से तीसरा घर है सद्दाम का।

यहाँ हमें थोड़ा ठहरकर देखना चाहिए। चलिए कल्पना करते हैं कि सद्दाम ने जीप में से जो नक्शा उठाया था, वह नक्शा न होकर वही होता जो उसने पहले सोचा था, यानी किसी हिरोइन की तस्वीर। तो माना कि वह ऐश्वर्य राय की तस्वीर होती। टॉप और स्कर्ट में ऐश्वर्य राय अपने हाथों में लॉलीपॉप लिये बड़ी ही मादक नज़रों से देख रही होती तो सद्दाम हद से हद यही करता कि उसे एकटक देखता रह जाता। पाँच मिनट या अधिकतम दस मिनट तक देखने के बाद वह थक जाता, उसकी आँखें दुखने लगतीं। ऐश्वर्य राय की वह मादक अदा उसे उबा देती और जम्हुआई लेते हुए वह कैलेंडर/तस्वीर को वापस गोलमोल कर कहीं छुपा देता, सो जाता। दूसरे दिन उसे याद आती तो वह फिर से सबकी नज़रें बचाकर उसे निहारता, सिसकारियाँ भरता— इश्श! ऐसे-ऐसे हद से हद दो या चार दिनों तक चलता, चलिए एक सप्ताह चलता, फिर ऐश्वर्य राय किसी ठिकाने लग जाती।

कुल मिलाकर सद्दाम की भूमिका एक निष्क्रिय दर्शक की होती अगर वह काग़ज़ का टुकड़ा एक तस्वीर या कि कैलेंडर होता। लेकिन वह एक नक्शा था, आदिग्राम का नक्शा। उसी आदिग्राम का, जहाँ सद्दाम ख़ुद रहता था। इस प्रकार उस नक्शे में सद्दाम की शमूलियत आप से आप हो गयी थी। याद रहे, जब सद्दाम ने क़लम से तेंतुल के पेड़ की अनुपस्थिति को रेखांकित किया, उसी वक़्त वह अपने अनजाने ही उस नक्शे में शामिल हो गया। अब वह निष्क्रिय दर्शक मात्र नहीं था, एक पेड़ को चिह्नित करने के बाद वह उस नक्शे का सर्जक भी हो गया था। उसने क़लम से जो निशान बनाया था, इस सावधानी से बनाया था कि वह हू-ब-हू वैसा ही लगे जैसे नक्शे के दूसरे निशान। छपे हुए शब्दों का एक आतंक तो होता ही है, नक्शे में जितने शब्द थे, छपे हुए थे। सो सद्दाम ने भी उसी तर्ज पर लिखने की कोशिश की— 'तेंतुल गाछ' मानो यह किसी की लिखावट नहीं, छपे हुए शब्द हों। इस प्रकार सद्दाम ने मूल नक्शे में यह संशोधन इस सावधानी से करना चाहा था, कि कल को यह किसी और के हाथ लगे तो उसे पता भी न चले। इस प्रकार सद्दाम ने अनायास ही उस विनम्रता को प्राप्त कर लिया, जो किसी रचना के अज्ञात सर्जक के पास होता है। (इसे दूसरे रूप में देखा जाए तो यह भी कहा जा सकता है कि जब हम सिर्फ़ अपने बूते किसी इतिहास में शामिल न हो पाते, तो हम किसी और की मार्फ़त उसमें प्रवेश करना चाहते हैं। ऐसे में एक अज्ञातकुलशील लेखक हमारा काम आसान कर देता है। इस तरह इसे सद्दाम का एक छल ही कहा जा सकता है।)

मैं अपनी बात थोड़ा और स्पष्ट करता हूँ। वह नक्शा सद्दाम के लिए मात्र एक काग़ज़ का टुकड़ा भर नहीं रहा, सद्दाम व उसके जाने-पहचाने लोगों के होने की निशानी बन गया था। एक ऐसा प्रमाण-पत्र, जहाँ शामिल होने से अगर वे छूट जाते हैं तो फिर इतिहास (कहना चाहिए भूगोल) से बाहर रह जाएँगे— हमेशा हमेशा के लिए। इस प्रकार सद्दाम ने नक्शे में जब अपना घर तलाश लिया तब वह 'इतिहास' में शामिल हो गया। अब वह चाहता था कि उसके समस्त प्रियजन इस इतिहास में उसकी ही तरह अपनी-अपनी जगह बना लें। वह अपने हर परिचित को एक-एक त्रिभुज बख्शना चाहता था कि जब क़यामत वाले रोज़ उनसे पूछा जाए कि बता तेरा घर कहाँ है तो वे अपने त्रिभुज पर उँगली रखते हुए कह सकें— ये रहा।

इस तरह नक्शे में डूबा सद्दाम और-से-और उसमें डूबता चला गया और वह रात का अन्तिम पहर रहा होगा जब सहसा एक महान जाग से उसके मस्तिष्क का कोना-कोना चुँधिया गया। दरअसल नक्शे में आदिग्राम बहुत दूर छिटक गया था और सद्दाम को सहसा प्रतीत हुआ कि यदि यह नक्शा हू-ब-हू वैसा ही है जैसी पृथ्वी, तो पृथ्वी को नारंगी की तरह गोल होना चाहिए। ''हाँ!'' उसने ज़ोर देकर कहा, ''यह दुनिया गोल है।''

उसने सरसरी तौर पर तर्क के उन बिखरे सिरों को पुनः संयोजित करना शुरू किया, जिनसे होते हुए वह इस महान निष्कर्ष तक पहुँचा था। उसने बल देकर उन पंक्तियों को एक सुनिश्चित व सुगढ़ पूर्णविराम तक खींचा, जिससे उसकी दलीलें तर्कसंगत लगें तथा एक-एक कर उन सारे वाक्यों को खारिज करता चला गया, जिनसे अनर्गल का ज़रा भी ख़तरा था। अन्त में उसने दृढ़तापूर्वक नक्शे के एक कोने में लिखा— 'यदि एक निश्चित दिशा में कोई एकदम अपनी नाक की सीध में चलना शुरू करे तो एक न एक दिन वह फिर उसी जगह पर होगा जहाँ से उसने चलना शुरू किया था।' सद्दाम ने सोचा कि इन पंक्तियों के नीचे अपना हस्ताक्षर भी कर दे, लेकिन फिर उसे सर्जना की उसी विनम्रता ने घेर लिया।

एक दिन ज्योति बाबू ने कहा कि लगता है आदिग्राम बंगाल से बाहर का कोई इलाक़ा है। वैसे तो वे बहुत कम बोलते हैं, लेकिन जब भी कुछ कहते हैं पूरा बंगाल कान बिछाकर सुनता है। सीटू ने एक ख़ास तारीख़ मुकर्रर की और आदिग्राम के

सभी मजदूरों-रिक्शा चालकों--खोमचे ठेले वालों की एक आपातकालीन मीटिंग बुलायी। बुद्धदेव लॉर्ड सिन्हा रोड पर था जब आदिग्राम के कुछ दोस्तों (जो श्री शिक्षायतन और ए.जे.सी. बोस कॉलेज के आगे खोमचे लगाते थे) ने उसे मीटिंग की बाबत बताया। बुद्धदेव गया था मीटिंग में, तक़रीबन चार साढ़े चार सौ लोगों का महाजुटान था। सीटू के कार्यकर्ता और नेता के अलावा मीटिंग में इलाक़े के सांसद और विधायक भी पहुँचे थे।

यह तब की बात है जब पिनाकी दासगुप्ता ने हराधन मंडल का ख़ून कर दिया था। आदिग्राम में सनसनी फैल गयी थी। रघुनाथ अपने दल-बल के साथ आदिग्राम पहुँच चुका था और संग्राम की घोषणा हो चुकी थी। आदिग्राम में बुद्धदेव के कुछ दोस्त— सपन, केष्टा, बंशी आदि रघुनाथ की लड़ाकू वाहिनी में शामिल हो चुके थे।

इस आपातकालीन मीटिंग में सीटू ने आदिग्राम के इस संग्राम को ग़ैरक़ानूनी घोषित करते हुए कहा कि जो भी मजदूर इस संग्राम के समर्थक हैं, वे कोलकाता में नहीं रह सकते, न ही उन्हें कहीं काम करने दिया जाएगा।

''इसलिए आप सब आदिग्राम के भाइयों को सूचित किया जाता है कि आप आज और अभी से आदिग्राम को भूल जाएँ, आपका और आदिग्राम का अब कोई सम्बन्ध नहीं, कि आदिग्राम बंगाल से बाहर का कोई इलाक़ा है। हम आपको आगाह करते हैं कि आप न तो आदिग्राम में कोई पैसा भेजेंगे और न ही किसी भी पब्लिक बूथ से वहाँ किसी को फोन करेंगे। और ऐसा करते हुए यदि पकड़े गये तो नतीजा भुगतने के लिए तैयार रहिए।''

आप यदि कभी कोलकाता गये हों तो आपको भली-भाँति पता होगा कि वहाँ सीटू की इजाज़त के बिना कोई भी व्यावसायिक प्रतिष्ठान काम नहीं कर सकता। चूँकि यह निर्देश सीटू की तरफ़ से था, सो आदिग्राम के सभी मजदूर दहशत में आ गये। कई ऐसे मजदूर थे जिनकी कमाई से वहाँ आदिग्राम में उनके घर दोनों साँझ चूल्हा बाला जाता था, लेकिन अब वे मनीऑर्डर नहीं कर सकते थे। यदि वे ऐसा करते हैं तो उन पर संग्राम में हथियार आदि के लिए पैसे भेजने का झूठा मुक़दमा चल सकता है।

इस मीटिंग में मजदूरों को भी बोलने का मौक़ा मिला, लेकिन उन्हें बस हाँ में हाँ मिलाने भर की छूट थी। कई मजदूरों ने कहा कि आदिग्राम में इन दिनों जो कुछ भी चल रहा है, अल्ला क़सम उससे उनका कोई देना-पावना नहीं है। कुछ लोगों ने दबी जुबान में यह भी कहा कि यदि वे पैसे नहीं भेजेंगे तो वहाँ उनका परिवार

तबाह हो जाएगा।

दूसरे दिन अचानक ही बुद्धदेव व सात अन्य आदिग्राम के मजदूरों को आइसक्रीम फैक्ट्री से निकाल दिया गया। उन्हें यह निर्देश मिला कि वे आदिग्राम जाकर अपने परिवार के लोगों को संग्राम से अलग करें तथा वहाँ पार्टी ऑफिस से इस आशय का एक पत्र लिखवाकर लाएँ कि उनका तथा उनके परिवार के अन्य किसी भी सदस्य का आदिग्राम में चल रही लड़ाई से किसी भी रूप में कोई सम्बन्ध नहीं है, वे इसकी भर्त्सना करते हैं तथा ज़रूरत पड़ने पर सरकार की तरफ़ से 'आतंकियों' का सफ़ाया करने में प्राणपन से जुट जाएँगे। निकाले जाने के बाद बुद्धदेव अपने कई साथियों से मिला, सबको यही नोटिस देकर काम से अलग किया जा चुका था। नीमतल्ला, लिलुया तथा घुसुड़ी के टिम्बर कारख़ानों से एक ही रात तक़रीबन साढ़े तीन सौ मजदूरों को निकाल दिया गया था। कुछ लोग आदिग्राम लौटकर कहेअनुसार पत्र लिखवाकर लाने के पक्ष में थे तो कुछ दूसरे काम की तलाश में दिल्ली, बम्बई या गुजरात कूच करने की सोच रहे थे।

गिव मी रेड, कॉमरेड!

बूढ़े ने बन्दूक से कथा चलायी, हराधन मारा गया।

एक सुबह जब कोई पाँच सवा पाँच बजे होंगे, आदतन बाघा की आँखें खुल गयीं। खटिये से उठा और दोनों कोठरियों के बीच की जगह में रखी बाल्टी से एक लोटा पानी निकालकर पिया। दक्खिना को आवाज़ दी, लेकिन भीतर की कोठरी में पूर्ववत सन्नाटा पसरा रहा। बाघा ने एक बार फिर से दक्खिना को पुकारा, अबकी ज़रा ज़ोर से, ''दक्खिना, उठो भाई, सुबेरा हो गया।''

भीतर से चूड़ियों की खनक सुनाई पड़ी, गुलाब की दबी-दबी आवाज़ भी। वह दक्खिना को जगा रही थी। बाघा का काम पूरा हो गया। वह कोठरी से बाहर आ गया। यह रोज़ का ही नियम था। घड़ी की सुइयाँ जब ठीक सबेरे का पाँच बजा रही होतीं, आप से आप उसकी आँखें खुल जातीं। 'हरि-हरि' बोलते हुए वह खटिये से उठ पड़ता था। हाथ-मुँह धोते, कुल्ला करते वह दक्खिना को जगाता था और जब गुलाब घर बुहारने के लिए बढ़नी उठा लेती, वह लोटे में पानी लेकर कान पर जनेऊँ चढ़ाता हुआ बाहर निकल पड़ता था। सी.पी.टी. कम्पनी के पिछवाड़े भगाड़ था, जहाँ गाँव के अधिकांश मर्द निबटान को जाते। औरतें घोष लोगों की बँसवाड़ी की तरफ़ निकल पड़तीं, या जिन दिनों कमर भर फ़सल खड़ी होती तो खेतों में ही।

लौटते हुए हराधन मिला तो बाघा को थोड़ा आश्चर्य हुआ। हराधन अक्सर फोटोग्राफर के घर के शौचालय का ही इस्तेमाल करता था। कभी-कभी ही इस

तरफ़ आता। बाघा ने बीड़ी की टोंटी फेंकते हुए उसका हालचाल पूछा। रास्ते में एक-दो लोग और मिले। तब तक फजीरा नहीं हुआ था, अँधेरा ही था।

मातब्बर पंचानन बाबू के यहाँ रोज़ सुबह चाय बनती थी— बिना दूध की लाल चाय। इसके लोभ में रोज़ ही गाँव के कुछ लोग वहाँ जुट जाते। बाघा, बेनीमाधव महाशय, सुशान्तो बेरा, झोंटन मुकर्जी, चन्दन पाइन, पाँचू सरकार आदि डेली पार्टी के लोग थे। आज उनके साथ हराधन भी शामिल था।

सुबह के छह बज रहे थे, जब सब पंचानन बाबू के यहाँ पहुँचे। उनके दुआर पर सन्नाटा ही था। नीम के पेड़ के नीचे दो-चार कुत्ते गुटिआये हुए पड़े थे, भौंकने लगे, ''ये सर्फाले कर्फौन हैं जो अर्फाधी रर्फात घर्फूम रर्फहे हैं?'' बाहर की कोठरी में सोये बूढ़े दासू को जब लोगों ने जगाया तो वह अकबकाकर उठा। पूछा, ''क्या बात है, इतनी रात को?''

''रात कहाँ है दासू, उठ सुबेरा होने वाला है।'' बाघा ने कहा।

दासू ने आसमान की तरफ़ देखा। जाड़ों में अमूमन छह बजे तक उजाला हो जाया करता था, पर आज जाने क्या बात थी कि सूरज अभी तक नहीं उदित हुआ था। पूरब कोने में भी अभी रात की कालिख ही पुती थी।

दासू को असमंजस में पड़ा देख हराधन ने उसे अपनी घड़ी दिखायी।

''नयी ख़रीदे हो? मुझे भी अपने जमाई के लिए लेनी है एक। कितने में आयी?'' दासू उसकी कलाई पकड़कर घड़ी का मुआयना करने लगा।

झोंटन मुकर्जी को दासू की निर्बुद्धिता पर तरस आया। बोला, ''तुझे घड़ी नहीं, टाइम दिखाया जा रहा है। छह बजकर...'' उसने घड़ी की डायल पर नज़र डाली, अँधेरे में रेडियम की गोटियाँ जगमगा रही थीं। ''छह बजकर पाँच मिनिट!''

''मुझे टाइम देखना नहीं आता। सूरज उगता है तो जान जाता हूँ सुबह भई, डूबता है तो रात होती है। तुम लोग जानकार हो, कहते हो तो मानने के सिवा कोई उपाय नहीं कि सुबह होगी, अभी नहीं तो फिर कभी।'' वह कुनमुनाते हुए उठा और स्टोव में पम्प करने लगा। लोगों ने पंचानन बाबू की कोठरी की तरफ़ देखा। उन्हें आश्चर्य हुआ कि रोज़ गाँव में सबसे पहले उठ जाने वाले मातब्बर का अभी तक कोई अता-पता नहीं था। वे वहीं दुआर पर स्टोव के इर्द-गिर्द बैठकर आग तापने लगे। चाय का पतीला चढ़ाकर दासू भीतर निबटान के लिए चला गया।

इसी प्रकार आधा घंटा बीता, न सूरज उगा न उजाला हुआ। सबको शक़ पड़ा, कहीं उन्हें एक साथ धोखा तो नहीं हुआ! हराधन ने अपनी कलाई पर बँधी घड़ी को

ठुकठुकाकर देखा, सेकंड की सुई बराबर परेड कर रही थी— लेफ्ट से राइट, राइट से और राइट।

तभी अँगोछे से हाथ-मुँह पोंछते हुए पंचानन बाबू निकले। शायद भीतर जाकर दासू ने उन्हें जगा दिया होगा और नित्यकर्म इत्यादि के बाद वे बाहर आये थे। बाकियों की तरह वे भी आश्चर्यचकित थे। मज़ाक के लहजे में बोले, ''भइया ये सुरुज भगवान को अचानक क्या हो गया आज? हड़ताल पर चले गये हैं क्या?''

''लेकिन हड़ताल पर ये क्यों जाएँगे? जाड़े में तो ओवरटाइम बेचारे चन्दा मामा को करनी पड़ती है।'' चन्दन पाइन ने कहा तो सभी हँस पड़े।

''लगता है आसमान का भी अधिग्रहण किसी विदेशी कम्पनी ने कर लिया है। अब जब फैक्ट्री बनेगी तब न सूरज देव को ठेके पर नौकरी मिलेगी!'' जब किसी ने कहा तो सबको जैसे हँसी का दौरा पड़ गया।

चाय तैयार हो चुकी थी। दासू ने स्टील की प्यालियों में सबको चाय बढ़ायी। चाय पीते हुए बातें होने लगीं। किसी की याद में अब तक कोई ऐसा दिन नहीं आया था, जब सूरज समय पर न उगा हो। उपस्थित लोगों में बेनीमाधव महाशय सबसे उम्रदराज़, लेकिन उतने ही मिथ्यावादी थे। उन्होंने झट एक ऐसे दिन का संस्मरण सुनाना शुरू कर दिया, जब सुबह के दस बजे तक सूरज नदारद था। दस बजे के बाद जो सूरज निकला भी, तो उसे देखकर लोगों को यक़ीन नहीं हुआ कि यह सूरज है।

''दुबली पतली क्षीण मलिन काया, चेहरा पियराया हुआ भुरभुरा एकदम। पंचायत ऑफिस की बत्ती की तरह मरगिल्ली रोशनी करने वाला सूरज। देखकर सब चकित रह गये कि क्या यह वही अग्नि पिंड है जो प्राणी जगत में जीवन का संचार करता है! कहाँ गया वह उसका तेज? जैसे उसे पीलिया हो गया हो।'' अपनी ही बात पर बेनीमाधव महाशय हँसने लगे। गाँव वालों को भी उनकी मिथ्या कथा से बतकूचन का रस मिलने लगा। अब तक दो-चार जने और इकट्ठा हो गये थे। किसी ने पूछा, ''बाबा, यह कब की बात है?''

''ए ल्लो, पूछता है कि कब की बात है!'' बेनीमाधव महाशय ने पूछने वाले चित्तो मलिक की तरफ़ उपहास भरी नज़रों से देखा। बोले, ''तू कब का छोरा है, अभी कल तक तो नाक से नेटा बहाता नंगे घूमा करता था। हुड़दंगिया एकदम। अगर मैं कहूँ भी तो क्या तू समझ सकेगा कि बहुत पुरानी बात है जब तू पैदा भी नहीं हुआ था!''

किसी ने नकली गम्भीरता से चित्तो को डाँटा, ''तू चुप कर। जब बड़े बोलते हों

तो छोटे चुप ही रहा करते हैं।''

चित्तो ने हाथ जोड़ लिया, ''छिमा बड़न को चाहिए!''

अभी-अभी आये बंशी ने बेनीमाधव महाशय को प्रोत्साहित किया, ''उसके बाद बाबा? उसके बाद क्या हुआ?''

''कौन? ओ तू भी आ गया? आ सुन। बात चल रही थी कि आज ही की तरह एक और बार जब सूरज दिन के दस बजे तक...''

''हाँ हाँ, उसने सुन लिया है। अब आगे की कथा कही जाए।'' झोंटन मुकर्जी ने उन्हें टोका।

''देख झोंटन, तू बीच में मत बोल। बंशी अभी-अभी आया है तो उसे पहले की कथा सुन लेने दे।''

''बाबा मैंने सुन लिया है, आप आगे की कथा ही कहिए।'' बंशी ने कहा तो लोग हँसने लगे। सचाई यही थी कि सपन और फाटाकेष्टो के साथ बंशी अभी-अभी आया था, लेकिन उसे शुरू से कथा सुनने में उतना मज़ा नहीं आता, जितना अभी बेनीमाधव महाशय को चिढ़ाकर आया।

बेनीमाधव महाशय को इससे कोई फ़र्क़ नहीं पड़ने वाला था। उन्होंने हठपूर्वक संक्षेप में पहले की कथा दोहरायी, तभी आगे बढ़े, ''तब रानीरहाट में एक नामी ब्राह्मण और जोतिषी हुआ करते थे। दोहरा बदन, छह फुट से भी ज़्यादा ऊँचे। उमर सौ साल से ऊपर ही होगी। सिर के सारे बाल सफ़ेद, भौंहों और छाती के भी। तिस पर भी रीढ़ तनिक नहीं झुकी थी। चलते थे तो ऐसे एकदम तनकर चलते। क्यों न भला, ज्ञान-गुन में पूरे आर्यावर्त में उनकी टक्कर का कोई न था। गाँव के लोग उनके द्वार पर पहुँचे, हाहाकार करने लगे— तराहीमाम प्रभु, अब तुम ही निवारण करो। तब उन्होंने पत्रा बाँचकर कहा कि घोर कलजुग आने वाला है। सूरज जैसे महाप्रतापी पर भी राहु-केतु जैसे दुष्ट ग्रहों की छाया पड़ रही है। और तभी उन्होंने कहा था कि बहुत साल के बाद आज का दिन काला दिवस होगा।''

''यानी आप पहले से जानते थे कि आज सूरज नहीं निकलेगा?''

''हाँ, जानता था।''

''तो कल क्यों नहीं बताया आपने?'' चित्तो मलिक ने चिढ़ाया।

''क्यों बताता? मुझे क्या पड़ी है!'' बेनीमाधव महाशय तुनक गये।

कथा जब इस अप्रिय स्थिति में ख़त्म हुई, लोगों का ध्यान पुनः मूल चिन्ता पर लौटा। नज़रें अनायास ही आसमान की तरफ़ रह-रहकर पड़तीं। पूरब कोने में अभी

भी अँधेरा छाया हुआ था, तारे टिमटिमा रहे थे। किसी अनिष्ट की आशंका से सब घिरे हुए थे, लेकिन चुप थे। तभी वहाँ फोटोग्राफर का आगमन हुआ। वह सिर पर टोप और गले में कैमरा लटकाये, इस 'काला दिवस' का फोटो खींचते-खींचते तारक के साथ यहाँ पहुँच गया था। रतौंधी की वजह से उसने तारक को साथ ले लिया था। पंचानन बाबू के दुआर पर पहुँचने के बाद रेबा प्रसंग के कारण तारक वहाँ से खिसक गया तो असमंजस में पड़ा फोटोग्राफर जहाँ था, वहीं खड़ा रह गया। सबने उसकी तरफ़ जब देखा, तभी फोटोग्राफर की पीठ के ठीक पीछे दूर कुछ और दिखाई पड़ा।

"ये कौन है?" किसी ने पूछा तो फोटोग्राफर ने कहा, "मैं हूँ, फोटोग्राफर।"

"नहीं, तुम्हें तो हम पहचानते ही हैं।" हराधन ने कहा। वह जानता था कि फोटोग्राफर को रतौंधी है, सो उसका हाथ पकड़कर बिठा दिया। "लेकिन वो जो आ रहा है, वह कौन है?"

सब देख रहे थे, पूरब दिशा से एक दुबली-पतली काया घिसटती हुई चली आ रही थी। किसी ने उस तरफ़ टॉर्च की रोशनी फेंकी तो एक पल को ठिठकी, फिर निःशंक बढ़ती गयी।

"यह तो कोई अनचिन्हार आदमी लगता है।" सुशान्तो बेरा ने कहा, "पहले कभी नहीं देखा।"

धीरे-धीरे वह काया जब पास आयी तो लोगों ने देखा कि लुगदियों में लिपटा वह एक बहुत बूढ़ा आदमी है। इतना बूढ़ा कि उसकी देह से बुढ़ापे की कसैली बास आ रही थी। ठुड्डी के पास बकरदाढ़ी। पोपला मुँह, हिलती हुई दाढ़ और देह की चमड़ी इतनी पारदर्शी कि नसें-शिराएँ साफ़-साफ़ दिख रही थीं। पैरों में बढ़े हुए गोखरू और गहरी बिवाइयाँ। लोगों के पास पहुँचकर उस बूढ़े आदमी ने सैकड़ों पैबन्द लगी अपनी पोटली को ज़मीन पर रख दिया और खाँसते-खाँसते वहीं बैठ गया। किसी ने उसे पानी लाकर दिया तो उसकी खाँसी थमी। बगल में ही उसने बलगम की उल्टी की और आँखें मिचमिचाकर बन्द कर लीं। मुँह खोलकर लम्बी-लम्बी साँसें लेने लगा। लोगबाग इन्तज़ार करने लगे कि वह सामान्य हो तो पूछा जाए, वह कौन है, कहाँ से आया है?

"मैं एक क़िस्सागो हूँ। बहुत दूर से आया हूँ।" उसने आँखें बन्द किये-किये कहा तो लोग बेतरह चौंक गये कि इसने उनके मन की बात क्योंकर जान ली!

बूढ़ा हँसने लगा, पोपली और तरल हँसी। बोला, "आज के युग में मन की बातों

को थाह पाना भला कौन-सा दुष्कर काम है!''

लोगबाग फिर से चौंके। बेनीमाधव महाशय को समझते तनिक देर न भयी कि यह कोई सिद्ध पुरुष है। वर्ना आज ही के दिन इन्हें इस ग्राम में क्यों आना था भला! ज़रूर इनके प्रकट होने और सूर्य के ग़ायब होने में कोई कार्य-कारण सम्बन्ध है। वह तुरन्त अपनी जगह से उठें और इससे पेश्तर कि यह पुण्य कोई और ले जाए, बूढ़े के पैरों से रपट गये। बोले, ''महाप्रभु, आपके दर्शन को पियासे इन नैनों को आज बिसराम मिला। आपके पैर पड़े, आदिग्राम की धरती पर सत उपजा। धन्न भाग हमारे!''

''अक्सर लोग ग़लती से मुझे कुछ का कुछ समझ लेते हैं।'' बूढ़े ने खनकदार स्वर में बेनीमाधव महाशय को बरजा। उसके निरन्तर हिलती हुई दाढ़ से निकली ऐसी सधी वाणी लोगों को आश्चर्य में डाल गयी। उसकी आवाज़ का उसकी जईफ कद-काठ से दूर-दूर का रिश्ता न ठहरा। उसके स्वर में एक अजीब-सा सम्मोहन था, जिसे उसने अपने पेशे के मद्देनज़र बहुत ही श्रमपूर्वक साधा था। बोला, ''मैं स्पष्ट कर दूँ, मैं कोई साधू-महात्मा नहीं हूँ। एक विशुद्ध क़िस्सागो हूँ। मुझे भक्तों की नहीं, सच्चे श्रोताओं की तलाश है। अपनी तलाश में मैं पूरी धरती छान गया हूँ। दुर्गम पहाड़ियाँ लाँघी, सँकरे दर्रों को पार किया, उफनती नदियाँ पाँझी, कितने ही चौरस-सपाट मैदान नाप डाले। चीन से लगाकर चिली तक, अफ्रीका से अफगानिस्तान तक ढेरों देश-दिगन्तर की ढेरों कहानियाँ हैं मेरे पास। ढेरों गाने हैं, हँसी रुलाइयाँ हैं, क़िस्से-किंवदन्तियाँ, क़सीदे और मर्सिया हैं।'' सहसा बूढ़े पर फिर से खाँसी का दौरा पड़ा और वह हाँफने लगा।

खाँसते हुए उसकी पंजरियाँ तक हिल रही थीं। लोटे में बचे पानी को गटागट हलक़ से उतारने के बाद जब वह स्थिर हुआ तो समवेत स्वर से लोगों ने उसे अपनी कला के प्रदर्शन के लिए न्योता। अब तक वहाँ अच्छी-ख़ासी भीड़ जमा हो गयी थी। पंचानन बाबू ने वहीं नीम-तले एक चौकी लगवा दी, उस पर दरी बिछवायी और बूढ़े को बैठने के लिए कहा गया। दासू उसे चाय की प्याली दे गया, उसके लिए अलग से अदरक वाली चाय बनाई गयी थी, ताकि दुबारे से खाँसी का दौरा न पड़े। वहीं चौकी के पास पंचानन बाबू, बेनीमाधव महाशय और गाँव के एक-दो अन्य उम्रदराज़ व सम्मानित लोगों के लिए कुर्सियाँ लगवाई गयीं। एक मोढ़े पर पल्टू ने गैस का हंडा लाकर रख दिया। चौकी के सामने भुँइये पर बाक़ी लोग बैठे और इन्तज़ार करने लगे कि बूढ़े की चाय ख़त्म हो और वह उन्हें देश-दिगन्तर की

कहानियाँ सुनाना प्रारम्भ करे।

इससे पेश्तर जिस साफ़गोई का प्रदर्शन करते हुए बूढ़े ने खुद को महान बनाये जाने का विरोध किया था, और जिस विनम्रता से कहा था कि वह महज़ एक खानाबदोश क़िस्सागो भर है, अपने दुखियारे चींथड़ों में लिपटा, अनाम-अगाध व्याधियों से जूझता, गाँव वालों के मन में उसके प्रति सम्मानजनक निष्ठा का भाव पनप चुका था। इसके अतिरिक्त बूढ़े की उम्र कोई कम न थी, लोककथाओं की भाषा-शैली में कहें तो वह सौ साल से ऊपर का प्रतीत हो रहा था। ऐसे में उसकी जरा-जीर्ण काठी, असंख्य-अनगिन झुर्रियाँ, सिकुड़ी हुई त्वचा, हिलता हुआ दाढ़ अस्थि-पंजर, उसका फटेहाल होना, पैबन्द लगी उसकी पोटली आदि, बिना किसी प्रत्यक्ष कारण, सहसा उसकी वरिष्ठता, विश्वसनीयता व ज्ञान के प्रतीक बन उभरी थीं। गैस के हंडे की रोशनी में लोगों को जब उसके लिलार पर कटे का गहरा निशान दिख रहा था तो कौन जाने यह उस घाव की वजह से हो जब बात-बात पर जालिम अँग्रेज सिपाही लोगों पर कोड़े बरसाने लगते थे। कौन जाने बूढ़े को बेहाल-बेदम कर जाने वाली यह खाँसी उस महामारी की बची-खुची देन हो जो नवाब सिराजुद्दौला के शासन में बंगोप सागर से उठने वाले चक्रवाती तूफ़ान के बाद पूरे बंगाल में फैली थी। गाँव वालों के समक्ष बैठे बूढ़े की जरा-जीर्ण काठी मानो इतिहास की भीषण आपदाओं का धधकता हुआ आगार थी जहाँ तुर्कों की गठिया, मुग़लों का चर्मरोग और अँग्रेजों की सिफलिस वास करती थी।

कहना न होगा, चौड़े उच्चारण वाले स्पष्ट शब्दों में बूढ़े द्वारा उसे देवता न समझे जाने की अपील के बाद भी, वह प्रकारान्तर से गाँव वालों के मन में उसी उच्च मंच पर प्रतिष्ठित हो चुका था, जो उसे किंवदन्तियों अथवा दन्तकथाओं की-सी महिमा से मंडित करता था। वह ऊँची चौकी पर 'आसीन' था, इत्मीनान से अदरक वाली चाय 'ग्रहण' कर रहा था, गैस हंडे की रोशनी से उसका आसपास 'प्रदीप्त' था और किसी दैवी चमत्कार की प्रतीक्षा में लोग उसका मुँह जोह रहे थे।

बूढ़े ने बहुत धीमी शुरुआत की। यह भी प्रकारान्तर से उसके पक्ष में ही गया। जब एक दीर्घ और उत्कंठित प्रतीक्षा के बाद लोगों के मन में एक फट पड़ने वाली शुरुआत की उम्मीदें कुलबुला रही थीं, बूढ़े ने अपेक्षाकृत ज़्यादा आकर्षक इसके विलोम को चुना। उसका स्वर इतना मन्द था कि बमुश्किल आगे की कतार तक पहुँच पाता। पीछे बैठे लोगों ने बूढ़े के इस दुस्साहसपूर्ण कृत्य के प्रति हालाँकि असीम धैर्य और शिष्टता का परिचय दिया और शान्ति बहाल रखी। बूढ़े ने निहायत

ही अनुत्तेजित भंगिमा में कोई कहानी शुरू की थी, मानो गाँव वालों का मन रखने भर के लिए ऐसा कर रहा हो। एक-एक शब्द बड़े श्रमपूर्वक उसके मुख से निकलते और देर तक हवा में टँगे फड़फड़ाते रहते। शब्दों की निकासी में कभी-कभी इतना बड़ा अन्तराल आ जाता कि लोग उबासी लेने, एक-दूसरे से टाइम पूछने और पूरब आसमान को ताकने लग जाते। परिचितों से भेंटा-भेंटी हो जाती, तमाखू-बीड़ी का आदान-प्रदान होता। पंचानन बाबू अपने गाँव वालों के धैर्य की चरम बिन्दु से परिचित थे। उन्हें डर था कि कहीं प्रत्यंचा इतनी भी न खिंच जाए कि...। लेकिन तब तक बूढ़ा अपनी रौ में आ चुका था। उसका स्वर क्रमशः ऊँचा होते-होते वातावरण में एक वांछित सतह पा चुका था और अब चोर होने के नाते सबसे अन्त में बैठा बाघा भी उसके आरोह-अवरोह के साथ बेहतर तालमेल बिठाने में कामयाब हो चुका था।

पहली कथा के ख़त्म होने में कोई दस मिनट से भी कम समय लगा। यह जातक शैली की एकरेखीय कथा थी जिसमें शिक्षात्मक सहजता व नैतिक आग्रह कूट-कूट कर भरा हुआ था। बूढ़े ने इसके लिए नितान्त ही सुबोध व अनालंकृत भाषा का चुनाव किया था और कथा की समाप्ति के बाद उसने श्रोताओं पर पड़े इसके असर का गहरा अध्ययन किया। गैस हंडे की रोशनी में आधे लोग ही आलोकित हो पा रहे थे। बूढ़े को शायद इसका अफसोस हुआ कि पिछली पंक्ति में बैठे लोगों पर कथा का क्या असर पड़ा, इसे वह नहीं जान सकता। ''ऐसा हमेशा ही होता है।'' उसने मन ही मन सोचा, ''कुछ लोग जो केन्द्र में होते हैं, उन्हीं की पसन्द के अनुसार कलाओं का प्रदर्शन-प्रसारण किया जाता है और पीछे अँधेरे में बैठे लोगों को उन्हीं कलाओं का आनन्द लेकर अपनी पसन्द का अनुकूलन-मानकीकरण करना पड़ता है।''

बूढ़े द्वारा सुनाई गयी दूसरी कथा यथार्थ पर उसकी गहरी पकड़ का नायाब नुमाइन्दा थी। इसमें उसने एक किसान के दुखों का सूक्ष्मता से अंकन किया। अब तक आदिग्राम के लोगों ने कथा-कहानियों में राजाओं के जय-पराजय, साम्राज्यों का विस्तार-संकुचन, मन्त्रियों और सभासदों के छल-प्रपंच, ऋषियों के तपोबल व इन्द्र का सिंहासन, राजकुमारियों की अनिन्द्य सुन्दरता व तोते के मुख से उनके रूप का नख-शिख वर्णन सुनकर सात समन्दरों को लाँघ जाने वाले राजकुमारों के दुस्साहस का ही बखान सुना था। पहली बार उनके समक्ष उनके जैसा ही एक दीन-हीन किसान कथा का मुख्य प्रतिपाद्य बनकर उपस्थित था, जिसे धीरोदात्त कतई नहीं

कहा जा सकता था। जो ज़मीदारों-महाजनों के शोषण के मकड़जाल में आकंठ फँसा था, जो हारी-बीमारी से असमय बूढ़ा हो चला था, जिसे सूखे-पाले से उतना ही डर लगा करता था जितना उन्हें। लोगों को लगा, जैसे वे स्वयं कथा में शामिल हो गये हों। बावजूद इसके कथा में उनकी शमूलियत वैसी हरगिज नहीं थी, जैसा बचपन में परीकथाओं को सुनते हुए एक अद्‌भुत कल्पनालोक उनके समक्ष खुलता जाता था और सुन्न-से पड़े हुए वे कथा-तन्तुओं से जकड़ते चले जाते। घिसटते-लिथड़ते हुए वे अन्ततः वहाँ लहूलुहान पड़े होते जहाँ रानी को राक्षस के चंगुल से बचाने के क्रम में क्षत-विक्षत गरुड़ पड़ा होता। इसके विपरीत बूढ़े क़िस्सागो ने जैसे उन्हें एक नयी नज़र सौंप दी थी और वे अपने जीवन में झाँकने लगे। हाँ, वे पूर्णतः जाग्रत थे, उन्होंने कथा के किसान के साथ घटने वाली घटनाओं का पूरी चेतनता से अपने जीवन के विभिन्न पहलुओं के साथ मिलान किया। और ऐसा करना, निश्चित रूप से, कथा सुनते हुए महज़ हुँकारी भरने भर से नहीं होता।

कथा सुनकर आदिग्राम के लोग हतप्रभ रह गये कि क्या कथाएँ भी इतनी सजीव और मूर्त होती हैं! बूढ़े की इस कथा की भाषा भी पहली की तरह सुबोध और अनालंकृत थी— निहायत अभिधामूलक और कहीं-कहीं विवरणात्मकता की हद तक सपाट। लेकिन जो चीज़ इसे ख़ास बनाती थी, वह थी कि बिना किसी रूपक, प्रतीक व मिथक का सहारा लिये यह कथा अपनी प्रभावान्विति में मर्मस्पर्शी व बहुआयामी थी।

कथा की समाप्ति के बाद बूढ़े ने फिर से लोगों के चेहरों पर खेलने वाले भावों का मुआयना किया। इसे वह आत्मालोचन के लिए अनिवार्य मानता था। वह वर्षों से कथाएँ बाँचता चला आ रहा था और इस क्रम में उसने विभिन्न देशों की विभिन्न अभिरुचियों वाली जनता के समक्ष अपने हुनर का प्रदर्शन किया था। वह जहाँ भी होता, ग़ौर से लोगों की पसन्द-नापसन्द का अध्ययन करता, उसके अनुरूप कथ्य का चुनाव, शैली में शोधन करता। एक तरह से यह उसकी पुरानी खब्त थी और इसकी वजह से उसके पास कई बार एक ही कथा के एकाधिक प्रारूप होते। उसकी स्मृति विलक्षण थी, इसलिए यह असम्भव-सा था कि किसी एक प्रारूप के कुछ शब्द चोरी-छुपे दूसरे में सम्मिलित हो जाएँ।

हमने पहले ही कहा था कि लोककथा की शैली में बूढ़े की उम्र शताधिक थी, लेकिन वह अपने समय के उन शतायु बूढ़ों की तरह विनयशील हरगिज नहीं कहा जा सकता जो अपनी ज़िन्दगी की हर उपलब्धि का श्रेय ऊपर वाले को देकर छुट्टी

पा लेते हैं। ऐसा अगर वह कभी कहता भी था तो वह किसी प्रसंग के तात्कालिक प्रभाव को उदीप्त करने वाली महज़ एक विनम्र भाषा भर होती, जिसका एकमात्र उद्देश्य आस्तिक श्रोताओं को अपने वाग्जाल में और-से-और बाँधना भर होता। बूढ़े को अपने हुनर का मायावी प्रभाव भली-भाँति ज्ञात था और उसका अहं तब तुष्ट होता था जब वह अपने शब्दों के मोहपाश में बाँधकर लोगों के भावोद्रेक को मन-मर्जी से संचालित करने लगता था। उदाहरण के लिए, जब वह अपने कथा-नायक के दुखों का वर्णन करता तो बरबस ही वे अतिरेकी शब्द उसकी जुबान पर खेलने लगते जो जनता की आँखों में आँसुओं की बाढ़ ला देते। कहना न होगा, तब उसकी ज़ेहन में कथा-नायक के दुखों का चित्रण एकमात्र लक्ष्य नहीं रह जाता, वह वहाँ से बहुत आगे निकल कर तब तक विशेषणों की कतार बाँधता रहता, जब जनता उफ़-उफ़ न करने लग पड़े।

बूढ़ा चूँकि पेशेवर क़िस्सागो था, उसने शास्त्रों-पुराणों का ही नहीं, साहित्य व इतिहास, लोककथाओं व लोकगीतों का भी गहरा अध्ययन किया था। वह अपनी कथा में विभिन्न ऋचाओं, श्लोकों को उद्धृत करता, कबीर और तुलसी की कविताई को सम्मिलित करता, टैगोर और गाँधी का हवाला देता और ऐसे में कुल मिलाकर एक अजीब जादुई परिवेश निर्मित हो जाता। कई बार उसकी कथाओं में बुद्ध और इन्दिरा गाँधी एक साथ मौजूद होते। वह अपने पात्रों के देशकाल में इस तरह के रचनात्मक व्यतिक्रम उपस्थित कर अपने मनमाने अन्त तक जब पहुँचता, श्रोताओं के पास सिवा एक सम्मोहित मूर्च्छावस्था में जाने के कोई दूसरा विकल्प न बचता। बूढ़े की अगली कथा को उसकी रचनात्मक प्रतिभा का अराजक प्रदर्शन ही कहा जा सकता था, जिसका शीर्षक था— तुम मुझे ख़ून दो, मैं तुम्हें आज़ादी दूँगा।

इस कहानी में एक ऐसा विज्ञानवेत्ता था जिसे राजा का संरक्षण प्राप्त था। वैज्ञानिक ने कई वर्षों के अथक परिश्रम के बाद चट्टान के रवे और गन्धक के शोरबे को धीमी आँच पर पका कर ऐसे रसायन का अविष्कार किया जिसे सूँघ लेने भर की देर थी कि आदमी विकलांग हो जाता था। रसायन का असर दीर्घकालीन था, यहाँ तक कि प्रभावित व्यक्ति की सन्तानें भी संक्रमित हो जातीं। इस प्रकार अपंगता उसकी अनुवांशिकी में किसी शाप की तरह शामिल होकर पीढ़ी-दर-पीढ़ी हस्तान्तरित होती जाती। रसायन के आविष्कार के बाद राजा ने मदोन्मत्त होकर पड़ोसी राज्य पर हमला बोल दिया। उसने रातों रात वहाँ रसायन का छिड़काव कर दिया, फलस्वरूप वहाँ की समूची जनता विकलांग हो गयी। न सिर्फ़ लोगबाग, बल्कि वहाँ के ढोर-

डंगर, वनस्पतियाँ, फ़सलें आदि भी नष्ट हुईं, त्राहिमाम मच गया। देखते-देखते सिर्फ़ उस रासायनिक हथियार के बल पर राजा ने आसपास के समूचे राज्यों को जीत लिया। उसके सैनिक जीते हुए देश के मर्दों को बन्दी बना लेते, स्त्रियों के गर्भ में भाला भोंक देते, बच्चों का सिर काटकर बन्दूक की संगीने तेज़ करते।

ऐसे-ऐसे बरस बीते, लगातार एक के बाद एक युद्धों में झोंके जाने के कारण राजा की सेनाएँ थक गयीं। तब उसके चतुर महामन्त्री ने सुझाव दिया कि राजा को अतिशीघ्र युद्धों का यह अनवरत सिलसिला रोकना होगा, वर्ना गुप्तचरों की यह खुफिया रिपोर्ट है कि सैनिकों में विद्रोह की भावना जाग सकती है। राजा को महामन्त्री का सुझाव पसन्द आया। दरअसल वह भी युद्ध के बाद एक और युद्ध से बुरी तरह ऊब चुका था, अब आराम करना चाहता था। तिस पर भी वह बहुत महत्त्वाकांक्षी था, विश्वविजेता बनने का ख़्वाब उसे दिन-रात अस्थिर किये रहता।

ऐसे में महामन्त्री व राजपुरोहितों से मन्त्रणा कर राजा ने एक अश्वमेध यज्ञ के आयोजन का विचार किया। घोड़े को सजा-धजाकर छोड़ने से एक दिन पहले ही अख़बार में एक अब तक अविजित देश द्वारा किये गये रासायनिक परीक्षण की सुर्खियाँ देखकर राजा बेतरह चौंक गया। उसने फौरन उस विज्ञानवेत्ता को पकड़कर हाथी से कुचलवा देने का फतवा जारी कर दिया, जिसने सम्भवत: उस देश को भी रासायनिक हथियार का फार्मूला बेंच दिया था। लेकिन बहुत ढूँढ़ने पर भी उसके जाँबाज़ घुड़सवार उस वैज्ञानिक का पता न पा सके। हारकर राजा ने अश्वमेध के घोड़े का छोड़ा जाना फिलहाल के लिए स्थगित कर दोनों सदनों के सभासदों की एक आपातकालीन बैठक बुलायी। तीन दिन तक बैठक चलती रही और चौथे दिन राजा ने देश भर के पत्रकारों को बुलाकर महँगी शराब पिलायी। राजा ने प्रेस कांफ्रेंस में कहा कि वह युद्धों से थक चुका है। वह शान्ति का पहरुआ है। कई देशों के पास रासायनिक हथियार के होने का एकमात्र यही नतीजा निकलेगा कि विश्व का अस्तित्व ही मिट जाएगा। राज्यों के बीच यदि शक्ति संघर्ष छिड़ गया तो मानवता का विनाश हो जाएगा। इसलिए वह इस विश्व के समस्त देशों के बीच एक रासायनिक समझौता करना चाहता है।

इसके साथ ही राजा ने एक और घोषणा करते हुए कहा कि कुछ महीनों बाद मैं कलिंग पर हमला बोलने वाला हूँ और चूँकि मैं अब पूरी तरह बदल चुका हूँ, मैंने इस बाबत किसी भी गोपनीयता का निर्वाह न करने की ठान रखी है। तमाम चैनलों को इसकी खुली छूट है कि वे युद्ध के आँखों देखा हाल का प्रसारण करें। मैं पहले

ही घोषित करता हूँ कि कलिंग में भीषण जनसंहार होगा और टेलीविज़न पर युद्धोपरान्त क्षत-विक्षत लाशों, विलाप करती हुई विधवाओं और अनाथ बच्चों का मुँह देखकर मेरा हृदय-परिवर्तन हो जाएगा। मैं कलिंग विजय को अपना अन्तिम अभियान घोषित कर हमेशा के लिए शस्त्र का परित्याग कर दूँगा, मांस-भक्षण छोड़कर सात्त्विक जीवन अपना लूँगा, तीन बेर खाता था तो अब तीन बेर खाकर अपना भरण-पोषण करूँगा, स्त्री-गमन छोड़ दूँगा, ब्रह्मचारी बन जाऊँगा, एक वस्त्र धारण करूँगा, घूम-घूमकर महात्मा बुद्ध के उपदेशों का प्रचार करूँगा।

लेकिन पहले कलिंग।

"लेकिन उससे भी पहले एक छोटा-सा ब्रेक।" बूढ़ा क़िस्सागो हँसा। चौकी से उतरकर पंचानन बाबू के पास आया और धीमे स्वर में शौचालय की बाबत पूछा। पंचानन बाबू का संकेत पाकर दासू उसे भीतर ले गया।

कथा का प्रभाव इतना सान्द्र था कि कुछ देर तक तो लोग अपनी जगह पर ही जमे रहे। थोड़ी देर बाद जब उनमें जाग आयी तो आपस में बातें होने लगीं। अब तक लोगों में बूढ़े की क़िस्सागोई की बेहतर धाक जम गयी थी। सारे लोग उसकी प्रतिभा से चमत्कृत थे। सबसे ज़बर्दस्त थी बूढ़े के कहन की भंगिमा। जब वह युद्धों, विभीषिकाओं की कथा बाँचता, प्रतीत होता वह ख़ुद अपनी देह पर शत्रुओं के बल्लम-बर्छे झेल रहा हो। धीरे-धीरे उसकी आँखें अतीत के किसी चश्मदीद वृत्तान्त से चस्पाँ होने लगतीं। लेकिन ताज्जुब की बात है कि अपनी इस भयावह संलग्नता के बावजूद वह इतना शान्त और सन्तुलित कैसे रह सकता है!

हराधन ने ठीक कहा कि मानो वह अरबी का पत्ता हो जिसे कथा में बरसता पानी ज़रा भी भिगो नहीं पाता, जबकि बाक़ी सारे लोग लस्त-पस्त कीचड़-कादो में सन रहे होते। प्राचीन काल से सुनाई पड़ती आ रही बिजली के कड़कने की आवाज़ शिद्दत से, साफ़-स्पष्ट सुनाई पड़ने लगती, मानो यह वर्षाकाल ही हो। कहीं मेंढक टर्राने लगते, धान रोपाई के गीतों की स्वर-लहरियाँ, ढाक बजने की आवाज़। तिस पर भी बूढ़ा इति नहीं करता, कथा में अविराम पानी बरसाता ही जाता। नदियों का जलस्तर ऊँचा हो जाता, बिल में पानी समा जाने से साँप-गोजर निकल आते, खेतों में छप्प-छप्प पानी, सारा कारोबार ठप्प। चारा नहीं मिलने से गाय-गोरू मरने लगते, घरों में क़ैद लोगबाग अनाज के बीज भी चट कर जाते, फिर भूखों मरने की नौबत आ जाती। देखते-देखते धरती बाढ़ से डूबने-डूबने को होती कि लोग देखते, बूढ़ा क़िस्सागो कथा में कोई दूसरा मौसम लिये चला आ रहा है। उत्तेजना को बढ़ाने के

लिए ऐसा वह एकदम आख़िरी पल करता जब पानी बढ़ते-बढ़ते गले तक पहुँच गया होता, और प्रतीत होता डूबने में अब बस घड़ी है कि पल है।

हाँ तो कलिंग अभियान की कथा चल रही थी।

कलिंग चारों तरफ़ से दुर्गम पहाड़ियों से घिरा हुआ था। वहाँ की ज़मीन अनुपजाऊ थी, इसलिए खेती-बाड़ी न थी, कोई कल-कारख़ाना भी न था। प्रकृति ने अगर इस दिशा से कलिंग को निराश किया था, तो दूसरी तरफ़ वहाँ अपना अकूत खज़ाना भी गाड़ रखा था। कहते हैं कि वहाँ की ज़मीन में हीरों की कई खान दबी पड़ी हैं, कुछ खोज भी ली गयी थीं। देखा जाए तो कलिंग की पूरी अर्थ प्रणाली इसी पर टिकी हुई थी। वह हीरों का निर्यात करता और बदले में गेहूँ, दाल, चावल, चीनी, तेल, दूध, कहवा, मिर्च-मसाले, काग़ज़, माचिस आदि मँगवाता। राजा ने सोचा कि यदि कलिंग पर उसका उपनिवेश क़ायम हो जाए तो उसके राज्य में धन-धान्य की कोई कमी न रहेगी, दूध-दही की नदियाँ बहेंगी और जल्दी ही उसका देश सोने की चिड़िया कहलाने लगेगा। यही सोच उसने कलिंग पर आक्रमण का विचार बनाया था। प्रत्यक्ष रूप से उसने यह बहाना किया कि उसके शत्रु उस विज्ञानवेत्ता को कलिंग ने अपने यहाँ शरण दे रखी है और कि कलिंग नरेश को एक पर एक कई वार्निंग दी जा चुकी है कि वह तुरन्त उस वैज्ञानिक का वीजा निरस्त करें और प्रत्यर्पण सन्धि के तहत उसे पकड़कर राजा के हवाले कर दें। यदि वे ऐसा नहीं करते हैं तो आक्रमण के लिए तैयार रहें।

कलिंग आक्रमण को विश्व मीडिया ने तीसरे विश्वयुद्ध की संज्ञा दी और उसका ख़ूब प्रचार-प्रसार हुआ। 'मिशन कलिंगा' की छाप वाली टी-शर्टों, जैकिटों से बाज़ार भर गया। कई विडियो गेम्स उतारे गये, कारों-मोटरबाइकों के रियर-व्यू ग्लास पर चिपकाने के लिए स्टिकर भी ख़ूब ख़रीदे गये। कई ऐसे देश थे जो खुलकर राजा के समर्थन में आये, इस प्रकार मित्र देशों का गठन हुआ। यह राजा का अन्तिम युद्ध था, और इसके बाद राजा एक तरह से संन्यासी का जीवन व्यतीत करने वाला था, इसलिए उस वर्ष राजा को शान्ति के क्षेत्र में नोबेल पुरस्कार से नवाज़ा गया।

चूँकि पर्वतीय अंचल होने के कारण कलिंग में ऐसी कोई खुली जगह नहीं थी

जहाँ एकत्र होकर सेनाएँ एक दूसरे से जा भिड़तीं, तो जब राजा का सेनापति कलिंग के बॉर्डर पर पहुँचा, जैसा कि अब तक उसके साथ होता आया था, वहाँ पहले से कोई सेना नहीं खड़ी थी जिसके साथ उसे लड़ना हो। सशंकित सेनापति ने जेब से काग़ज़ की एक पुर्जी निकाली। "एड्रेस तो यही है।" उसने कहा।

"अगर कलिंग के सेनापति का फोन नम्बर लिखा हो तो मिस्ड कॉल दो। शायद वे सुबह देर से उठे हों और तैयार होकर अभी आते ही हों।" उप-सेनापति ने सुझाया।

सेनापति ने उसके सुझाव को निरस्त करते हुए हाथ के इशारे से सेना को वहीं रुकने का निर्देश दिया और घोड़े से उतरकर पैदल ही कलिंग सीमा में प्रवेश कर गया। किसी ने रोक-टोक नहीं की, बल्कि रोक-टोक तो तब होती जब वहाँ कोई होता। वह हतप्रभ था कि ऐसा भी कहीं हो सकता है! उसे एक बच्चा दिखा तो उसने पूछा कि क्या उसे इस बात की जानकारी है कि कोई युद्ध होने वाला है!

"युद्ध माने?"

सेनापति सोच में पड़ गया कि बच्चे को युद्ध का क्या मतलब बताये। यह स्पष्ट था कि बच्चे को स्कूल में कभी युद्ध के बारे में नहीं बताया गया, न ही किसी वीर-बाँकुड़े की जीवनी रटाई गयी है। बोला, "युद्ध माने यही सब मार-काट, हाथी-घोड़े, गोला-बारूद, धाँय-ढिसूम!"

"उँह फालतू! छोड़ो न, आओ गिल्ली-डंडा खेलते हैं।"

सेनापति ने पूछा कि उसके माता-पिता कहाँ हैं। बच्चा उसकी उँगली पकड़ कर उसे अपने घर ले आया। बाहर उसकी माँ कपड़े पछींटकर सूखने के लिए डाल रही थी। परदेसी को देखा तो झट घूँघट की आड़ कर ली।

"भाभीजी नमस्ते, भाई साहब कहाँ हैं?"

अपरिचित आवाज़ सुनकर भीतर से एक आदमी निकला। सेनापति ने उसे अपना आई कार्ड दिखलाया। बोला, वह युद्ध करने आया है, किससे करे? आदमी उसे भीतर लिवा लाया। बिठाया, पानी पिलाया। सेनापति अपनी आवभगत से चकित था, सशंकित भी। जब उसने आदमी से भी वही सवाल किया तो उसने कहा कि हाँ, उसे युद्ध की बाबत जानकारी है। सेनापति ने उसके घर के रेडियो पर समाचार सुना। रोज़मर्रे की आम ख़बरों के बाद, यहाँ तक कि खेल समाचार के भी बाद वाचक ने कहा, "...और हाँ, कलिंग पर आज राजा का आक्रमण होने वाला है। और अब सुनिए मौसम का हालचाल...।" सुनकर सेनापति रुँआसा हो गया।

जब पीछे से बच्चे की माँ ने बच्चे के पिता को आड़ में पुकारा तो सेनापति के कान खड़े हो गये। "ओह, इसका मतलब इन्तज़ार की घड़ियाँ बीत ही गयीं। अन्ततः

युद्ध की शुरुआत हुई। बस अब घड़ी भर की देर है। अभी यह औरत अपने पति से कहेगी कि वह मुझे घर से निकाल बाहर करे। उसका पति मुझे निकालने आएगा तो मैं अपनी म्यान से तलवार खींच लूँगा। गरजकर बोलूँगा, ख़बरदार! वह भी सन्दूक खोलकर तलवार लेता आएगा। और इस प्रकार युद्ध शुरू हो जाएगा।'' सोचकर सेनापति की बाछें खिल गयीं। उसने अभी से अपनी तलवार की मूठ पकड़ ली।

''ज़रा बातों-बातों में पता कीजिए कि सेनापति किस जात का है। अगर राजपूत हो और इसकी शादी न हुई हो तो अपनी निक्की के लिए कैसा रहेगा?''

''लेकिन भागवान, निक्की तो अभी बच्ची है!''

''बच्ची कहाँ है, इस बार सावन में बाईस पूरे कर लेगी।''

सुनकर सेनापति ने अपना सिर पीट लिया। जब वह आदमी अकारण 'हें-हें' करता उसके पास आया, सेनापति उठकर खड़ा हो गया। बोला, ''मैं और इन्तज़ार नहीं कर सकता। तुम्हारे पास कोई हथियार है?''

आदमी अपनी जगह पर बैठा-बैठा उसे आश्चर्य से देख रहा था। ''अजीब अहमक है!'' कहते हुए सेनापति ने म्यान से तलवार खींची और एक झटके से उसे ज़बह कर दिया। कटे धड़ से ख़ून की पिचकारियाँ फूट पड़ीं। औरत दहाड़ें मारते हुए आड़ से निकली तो सेनापति ने एक ही वार में उसका भी काम तमाम कर दिया।

बाहर चबूतरे पर बच्चा अकेले ही लुडो खेल रहा था। भीतर का शोर सुनकर आने ही वाला था कि ख़ून से सना सेनापति आता हुआ दिखा। बच्चे ने पूछा, ''क्या हुआ अंकल?''

''घर में तुम्हारे माँ-बाप के अलावा भी कोई है?''

''मैं हूँ न!''

''ये निक्की कौन है?''

''मामा की लड़की। मामा का घर उस पहाड़ी के पीछे है।''

''और कोई रिश्तेदार? चाचा, ताऊ आदि?''

''नहीं। ...बात क्या है अंकल?''

सेनापति ने बिना एक पल गँवाये बच्चे का सिर क़लम कर दिया और बाहर आ गया। राजा को एसएमएस कर दिया कि युद्ध की शुरुआत हो चुकी है।

इस प्रकार युद्ध तो शुरू हो गया, लेकिन जल्दी ही सेनापति के समक्ष एक परेशानी उपस्थित हुई। कई मायनों में यह युद्ध पारम्परिक विधानों से हटकर था। राजा की सेना युद्ध की समस्त कलाओं में पारंगत थी, उसके पास एक से बढ़कर एक अस्त्र-शस्त्र थे, दूर तक मार करने वाली तोपें थीं, लेकिन यह सब तब काम

आता जब सेनाएँ आमने-सामने होतीं। कलिंग की सेना छिपकर, घात लगाकर वार करती। कलिंग नरेश भी अपना राजप्रासाद छोड़कर किसी गुफा में जा छिपा था और वहीं से अपने गुरिल्ला सैनिकों को संचालित करता था। सूर्यास्त के बाद ही अधिकतर हमले होते, जबकि राजा की सेना शास्त्रीय युद्ध विधान के तहत सूरज छिपने के बाद विश्राम करने लगती थी।

दूसरी तरफ़ सेनापति ने एक सिविलियन को मारकर कलिंग की पूरी जनता को अपना दुश्मन बना लिया था। पहले सिर्फ़ कलिंग के सैनिकों से ही भिड़ना था, अब सेना के साथ-साथ उन्हें जनता से भी निबटना पड़ता। फिर जनता के पास अजीबोग़रीब हथियार थे : कोई रसोई का चाकू लिये चला जा रहा है तो कोई शीशी-बोतल लिये। औरतें भी झाड़ू-मूसल लेकर भिड़ पड़तीं। चूँकि वे समूह में कभी नहीं आते, इसलिए रासायनिक हथियार का इस्तेमाल का भी कोई ख़ास फ़र्क नहीं पड़ता। तक़रीबन दो महीने में ही राजा की सेना आधी रह गयी। सेनापति ने पीछे हटने में ही भलाई समझी, हॉट लाईन पर राजा से इसकी आज्ञा माँगी और इस तरह पहली बार राजा की शिक़स्त हुई।

राजा पर विश्वविजेता बनने की महत्त्वाकांक्षा का इतना अधिक भार था कि उसने अब नयी रणनीति पर काम करना शुरू कर दिया। कुछ लोग कहते हैं कि जिस दिन राजा ने प्रेस को सम्बोधित करते हुए कहा था कि अब वह युद्ध नहीं करना चाहता, उसी दिन राजा के दिमाग़ में यह रणनीति पूरी तरह स्पष्ट थी। याद रहे, राजा ने कहा था वह युद्ध से थक चुका है, जीत से नहीं। युद्धों के इतर भी जीतने, ग़ुलाम बनाने के क़ई रास्ते होते हैं। मसलन, प्रेस कांफ्रेंस में राजा ने दो टूक कहा था, अब वह किसी भी तरह की गोपनीयता का पैरोकार नहीं। राज्यों के बीच सुरक्षा मसले पर हर तरह की पर्देदारी का विरोध कर राजा ने मीडिया में ऐसा माहौल बना दिया कि अब अगर कोई राज्य गोपनीयता बरतने का प्रयास भी करता तो हमाम के नंगे बाक़ी राज्य उसे ब्लैकलिस्टेड कर देते, उसका हुक़्क़ा-पानी बन्द हो जाता। इस तरह राजा ने समस्त राज्यों को आपस में मधुर सम्बन्ध रखने वाले 'उदार' पड़ोसी के रूप में तब्दील होने को बाध्य कर दिया, जहाँ चाय के लिए चीनी न हो तो कटोरी लेकर बगल वाले घर का दरवाज़ा खटखटाने में कोई संकोच न करे। ऐसे में राजा के यहाँ कम्पनियाँ जो उत्पादन करतीं, उसकी खपत धड़ल्ले से पड़ोसी राज्यों में होने लगी। राज्यों में स्पेशल इकॉनोमिक ज़ोन बनाये जाने लगे, ताकि कम्पनियों को विशेष व्यापार छूट मिले। कई कम्पनियों ने अपनी इकाइयाँ विभिन्न राज्यों में खुलवायीं, अकादमिक संस्थाओं के संयुक्त तत्त्वावधान में वहाँ के महाकवियों के नाम पर पुरस्कार बाँटने लगीं, उनकी कविताओं को पेटेंट करा कर अपने उत्पादों, विज्ञापन

होर्डिंगों पर उनकी तस्वीरों, पंक्तियों को उद्धृत करने लगीं।

जहाँ तक कलिंग अभियान की बात है, यह युद्ध प्रणाली का अन्तिम प्रयास था, जिसके इस तरह असफल होने के बाद राजा की ज़ेहन में उसकी रणनीति और ज़्यादा साफ़ व गोचर हुई। राजा ने फिर से एक प्रेस कांफ्रेंस बुलायी और आनन-फानन में कलिंग को अपना उपनिवेश घोषित कर दिया। राजा ने मीडिया के समक्ष यह स्वीकारोक्ति की, कि जितना अनुमान था, कलिंग में उससे कहीं ज़्यादा रक्तपात हुआ और अन्ततः अब कलिंग नरेश ने राजा का आधिपत्य स्वीकार कर लिया है। राजा ने उस सन्धिपत्र की नक़लें भी मीडिया को सिपुर्द कीं जिस पर राजा और कलिंग नरेश के हस्ताक्षर थे। सन्धिपत्र की शर्त नम्बर चौदह पढ़कर राजा ने घोषित किया कि अब से कलिंग की धरती मेरी है, उसकी समस्त चल-अचल सम्पत्ति पर एकमात्र मालिकाना हक़ मेरा है।

जब कलिंग नरेश ने टीवी पर यह समाचार सुना, तो दंग रह गये। समाचार में बाक़यदा उनकी गिरफ़्तारी, तत्पश्चात् फाँसी के फुटेज चस्पाँ किये गये थे। पूरी दुनिया में उनकी मृत्यु की ख़बरें प्रसारित हो रही थीं। यह सब देख-सुनकर कलिंग नरेश को सदमा लगा और हृदय गति के रुकने से उनकी मौत हो गयी।

कलिंग नरेश की मौत के बाद भी जब कलिंग की जनता के हौसले पस्त नहीं हुए तो राजा ने आल्हा और ऊदल नामक दो भाइयों को वहाँ भेजा। कलिंग पहुँचकर आल्हा ने अपनी बंशी की तान छेड़ी, वहीं ऊदल ने गीत गाना शुरू कर दिया।

''लोग सुनकर मोहित हो गये। कहते हैं कि जब आल्हा-ऊदल एक साथ अपनी कलाओं का प्रदर्शन करते थे तो हवाएँ बहना भूल जाती थीं, ऊपर आसमान में बादलों का जमघट लग जाता था, सूरज गुरूब होना और चन्द्रमा उदित होना स्थगित कर देते थे, नदियों की कल-कल थम जाती थी और चरिन्द-परिन्द खिंचे चले आते थे। उसी प्रकार कलिंग में भी धीरे-धीरे आल्हा-ऊदल के पास लोगों की भीड़ लग गयी। उन्होंने लोगों को एक गाँव की कथा सुनायी, जहाँ...'' बूढ़े क़िस्सागो ने आसपास नज़र दौड़ायी, सहसा पहली पंक्ति में बैठे हराधन की तरफ़ इशारा करते हुए कहा, ''उदाहरण के लिए उस गाँव में तुम रहते थे।''

''मैं? ...अरे नहीं-नहीं!'' सदा का विनयी हराधन ने हँसकर मना करना चाहा।

''डरो नहीं यार, कुछ नहीं होगा।'' किसी ने उसे ढाँढस बँधाया तो बूढ़े का इशारा पाकर हराधन अपनी जगह से उठकर आगे आया और चौकी के पास लोगों की तरफ़ मुँह करके बैठ गया। उसके चेहरे पर गैस हंडे की भरपूर रोशनी पड़ रही थी, इसलिए हराधन कुछ-कुछ शरमा भी रहा था।

बूढ़े ने कथा आगे बढ़ायी, ''हाँ तो आल्हा-ऊदल ने अपनी कथा में एक भयानक

युद्ध का वर्णन किया, जिसमें गाँव का यह आदमी मारा गया।''

इसके बाद बूढ़े ने युद्ध का सूक्ष्म वर्णन शुरू कर दिया। लोगबाग उसकी वर्णनशैली से अभिभूत थे। वह छोटी और एकबारगी महत्त्वहीन-सी प्रतीत होने वाली चीज़ों को भी अपनी भाषा में बाँधता। लोगों ने साफ़ महसूस किया, उसका स्वर तब अत्यन्त मर्मस्पर्शी हो चला, जब युद्ध में पहली गोली उस व्यक्ति को लगी थी और वह दर्द से बेहाल हो ज़मीन पर लोटने लगा था।

लोगों ने देखा कि चौकी के पार्श्व में बैठे हराधन के मुँह से सहसा एक भयानक चीख निकली और वह दर्द से बेहाल हो ऐंठ-सा गया, गिरकर ज़मीन पर लोटने लगा। लोगों ने देखा और जज़्ब किया कि कथा में जब उस आदमी को गोली लगी होगी, वह भी ऐसे ही ऐंठ गया होगा। हराधन की देह से ख़ून निकलने लगा। लोगों ने देखा कि पहले उसकी कमीज़ तर हुई, फिर...। और लोगों ने एक दूसरे से कहा, ''ख़ून कितना लाल है!''

''और कितना सुन्दर! गाढ़ा जैसे शीरा हो।''

पीछे बैठे लोगों को ठीक से दिखाई नहीं पड़ा तो वे उठकर खड़े हो गये, धक्का-मुक्की करने लगे। इसके बाद बूढ़े क़िस्सागो ने कथा में एक और गोली चलवायी और इधर हराधन ज़बह किये बकरे की मानिन्द बेतरह तिलमिलाने लगा। अबकी उसके मुँह से चीख भी न निकली, लोगों ने उसकी साँसों की गम्भीर आवाजाही सुनी। देखा कि कैसे वह उठने की कोशिश कर रहा है, फिर गिर जा रहा है। उलटता-पलटता है, सहारे के लिए हवा में हाथ-पैर मारता है। उसके इर्द-गिर्द की ज़मीन ख़ून से रँग गयी थी। जब उसकी हिचकियाँ बँधने को आयीं, बूढ़ा क़िस्सागो चुप हो गया।

वह देर तक चुप बना रहा, लोग दम साधे इन्तज़ार करते रहे।

हराधन ने बड़ी मेहनत से सिर उठाया, लटपटाती हुई बानी में पूछा, ''फिर क्या हुआ?''

''फिर?'' बूढ़े क़िस्सागो ने कहा, ''फिर वह आदमी मर गया।''

इतना सुनना था कि हराधन की उठी हुई मूड़ी धम्म-से गिर पड़ी, आँखें उलट गयीं, एक ज़ोर की हिचकी, और फिर हराधन मर गया।

लाली मेरे लाल की जित देखौ तित लाल...।

थोड़ी देर के लिए एक बन्दूक दे दो, मैं अभी क्रान्ति करके आता हूँ।

दूसरे दिन जब 'तीसरी आँख' में तस्वीर छपी तो शासन के आला अधिकारियों के कान पर जूँ ने रेंगना शुरू कर दिया। तस्वीर में यह साफ़-साफ़ दिख रहा था कि पार्टी के ज़ोनल सेक्रेटरी पिनाकी दासगुप्ता की बन्दूक हराधन के सीने से लगी है और आसपास की धरती ख़ून से रँगी है।

बाज़ार में हलचल थी। हराधन के शव को पोस्टमार्टम के लिए निकालने में भी पुलिस को काफ़ी हुज्जतों का सामना करना पड़ा था। उसके अन्तिम संस्कार को भव्य तैयारियाँ चल रही थीं। गाँव के लोगों ने, हाइवे पर के अन्य दुकानदारों ने, बिना किसी के माँगे पैसे इकट्ठा किये थे। सोग में दुकानें बन्द रखी गयीं। हराधन की दुकान को लाल पताकाओं से सजाया गया था। घटना के बाद से ही पिनाकी दासगुप्ता फरार था।

हराधन की दुकान के सामने ही एक चँदोबा टाँग दिया गया था। प्लास्टिक की दो-चार कुर्सियाँ थीं, माइक लगा हुआ था। बारी-बारी से सारे दुकानदार व गाँव के अन्य लोग आकर अपने उद्‌गार प्रकट कर रहे थे।

''यह हमारे लिए काला दिवस है। हमारे हाथ में भी लाल झंडा है और आज जो हमें मार रहे हैं वे भी लाल झंडा ढोते हैं। लेकिन अगर वे हमारे ख़ून से अपने झंडे

को लाल करना चाहते हैं तो हम ऐसा नहीं होने देंगे। हम शहीद हराधन मंडल की कुर्बानी बेकार नहीं जाने देंगे। कामरेड हराधन मंडल, लाल सेलाम!'' जब तफ्तीश के लिए थाना प्रभारी पहुँचा तो बंशी माइक पर चीख रहा था।

''मज़ाक कर रहे हैं आप? पूरी रामायण सुन चुके और पूछ रहे हैं कि सीता कौन थी?'' सपन सेन ने व्यंग्य किया। ''आप थाना प्रभारी हैं, और आपको अब फ़ुर्सत मिली है जाँच-पड़ताल करने की? जाइए सर, घर में बैठिए, हम ख़ुद ही उस गुंडे पिनाकी की लाश आपके हवाले कर आएँगे।''

''दोपहर क़रीब सवा बारह बजे पिनाकी दासगुप्ता हाइवे पर आया था। फाटाकेष्टो की दुकान पर बैठकर चाय पी थी और जिस-तिस को पकड़कर इलाक़े में कारख़ाना बैठ जाने से होने वाले फायदे पर बेकार की बहस करने लगा था। मुझे लगता है उसने आधेक बोतल चढ़ा भी रखी थी। काफ़ी हो-हल्ला के बाद उसे वहाँ से निकाला गया था। फिर वह हराधन की दुकान पर बीड़ी ख़रीदने गया।'' कानाई कुंडू ने बताया, ''हराधन की चार बीघा ज़मीन को जितन बेरा बोता-उगाता था। वहाँ भी पिनाकी से क्या बहस हुई राम जाने! अचानक सबने देखा कि पिनाकी दासगुप्ता ने बन्दूक निकाल ली है और...''

''तस्वीर किसने खींची?'' थाना प्रभारी ने पूछा।

''फोटोग्राफर ने।''

''पिनाकी दासगुप्ता और मृतक हराधन मंडल के आपसी सम्बन्ध कैसे थे? कोई जाती दुश्मनी?''

हराधन मंडल गाँव का सबसे मितभाषी व्यक्ति था, यह बात पहले भी बताई जा चुकी है। वह किसी तीन-पाँच में नहीं पड़ता था, अपने काम से काम, बस। दरअसल इन्हीं सब वजहों से वह मारा भी गया था। उसने शादी नहीं की थी, दुनिया में एक ही अकेला था, पीछे कोई स्यापा करने वाला न था। इसके अलावा, गाँव में उसका जो इतिहास था, शहरी लोगों के लिए वह भी अविश्वसनीय था। कोई कहता वह चुड़ैल का बेटा था, कोई बताता उसका बाप भूत था। गाँव के पुरनिया लोग ज़ोर देकर कहते कि उन्होंने उसके बाप काली मंडल के भूत को कई बार घोष लोगों की बगियारी में देखा है। ''रात-बिरात बहुत ज़रूरत पड़ने पर ही उस तरफ़ कोई क़दम बढ़ाता है, वह भी हाथ में लोहा लेकर। लोहा रखने से भूत-पिशाच पास नहीं फटकते।''

ऐसे में प्रेम चोपड़ा के लिए भला उससे सॉफ्ट टारगेट और कौन हो सकता था!

गाँव वालों को अल्टीमेटम भी मिल जाता और यदि खबर लीक हो गयी तो भला कलकत्ते के लोग क्या समझते कि चुड़ैल का एक बेटा था जो मारा गया! यही सब देखते हुए हराधन मंडल को गोली मारकर पिनाकी दासगुप्ता ने फोन किया था कि युद्ध की शुरुआत हो चुकी है। फोटोग्राफर ने यदि बीच में यह कारस्तानी न की होती तो मीडिया के समक्ष आसानी से कहा जा सकता था कि गाँव में हराधन मंडल नामक यह शख़्स कभी था ही नहीं।

एक दिन पहले, यानी 17 मार्च की सुबह के क़रीब सवा पाँच बजे होंगे, जब बाघा की आँखें खुलीं। खटिये से उठा और दोनों कोठरियों के बीच की जगह में रखी बाल्टी से एक लोटा पानी निकालकर पिया। दक्खिना को आवाज़ दी, "दक्खिना, उठो भाई सुबेरा हो गया।" जब गुलाब बाहर निकलकर झाड़ू-बुहार में लग गयी तो बाघा कान पर जनेऊ चढ़ाता हुआ दिशा-मैदान को निकल पड़ा। सी.पी.टी. कम्पनी के पिछवाड़े भगाड़ था, जहाँ गाँव के अधिकांश मर्द निबटान को जाते। औरतें घोष लोगों की बँसवाड़ी की तरफ़ निकल पड़तीं, या जिन दिनों कमर भर फ़सल खड़ी होती तो खेतों में ही।

लौटते समय हराधन मिला तो बाघा को थोड़ा आश्चर्य हुआ। अक्सर वह फोटोग्राफर के घर के शौचालय का ही इस्तेमाल करता था। बाघा ने हराधन से बीड़ी माँगी कि तभी पाँचू सरकार और झोंटन मुकर्जी दिखाई दिये। बदहवास-से पंचानन बाबू के मकान की तरफ़ जा रहे थे। बाघा ने चौंककर पूछा, "बात क्या हुई? क्यों इस तरह भागे जा रहे हो?"

"चल चल बाघा, तू भी चल। सुना है पंचानन बाबू के दुआर पर जो बोर्ड लगा है, उस पर क्या सब तो लिखा है!" हाँफते हुए पाँचू सरकार ने कहा।

"क्या लिखा है?" हराधन ने पूछा था।

"बेनीमाधव महाशय तो एक लम्बर के झूठे ठहरे। कह रहे थे कि बोर्ड पर एक नोटिस टँगी है। लिखा है कि अब हमारी ज़मीन पर कारख़ाना लगेगा। जब तक अपनी आँखों से देख नहीं लेता, बेनीमाधव महाशय की बात पर विश्वास नहीं करना चाहिए।"

जब वे पंचानन बाबू के दुआर पर पहुँचे, वहाँ बोर्ड के पास पहले से ही भीड़

लगी थी। लोग उत्तेजित थे, चीख-चिल्ला रहे थे। खोकन पाल तो वहीं बैठकर रोने लग पड़ा था। पंचानन बाबू भी खड़े थे, भीड़ को शान्त करने की गरज से कुछ-कुछ बोल रहे थे।

झोंटन मुकर्जी ने चित्तो मलिक से पूछा कि क्या वह जो सुन रहा है, सच है?

''अरे मज़ाक है क्या? हम अपनी ज़मीन भला क्यों देंगे किसी फैक्ट्री को?'' सुशान्तो बेरा बीच में टपका, फिर चिल्लाकर पंचानन बाबू से पूछा, ''आप तो जानते हैं मातब्बर, कि हमारी ज़मीन ही हमारी फैक्ट्री है। आप भी उनके साथ मिल गये?''

''सी.पी.टी. कम्पनी ने हमारी ज़मीनों के साथ क्या किया, आपको अच्छी तरह से पता है। फिर अपनी ज़मीन अपनी होती है, इसे देकर हम दूसरों की चाकरी क्यों करें। चाकरी में साले खिलाते हैं तप्त और हगाते हैं रक्त।''

''राजा की करनी से राज बुताता है और मातब्बर की करनी से गाँव-गिराम।''

''सब सालों की एक जात है! कुर्सी इनको हमने दी, और लगे ये हमारे ही पिछवाड़े डंडा भोंकने।'' चित्तो मलिक आवेश में आ गया. ''भाइयो, हम अपनी ज़मीन हरगिज नहीं देंगे।''

''हाँ हाँ, नहीं देंगे।'' सपन दहाड़ा, ''जाओ जाकर कह दो, माँ का दूध पिया है तो आकर ले लें हमसे हमारी ज़मीन।''

''जान देबो, जोमी देबो ना!''

एक दिन शाम को बाघा हक्का-बक्का रह गया जब एक ट्रैक्टर खंडहर के ठीक सामने आकर रुका। ट्रैक्टर के पीछे ट्रॉली पर धान के कई बोरे लदे थे, तीन-चार मजदूर मुँह पर गमछा डाले उन्हीं बोरियों पर लेटे हुए थे। ट्रैक्टर की ड्राइविंग सीट पर लुंगी पहने अफ़ज़ल मियाँ बैठे हुए थे। अफ़ज़ल मियाँ से बाघा भली-भाँति परिचित था। वे नलहाटी बाज़ार पर अनाज की आढ़त पर तब से काम करते हैं, जब वहाँ इज़राइल मियाँ-इस्माइल मियाँ मुंशी हुआ करते थे। चूँकि इज़राइल मियाँ-इस्माइल मियाँ से बाघा अपना हर सम्बन्ध तोड़ चुका था, सो अफ़ज़ल मियाँ से भी उसका दुआ-सलाम बन्द था। अब एकाएक अपने दुआर पर अफ़ज़ल मियाँ को पाकर बाघा का चौंकना लाज़िम था। इससे पेश्तर कि वह कुछ कहता, भीतर की

कोठरी से दक्खिना निकला और मुस्कराते हुए अफ़ज़ल मियाँ से बग़लगीर हो गया।

बाघा जहाँ था, वहीं पत्थर हो गया। अब तक ट्रॉली पर ऊँघते मजदूर अपने कपड़े झाड़ते हुए उठ खड़े हुए थे। अफ़जल मियाँ ने उन्हें निर्देश दिया था कि अनाज की बोरियों को उतारकर बाहरवाली कोठरी में रखें। कुछ दिनों पहले बाघा को तब आश्चर्य हुआ था जब दक्खिना इस बेकार पड़ी कोठरी की साफ़-सफ़ाई कर रहा था। कोठरी के भीतर मलबों का ढेर लगा था, घास-झाड़ियाँ बढ़कर कमर भर ऊँची हो आई थीं। पूरे दो दिन लगाकर दक्खिना ने उस कोठरी की सफ़ाई की थी। बाघा के पूछने पर यह कहते हुए टाल गया था कि आख़िर जब कोठरी की दीवारें-छत दुरुस्त हैं तो थोड़ी साफ़-सफ़ाई कर तैयार कर रखने में क्या हर्ज है!

''क्या है यह सब?'' बाघा ने दक्खिना को अलग ले जाकर पूछा। तब तक मजदूरों ने बोरियों को पीठ पर लादकर कोठरी में रखना शुरू कर दिया था।

''कुछ नहीं, बस ऐसे ही।''

''ऐसे ही क्या? साफ़-साफ़ क्यों नहीं बोलता?''

''दादा, वो क्या है कि...'' दक्खिना का ध्यान अचानक अफ़जल मियाँ पर गया जो तब तक वहीं बरामदे में खड़े थे। ''आप बैठिए अफ़जल मियाँ, मैं एक मिन्ट में आता हूँ।''

अफ़जल मियाँ ने हाथ के इशारे से उसे आश्वस्त किया कि कोई बात नहीं और वहीं खटिये पर आरामफ़र्मा हो गये। बाघा को पता है, भीतर गुलाब ने चाय की पतीली चढ़ा दी है।

''दादा, आदिग्राम का माहौल तो आप देख ही रहे हैं, कब क्या आफत आ जाए कहना मोश्किल है। ऐसे में मैंने सोचा कि क्यों न हमारे खाने-पीने का बन्दोबस्त कर रखा जाए! ...बस इतना ही।''

''देख, मैं तेरे बाप की उमर का हूँ। अब तू मेरा बाप बनने की कोशिश मत कर। तीन परानियों के खाने के लिए इतना अनाज?''

''यह भी कम पड़ सकता है दादा। आपने सुना नहीं कि रघुनाथ एक लड़ाकू दस्ता तैयार कर रहा है गाँव के लोगों को भड़काकर? मुझे लगता है वे लोग जल्दी ही कुछ ऐसा करेंगे कि हमारा... मतलब पूरे गाँव का जीना दूभर हो जाएगा। मैंने तो यहाँ तक सुन रखा है दादा कि ये लोग गाँव की नाकेबन्दी करने की सोच रहे हैं। नाकाबन्दी मतलब न कोई यहाँ से बाहर जा सकता है और न कोई बहिरागत यहाँ पैर धर सकता है...''

"तेरी तरह बात-बात पर संस्कृत नहीं उवाचता, इसका मतलब ये नहीं है कि मुझे नाकाबन्दी का मतलब तू समझाएगा, समझा! इन्द्रा गाँधी के ज़माने में भी..." बाघा ने उसे फटकारना चाहा, लेकिन दक्खिना को इसी बहाने अपनी बात रखने का अच्छा मौक़ा मिल गया।

"हाँ दादा, आपने तो दुनिया देखी है, जानते ही हैं कि लड़ाई के टाइम लोगों का क्या हाल हो जाता है! ऐसे में अगर सिर पर छत और खाने के लिए अनाज हो तो हिम्मत बँधी रहती है..." दक्खिना ने अपने जाने बाघा को लाजवाब कर दिया। बाघा चुप हो गया।

बाघा को अहसास था कि ज़मीन अधिग्रहण वाले मामले को लेकर गाँव का माहौल धीरे-धीरे गरमा रहा है। एक-दो दिन पहले दयाशंकर माइती के लड़के रघुनाथ के आने की ख़बर उसे लगी थी। गाँव के जवानों के मन में हराधन के मारे जाने या अपनी ज़मीन के छीने जाने की तैयारी को लेकर रोष तो था, लेकिन उन्हें अब तक पता नहीं था कि आख़िर उन्हें करना क्या है! पहले जब किसी मामले में ऐसी पसोपेश की स्थिति आती थी तो गाँव के लोग पंचानन बाबू का मुँह अगोरने लगते थे, लेकिन सुना है अब तो वे भी...। मातब्बर से गाँव वालों का भरोसा उठ चुका था और गाँववालों के समक्ष कोई नया नेता था नहीं, तो दिशाहारा होने के अलावा कोई चारा नहीं था। ऐसे में रघुनाथ का आना गाँव वालों के लिए मन माँगी मुराद के पूरा होने जैसा था। जवानों में एक नये जोश का संचार हो गया था। सुना है, रघुनाथ गाँव के जवानों को इकट्ठा कर एक लड़ाकू दस्ता तैयार कर रहा है। सपन, केष्टा गिरि, हरिपद, बंशी आदि तो उसके पुराने दोस्त ठहरे, इसके अलावा चित्तो मलिक, बुबाई घोष, नव्येन्दु पालित, चन्दन पाइन आदि भी उसके दस्ते में शामिल हो गये हैं। आज शाम को ठाकुरता के बगीचे में उनकी एक गुप्त मीटिंग होने वाली है, ऐसा बुबाई घोष बता रहा था। कहते हैं कि रघुनाथ की पार्टी ने इस लड़ाई को फुल सपोर्ट देने का कहकर ही रघुनाथ को यहाँ भेजा है। अब आगे आदिग्राम में क्या होने वाला है, गौरांग महाप्रभु ही जानें!

भीतर से गुलाब ने अपनी चूड़ियाँ खनकायीं तो इशारा समझकर दक्खिना भीतर चला गया। थोड़ी देर बाद जो वह निकला तो उसके हाथ में एक थाली थी। तीन प्याली चाय और एक भगोने में चनाचूर और नोनता बिस्कुट। दक्खिना पहले बाघा के पास ही चाय लेकर आया। बाघा ने अपनी प्याली उठा ली। वह अफ़जल मियाँ की तरफ़ बढ़ गया।

आज अचानक ही बाघा को अकेलेपन का अहसास हुआ। पहले हराधन था, जिससे वह सुख-दुख बतियाकर मन हल्का कर लेता था, लेकिन अब वह भी नहीं रहा। दक्खिना के बारे में हराधन एक मज़ाक अक्सर किया करता था कि बाघा और दक्खिना का सम्बन्ध वैसा ही है जैसा ज्योति बाबू और बुद्धदेव का। बाघा ने ख़ुद ही दक्खिना का चुनाव किया था और आज भी उसका पेशा वही है जो कभी बाघा का था, लेकिन दोनों की कार्य पद्धति समयानुकूल इतनी बदल गयी है कि बाघा को दिक्कत होने लगी है।

भागी मंडल को जब पता चला कि रघुनाथ और उसके कुछ साथी गाँव आये हुए हैं और लोगों को एकजुट कर लड़ाकू दस्ता तैयार कर रहे हैं तो वह फौरन हाइवे पर फाटाकेष्टो की दुकान पर पहुँचा।

"रघुनाथ कहाँ मिलेगा?" उसने छूटते ही फाटाकेष्टो से पूछा। दुकान पर बैठे लोग कभी उसकी तरफ़, कभी फाटाकेष्टो को देखने लगे।

"मुझे रघुनाथ से मिलना है।" भागी मंडल ने अपने गाल को सहलाते हुए फिर से कहा।

"श्शी!" फाटाकेष्टो ने होठों पर उँगली रखकर उसे बरजा, "आहिस्ता बोलो, दीवारों के भी कान होते हैं।"

अबकी भागी मंडल ने फुसफुसाकर कहा, "मुझे रघुनाथ से मिलना है।"

"हाँ हाँ, सुन लिया। शोर क्यों मचाते हो?" फाटाकेष्टो ने केतली के मुँह पर कपड़ा लगाकर चाय छानते हुए कहा, "बात क्या है? क्यों मिलना चाहते हो?"

फाटाकेष्टो के इस रवैये से भागी चिढ़ गया। अव्वल तो वह ऐसा बर्ताव कर रहा था जैसे सीआईडी का आदमी हो— दीवारों के भी कान होते हैं आदि; दूसरे, भागी को उसके मुँह से अपने लिए तू-तड़ाक भी नहीं सुहाया। यदि मालिक ने चाहा होता तो फाटाकेष्टो की उमर का आज उसका एक बेटा खड़ा होता। 'ठहर, मैं तुझे मज़ा चखाता हूँ!' भागी ने मन ही मन सोचा। प्रत्यक्षत: उसने कहा, "मिलने का कारण मैं सिर्फ़ उसे ही बता सकता हूँ।"

फाटाकेष्टो उसके क़रीब पहुँचा। फुसफुसाते हुए बोला, "अभी नहीं। शाम को ठाकुरता के बगीचे में एक गुप्त मीटिंग है। तुम वहीं पहुँचो। याद रहे, ठीक सात

बजे।''

''मुझे उससे अभी मिलना है। तुम समझने की कोशिश करो, बहुत ज़रूरी काम से आया हूँ।'' भागी मंडल ने बच्चों की तरह ज़िद की। साँसों की बास से फाटाकेष्टो को समझते देर न लगी, वह आज दिन में ही ताड़ी चढ़ाकर आया है। अभी अगर उसने टालने की कोशिश की तो सम्भव है वह हो-हल्ला मचाने लगे। वह उसका हाथ पकड़कर दुकान की पिछली कोठरी में ले गया। बाहर की चकाचौंध धूप से एकाएक भीतर आने के बाद भागी मंडल की आँखों को अँधेरे का अभ्यस्त होने में थोड़ा वक़्त लगा।

''कौन है ये?'' भीतर किसी की आवाज़ आयी तो भागी मंडल ने उसी दिशा में नज़रें गड़ा दीं।

''मेरा नाम भागी मंडल है।'' भागी ने सीना तानकर अपना परिचय दिया। सन्दूक जैसी किसी चीज़ पर एक आकृति बैठी दिखी। काफ़ी वक़्त लगा यह समझने में कि आकृति का मुँह दीवार की तरफ़ है।

''बैठो भागी दा।'' आकृति ने वैसे ही बैठे-बैठे कहा।

''कौन? रघुनाथ है न?'' अब तक भागी मंडल उसकी आवाज़ पहचान चुका था, ''दीवार की तरफ़ मुँह करके क्यों बैठा है? इधर देख, पीछे-पीछे। मैं हूँ, तेरा भागी दा। अरे मुझसे क्या शरमाता है, मैंने तो तुझे अपनी गोद में खेलाया है!''

''तुम्हें क्या काम था रघु दा से, सो बोलो न!'' फाटाकेष्टो ने उसे कोंचा, फिर रघुनाथ को सफ़ाई दी, ''ये कह रहा था कि आपसे इसे कुछ काम है, अर्जेन्ट।''

''मैंने ऐसा कब कहा?'' भागी मंडल ने आश्चर्य व्यक्त किया, ''रघुनाथ, तेरा यह चेला झूठ बोल रहा है। मैं तो बाहर इसके यहाँ बैठा चाय पी रहा था तो यह आया और मेरे कानों में फुसफुसाकर बोला कि चलो बाबा का दर्शन करा लाऊँ।''

''क्या बक रहे हो!'' फाटाकेष्टो बौखला गया, ''यह सरासर झूठ बोल रहा है रघु दा। इसने मुझसे कहा कि...''

''चलो माना कि मैंने कहा, फिर? ...फिर तुम मुझे फौरन यहाँ ले आये। मैं कहता हूँ कि मेरी जगह अगर पुलिस का कोई गोयन्दा (जासूस) होता तो बेटे अब तक तेरे बाबा को हथकड़ियाँ लग चुकी होतीं। ...ऐसे हैं तेरे चेले-चपाटे रघुनाथ। और तो और इसने मुझे चट् से यह भी बता दिया कि आज शाम सात बजे ठाकुरता के बगीचे में एक गुप्त मीटिंग होने वाली है।''

बात तो ठीक थी, फाटाकेष्टो को अहसास हो गया कि बूढ़ा ठीक कह रहा है।

उसने स्वीकार किया कि उससे ग़लती हो गयी और आइन्दा वह इसका ख़याल रखेगा।

"इन फटीचरों के बल पर चल चुकी तेरी क्रान्तिकारी वाहिनी रघुनाथ! मैं कहता हूँ कि जितनी जल्दी हो सके इनसे छुटकारा पा लेना बेहतर होगा।" भागी मंडल ने घृणा से भरकर वहीं थूक दिया। "आख़िर हैं तो ये बांग्लादेशी न, तू मत भूल कि इन्हीं लोगों ने गाँधीजी को गोली मारी थी। मेरी बात मान, इसे निकाल बाहर कर और इसके बदले तू फौरन मुझे अपनी सेना में भर्ती कर ले।"

फाटाकेष्टो को जितना ग़ुस्सा आ रहा था, हँसी उससे कम नहीं आ रही थी। यह बुड्ढा, जिसका हाड़-हाड़ ढीला पड़ चुका हो, भला लड़ाकू दस्ते में क्या करेगा! लेकिन रघुनाथ ने उसे फौरन स्वीकृति दे दी और फाटाकेष्टो से कहा कि भागी मंडल को गुप्त मीटिंग में ज़रूर ले जाए, जहाँ दस्ते के जवानों को बन्दूक और कारतूस वितरित किये जाने वाले थे।

रघुनाथ ने आदिग्राम के हालात का अध्ययन कर विभिन्न पार्टियों को मिलाकर एक ज़मीन अधिग्रहण प्रतिरोध समिति का गठन किया था। आदिग्राम, मुंशीग्राम, रानीरहाट, जगदलपुर, कासारीपाड़ा आदि गाँवों की पाँच फ़सली ज़मीन को किसानों की मर्जी के ख़िलाफ़, और बिना उनसे कोई पूर्व राय लिये, सरकार कैसे हथिया सकती है? कहा जा रहा था कि चिह्नित की गयी उन्नीस हज़ार एकड़ ज़मीन पर सरकार स्पेशल इकॉनोमिक ज़ोन निर्मित करेगी। अधिसूचना के साथ किसी भी तरह के वैकल्पिक पुनर्वास की कोई घोषणा नहीं थी। अपने ही हाथों से चुनी गयी सरकार के चंगुल से अपनी ज़मीन को बचाने के लिए ही यह ज़मीन अधिग्रहण प्रतिरोध समिति गठित की गयी थी।

साढ़े छः पौने सात बजते ही ठाकुरता के बगीचे में लोगों का जुटान होने लगा। कोई पचासेक के आसपास लोग थे। इनमें ज़्यादातर संख्या जवानों की थी। लालटेन की रोशनी में लोग बैठे हुए थे। एक तरफ़ रघुनाथ बैठा हुआ था, पीछे की तरफ़ मुँह किये। भागी मंडल ने जगदीश साहू की भट्ठी से निकलकर सीधे बगीचे का रास्ता लिया। साथ में सद्दाम भी था।

मीटिंग में रघुनाथ ने कहा कि यह संघर्ष का समय है। "यदि हम अपनी ज़मीन बचाने के लिए ख़ुद आगे नहीं आये तो याद रखिए, साच्छात गौरांग महाप्रभु भी हमारी ज़मीन नहीं बचा सकते। हमें अपनी लड़ाई ख़ुद लड़नी होगी। लड़ने के लिए क्या चाहिए? सबसे पहले चाहिए कलेजा, जो आप सबके पास है। हम वीर

सुभाषचन्द्र बोस, विनय-बादल-दिनेश, बाघा जतिन, खुदीराम बोस के वंशज हैं। लेकिन सिर्फ़ जिगर के दम पर हम यह लड़ाई नहीं जीत सकते। सो दूसरी चीज़ जिसकी हमें ज़रूरत पड़ेगी, वह है हथियार।''

रघुनाथ ने लोगों की तरफ़ पीठ किये-किये बताया कि आदिग्राम की जनता ख़ुद को अकेली न समझे— झारखंड, बस्तर, तेलंगाना का पूरा सपोर्ट मिलेगा।''...लेकिन पहली तैयारी आप सब ख़ुद करें, अपने दम पर। घर में जो भी हथियार हों— भाला, बर्छी, हँसिया, खुरपी, लाठी, बल्लम, फावड़ा, गैंती, कुदाल, हल, फार आदि जो भी, आप सब उन्हें एक जगह जमा कर रखें। धार तेज़ कर लें, काठ बदलनी हो तो बदल लें। उस्तरा, छुरी, दाब, शीशी-बोतल, रस्सी, ईंट-गिट्टी या छड़ इत्यादि भी जमा रखें। कुछ लोगों को बन्दूकें भी दी जाएँगी, फिर किसी-किसी को भुजाली और नेपाला। सपन सेन, बंशी, फाटाकेष्टो और दुर्गा पाल बन्दूक के साथ चौबीस घंटे गाँव का पहरा देंगे, पाली बाँधकर कभी ये कभी वो। ...देखिए, सचाई तो यह है कि काग़ज़ में ज़मीन अब कम्पनी की हो गयी है। आपसे अँगूठा लगवाने के लिए या तो कम्पनी के कारिन्दे ख़ुद आएँगे या दलाल कैडरों को भेजेंगे। ये मत समझिए कि मामला इतना आसान होगा कि जब तक आप दस्तख़त नहीं करते, अँगूठा नहीं लगाते, ज़मीन उनकी नहीं होगी। वे आपको मजबूर करेंगे कि आप ऐसा करें। इसलिए सबसे पहला काम ये होना चाहिए कि किसी भी बहिरागत को गाँव में घुसने ही मत दीजिए। एक बार यदि वे घुस गये तो याद रखिए, फिर उनको यहाँ से निकाल पाना मुश्किल होगा।''

तय हुआ कि आदिग्राम अंचल को चारों तरफ़ से ब्लॉक कर दिया जाए। हर उन रास्तों को बन्द कर दिया जाए जो गाँव को बाहर की दुनिया से जोड़ते हैं। रानीरहाट बार्डर और नलहाटी की तरफ़ से ही कैडरों के आने का सर्वाधिक ख़तरा था, सो उन सम्पर्क पथों पर गड्ढे खोद दिए जाएँ, गोबर की टाल लगा दी जाए और लकड़ियों के बड़े-बड़े लट्ठे जमा कर दिये जाएँ। मुंशीग्राम वाली पुलिया तोड़ दी जाए। जंगल के रास्ते पर भी कड़ी निगरानी रखी जाए।

'इन्क्लाब ज़िन्दाबाद' और 'कृषि बचाओ देश बचाओ' के नारे के बाद जब मीटिंग ख़त्म हुई तो भागी मंडल और सद्दाम उठकर रघुनाथ के पास पहुँचे। भागी ने रघुनाथ से बिनती की कि वह उसे भी एक बन्दूक दे दे।

''लेकिन भागी दा, तुम्हें तो बन्दूक चलानी ही नहीं आती, लेकर क्या करोगे! और वैसे भी हमारे पास बन्दूकें कम हैं।'' रघुनाथ की पीठ ने कहा।

"तुम्हीं ने तो अभी-अभी कहा कि यह लड़ाई का टैम है, बन्दूक मिल जाए तो युद्ध करूँगा। और फिर बन्दूक चलाने में क्या रखा है, एक बार समझा दोगे तो फिर कैसे नहीं चलेगी देखता हूँ! वैसे मैं तुम्हें बता दूँ रघु कि तुम्हारे बाप दयाशंकर और मैं इस पूरे इलाक़े में प्रसिद्ध थे अपनी निशानेबाज़ी के लिए। आम-अमरूद तो छोड़ ही दो, गुलेल के निशाने से ताड़-तरकुल तक झाड़ देते थे।" भागी मंडल ने शेखी बघारी।

"मना कहाँ कर रहा हूँ भागी दा, आप इस एज में भी ज़मीन बचाने के लिए लड़ने-मरने को तैयार हैं, यह हमारे लिए गर्व की बात है। आप हैं सच्चे किसान, सच्चा धरतीपुत्र, आपको मना करूँगा तो फिर यह लड़ाई कैसे सम्भव होगी!" रघुनाथ ने भागी मंडल की तारीफ़ करते हुए कहा, "बस कुछ दिन रुक जाइए। कुछ ही दिनों में देखिएगा कि हमारी लड़ाई का वास्तविक अर्थ समझकर ग्राम अंचल के सामन्त-साहूकार मदद के लिए आगे आएँगे ज़रूर। तब हम उनसे उनकी लाइसेंसी बन्दूकें माँग लेंगे। फिर ले लीजिएगा। अभी बन्दूकें कम हैं तो हम चाहते हैं कि वे जवानों के पास ही रहें।"

लेकिन भागी मंडल भला कहाँ इन बातों में आता, वह बहस पर उतर आया, "मैं एजेड हूँ तो भी दस-बारह बांग्लादेशियों पर भारी पड़ सकता हूँ। शुद्ध देसी घी खा-खाकर यह हाड़-चाम बना है रघु, डालडा और मिलावटी तेल से नहीं। आजकल के जवान दुधकट्टू होते हैं, माँ का दूध नहीं पचता तो डब्बे का दूध पीते हैं। फलस्वरूप बैंगन भी तोड़ने हों तो लग्गी बढ़ाने लगते हैं।" वग़ैरह-वग़ैरह।

अन्ततः रघुनाथ को ही हार माननी पड़ी। उसने सपन के साथ भागी मंडल को गुप्त अड्डे पर भेज दिया, यह कहकर कि उसे एक बन्दूक और कुछ कारतूस दे दिए जाएँ। साथ ही उसने सपन को यह भी हुक़्म दिया कि बन्दूक का प्रयोग कैसे व कहाँ करें, वह भागी मंडल को ठीक से समझा दे। भागी की ख़ुशी का ठिकाना न रहा। उसने वहाँ से चलने से पेश्तर रघुनाथ को छैंटी भर आशीर्वाद दिया।

जब सपन बता चुका कि बन्दूक कैसे चलाई जाए, भागी मंडल ने बन्दूक को हाथों में ऐसे लिया जैसे किसी नवजात शिशु को अपने अनभ्यस्त हाथों में उठा रहा हो। उसके चेहरे पर भयमिश्रित ख़ुशी तैर रही थी, कि बन्दूक के स्पर्श का वह भरपूर स्वाद इस डर से भी नहीं ले पा रहा था कि कहीं उसके हाथ से गिरकर टूट न जाए, या क्या पता ग़लती से घोड़ा दब जाए! उसे इससे पूर्व इसका कतई अन्दाज़ा नहीं था कि बन्दूक इतनी भारी होती है। और लोहे, बारूद, लकड़ी और तेल का

मिला-जुला वह गन्ध— आ हा हा, जैसे किसी सद्य:यौवना कँवारी की देह से उठती हो! उससे मारे ख़ुशी के और छिपाया नहीं गया, उसने सपन से कहा, "अब वो साला जतिन विश्वास, देखता हूँ अब वह मेरे हाथों कैसे बचता है!"

"नहीं भागी दा, इसका मतलब ये थोड़े है कि तुम जाकर किसी का मडर (मर्डर) कर दोगे! रघु दा ने कहा है कि कल से जब पहरा शुरू होगा तो जंगल की तरफ़ तुम मेरे साथ खड़े रहोगे। रात में हम दोनों और दिन के बखत दुर्गा पाल और बंशी।" सपन ने कारतूस की एक लड़ी देते हुए कहा।

"वो सब ठीक है। होगा, यह सबकुछ होगा। पहरा दूँगा, और जैसा तुमलोग कहोगे, वैसा ही करूँगा। लेकिन पहले मैं अपने अपमान का बदला ले आऊँ ज़रा। उसने मुझे भरी सभा में थप्पड़ मारा था। मुझे क्या मुसमात का लड़का समझ रखा है कि जब मन हो ऐसे ही चमेटा मार दो और निकल पड़ो!" भागी मंडल ने कारतूस वाले हाथ से अपने गाल को सहलाया, "देखो, दिख रहा है थप्पड़ का निशान? यहाँ अँधेरा है इसलिए ठीक से दिखाई नहीं पड़ रहा होगा। तुम नहीं जानते, उस जतिन विश्वास को सबक सिखाना बहुत ज़रूरी है।" भागी मंडल सद्दाम के साथ चलने को हुआ तो सपन ने उसका हाथ पकड़कर रोकना चाहा।

"हट, छोड़ मेरा हाथ, वर्ना मैं गोली मार दूँगा।" भागी मंडल ने सपन पर बन्दूक तान दी। सपन डर गया कि कहीं यह पागल बुड्ढा सचमुच ही गोली न चला दे! उसने सोचा, इसे फिलहाल किसी बहाने रघुनाथ के पास लिये चले, फिर वह जाने और यह जाने। अपने स्वर में मिठास घोलते हुए कहा, "अरे भागी दा, मैं भला कौन होता हूँ तुम्हें रोकने वाला! मैं तो बस यह कह रहा था कि पहले रघु दा के पास चलो। एक बार उन्हें दिखा दूँ कि मैंने तुम्हें कौन-सी बन्दूक दी है, फिर मेरी ड्यूटी ख़त्म। इसके बाद जो जी में आये करना। शौक़ से अपने शिकार पर निकल पड़ना, कोई भला तुम्हें क्यों रोकेगा!"

"ये बात है, तो चल।"

बाघा का शक़ सही निकला। दक्खिना ने अफ़जल मियाँ से नकदी धान ख़रीदकर इसलिए जमा कर रखा था कि गाढ़े वक़्त में मोटी कमाई कर सके। 'ज़मीन अधिग्रहण प्रतिरोध समिति' द्वारा आदिग्राम को सील किये जाने की उसे पहले से

पुख्ता जानकारी मिल चुकी थी। रात के खाने पर बाघा ने दक्खिना से अपने मन की बात बतायी।

"दादा, याद है जब मैं आपसे पहली बार मिला था? तब मैं लकड़ी के गोले में छोटे-छोटे नट-वॉल्व चुरा रहा था।" दक्खिना ने बात शुरू की।

"पहले भी बता चुका है। आगे बोल, कहना क्या चाहता है?" बाघा ने कौर निगलते हुए दक्खिना की बात काटकर पूछा। गुलाब एक ओर थोड़ी आड़ कर के बैठी थी।

"...यही कहना चाहता था कि आज ज़माना बहुत बदल चुका है। वैसे-वैसे चोरी करने का तरीक़ा भी। दादा, आज जब दिन दहाड़े आसानी से चोरी की जा सकती है तो रात में नींद ख़राब करने की क्या ज़रूरत?"

"दिन दहाड़े चोरी पहले भी होती थी दक्खिना, लेकिन उसे चोरी नहीं, डकैती कहते हैं। ठीक है कि ज़माना बहुत बदल गया है, मगर चोर को आज भी चोर ही कहेंगे, और चोरी करना ग़लत काम पहले भी था और आज भी है।"

"नहीं दादा, यही तो बदलाव हुआ है। आज की डेट में चोरी करना ग़लत काम नहीं रहा। बड़े-बड़े लोग करते हैं, हमारी-आपकी तो बात ही छोड़िए! मार्केट में ऐसे-ऐसे ऑफर हैं आज कि लोग ख़ुद ही अपनी जेब से माल निकालकर आपकी हथेली पर धर देते हैं।" दक्खिना ने डकार ली।

"पता नहीं तू किस ज़माने की बात कर रहा है दक्खिना!" बाघा ने अपनी बात समेटी, "...लेकिन सौ में एक बात यह कि जो तू कर रहा है, इसे चोरी नहीं जमाखोरी कहते हैं। और एक बात कान खोल के सुन ले बेटा, मेरे रहते ये कभी नहीं होने वाला।" बाघा ने उठना चाहा, लेकिन गुलाब उसकी थाल में और भात परसने लगी।

"अरे नहीं नहीं, बस हो गया।" बाघा ने दुलार भरे स्वर में उसे बरजा।

"दादा, आप उनसे नाराज़ हैं तो इसमें मेरा क्या दोष! खाना तो मैंने बनाया है न! क्या आपको ठीक नहीं लगा?"

"अरे नहीं, बहुत ही स्वादिष्ट है!" बाघा की आवाज़ में मिश्री घुली थी।

"तो फिर?"

"अच्छा लाओ, थोड़ा और भात परस दो। तरकारी का तो जवाब नहीं!"

"जादू है इसके हाथों में!" दक्खिना उँगलियाँ चाटते हुए बोला तो गुलाब फिस्स-से हँस पड़ी।

अचानक बाघा को यह सब अच्छा नहीं लगा, दक्खिना का यों तारीफ़ करना और इस पर गुलाब का यों हँस देना। वह जल्दी-जल्दी अपना खाना ख़तम करके उठा और बाहर खम्भों के पास आकर हाथ-मुँह धोने, कुल्ला करने लगा। पीछे से गुलाब आयी और पानी से भरी हुई बाल्टी रखते हुए बोली, ''दादा, आप गोस्सा मत होइये। मैं 'इन्हें' मना करूँगी। जो फिर भी नहीं मानें तो आपका जैसा हुकुम होगा, सिर पर धारण करूँगी।''

'सिर पर धारण करूँगी' जैसा वाक्य सुनकर बाघा बरबस ही मुस्करा दिया। गुलाब को असीसने के लिए ख़ुद-ब-ख़ुद उसके हाथ उठे और उसके सिर को सहलाने लगे। उसने अपने भीतर गुलाब के लिए एक अजीब मुलायम-सा भाव उमड़ता हुआ महसूस किया। आज अगर उसकी कोई बेटी होती तो गुलाब की ही उमर की तो होती!

''**वैसे** इन सबके लिए कहीं न कहीं हम गाँव वाले ही दोषी हैं रघुनाथ। तुम्हीं देखो कि पहले के ज़माने में कितनी एकता थी! सनेह-सरधा से सब मिल-जुलकर रहते थे। इधर सूरज उगा नहीं कि इसके घर से वो, उसके घर से ये चूल्हे की आग माँग लाता था। किसी के यहाँ कोई हित-पाहुन आया तो पूरे मोहल्ले में कलेवा बाँटा जाता था। साग-तरकारी, मीठा-पकवान आदि जात-गोत में सबको थोड़ा-थोड़ा देने के बाद ही अपने मुँह से लगाते थे। शादी-ब्याह, मरनी-जीनी चाहे किसी के यहाँ हो, गाँव के सारे समांग भाग-भागकर काम करते थे। नाम से नहीं पुकारते थे, कहते थे चाचा, ताऊ, भइया, मामा, जिसकी जैसी उमर उससे उसी हिसाब से रिश्ता गाँठ लेते थे। ऐसे में क्या भला किसी की मजाल होगी जो आज गाँव में घुसा और आज ही किसी बड़े-बुजुर्ग पर हाथ छोड़ दिया! ख़ैर मुझे क्या, अब तो मेरे पास बन्दूक है। तुम्हारे दल में सपन बहुत होशियार लड़का है, सब बता दिया कि गोली कैसे बोझते हैं, घोड़ा कैसे दबाते हैं! तुमसे मिलना था सो यहाँ आ गया। अब यहाँ से सीधा जाकर मैं दो-तीन गोली उस सूअर के बच्चे के भेजे में उतारूँगा, तब ही अन्न-जल ग्रहण करूँगा।''

सचाई तो यह थी कि भागी जानता ही नहीं था, संघर्ष किसे कहते हैं। रघुनाथ ने उसे समझाना चाहा कि लड़ाई ऐसे नहीं लड़ी जाती। कहा कि पहले हमें उनकी पहल का इन्तज़ार करना होगा, यह नहीं कि गये और गोली चलाना शुरू कर दिया।

"अब तुमने ज़िदपूर्वक अपना मुँह दीवार की तरफ़ कर रखा है वर्ना तुम्हें मैं अपने गाल पर पड़े निशान को दिखाता। किसी भद्रलोक को यों ही बिना वजह तमाचा मार देना भी तो उसकी पहल में गिना जाएगा। और कितने दिनों तक मैं इस अपमान की ज्वाला में झुलसता रहूँगा, बोलो? बेशी चाँप पड़ने पर तो पनिहा साँप भी बौखलाकर काट खाता है। एक न एक दिन तो मुझे अन्याय के ख़िलाफ़ उठ खड़ा होना ही था। तुम भी तो आख़िर कहीं न कहीं से संघर्ष की शुरुआत करोगे ही, तो यही क्या बुरा है! वैसे सच कहूँ तो जिस दिन उस कुत्ते के पिल्ले ने मुझे सरेआम नीचा दिखाया था, उसी दिन मैंने प्रण कर लिया था कि बेटा तू मेरे ही हाथों ही सीतारामपुर रवाना होगा। तुमने बिल्कुल ठीक किया रघुनाथ जो इन हरामियों के ख़िलाफ़ युद्ध का बिगुल फूँक दिया। अब देखो कैसे मैं उसे मार गिराता हूँ! वह मेरा जानी दुश्मन है, मैं उसका ख़ून पी जाऊँगा तभी मुझे चैन पड़ेगा। वादा रहा, ठीक सीने पर गोली मारूँगा— धाँय!"

अब तक रघुनाथ को यह भली-भाँति अहसास हो चुका था कि भागी मंडल के हाथों में बन्दूक थमाकर उसने भारी ग़लती कर दी है। जब वह बहुत देर तक चुप ही बना रहा तो भागी मंडल हताश होने लगा कि अपने शत्रु को यमलोक पहुँचाने का, बड़ी मुश्किल से हाथ लगा यह सुनहरा मौक़ा कहीं यों ही न फिसल जाए। उसने बन्दूक पर अपनी पकड़ बढ़ा दी कि कहीं ये लोग उससे आजिज आकर बन्दूक ही न छीन लें। उसके स्वर में अचानक दैन्य भर आया, "अच्छा बेशी चिन्ता-भावना में मत पड़ो। तुम कमांडर हो, जैसा कहोगे वैसा ही करूँगा।"

"सच कह रहे हो भागी दा?" रघुनाथ अपनी ख़ुशी दबा नहीं पाया।

"हाँ, माँ दिब्बी!" भागी मंडल ने अपने कंठ को छूकर क़सम ली। "बस एक ही डर है कि इस बीच जतिन विश्वास को कोई दूसरा न ले उड़े।"

"कोई नहीं छुएगा उसे।" रघुनाथ ने उसे आश्वस्त किया। "सुन लो सब कान खोलकर, वह शहराती छोकरा सिर्फ़ और सिर्फ़ भागी दा का माल है।"

"ठीक है रघु दा।" सपन, फाटाकेष्टो, बंशी आदि ने एक स्वर में कहा। भागी मंडल के इस तरह मान जाने से सबकी जान में जान आयी थी।

"ये लोग नहीं मारेंगे सो तो ठीक है, लेकिन उसे इस बीच कहीं साँप-बिच्छू ने डँस लिया तो? इसीलिए तो कहता हूँ रघु कि मुझे बस दो घंटे की मोहलत दो, मैं यों गया और यों..."

"भागी दा, तुम फिर शुरू हो गये?"

ये दाग़ दाग़ उजाला...।

आमार नाम तोमार नाम वियतनाम वियतनाम।

दरअसल यह एक शुरुआत ही थी। एक जबर्दस्त मोहभंग की शुरुआत, एक भयानक युद्ध की शुरुआत। राज्य के गृह सचिव ने आदिग्राम को 'युद्ध क्षेत्र' तो घोषित कर ही दिया था, गाँधी के ख़ून के साथ भी वही होना था जो देश के बँटवारे के समय ख़ुद गाँधी के साथ हुआ था। राज्यपाल गोपालकृष्ण गाँधी ने कहा कि आदिग्राम में जो हुआ, उसे देख–सुनकर मैं एक ठंडे आतंक से भर गया हूँ। उन्होंने ज़रूर आदिग्राम के बारे में टीवी पर देखा होगा, वर्ना एक राज्यपाल के लिए सिर्फ़ 'ठंडे आतंक' से भरना और अवसाद प्रकट करके रह जाना सम्भव नहीं था। वैसे भी यह ज़माना ठंडे आतंक या कि कोल्ड वार का नहीं। इराक़ हो या अफ़गानिस्तान, अयोध्या हो या गोधरा— आज हर जगह वही पुराना 'हॉट वार' लौट आया है।

वैसे ग्यारह महीनों तक आदिग्राम में गाँव के लोगों और पार्टी के कैडरों के बीच जो चला, उसे युद्ध कहना ठीक नहीं। 29 मार्च को आदिग्राम के बाशिन्दों ने गौरांग महाप्रभु की एक पूजा रखवायी थी। इसमें हिन्दू भी थे और मुसलमान भी, ब्राह्मण भी थे और हरिजन भी। यहाँ तक कि अब तक गाँव से कटे–कटे रहने वाले सान्थाल और ईसाई भी पूजा की तैयारियों में ज़ोर–शोर से जुटे थे। गौरांग महाप्रभु किसके देवता हैं, हिन्दुओं के या मुसलमानों के, या कि ईसाइयों के? आदिग्राम के इतिहास

में यह पहली बार का होना था कि एक ही मंच पर सारे धर्म-वर्ण के लोग इकट्ठा हो रहे थे। न कोई भेद-भाव, न कोई ऊँच-नीच। ये सब वैसे भी सुखद दिनों के चोंचले हैं और आदिग्राम के वे दिन सुखद तो नहीं कहे जा सकते थे।

...बहरहाल, कथा-पूजन का आरम्भ शाम चार बजे से होना था। पूजन के बाद प्रसादस्वरूप भात और लाई बँटनी थी। गाँव के बीचोंबीच खुले खेत में मूर्ति की स्थापना की गयी थी। दोपहर से ही वहाँ दुआर-दुआर से चौकियाँ, दरियाँ लाकर जमाई गयीं, पीने के पानी से भरे पीपे लाकर रखे गये। बच्चे धमाचौकड़ी मचा रहे थे। औरतें अपने-अपने घरों में सज-सँवर रही थीं, बड़ी-बूढ़ियाँ छाँट-छाँटकर पीले रंग के गेंदे के फूलों को सुई-धागे से गूँथकर मालाएँ बना रही थीं। गौरांग को पीला रंग पसन्द है न!

लेकिन लाल रंग के आगे पीले की क्या औक़ात! प्रेम चोपड़ा को गौरांग पूजा के उपलक्ष्य में जुटने वाली भीड़ से अपना अतीत याद आया। एकमुश्त इतनी भीड़ फिर कब मिलेगी! गोलियाँ बरसाने का यह उत्तम अवसर है, जब पूजा में आये लोग पूरी तरह निहत्थे होंगे। शाम साढ़े पाँच बजे, जब सूरज की रोशनी गुरुब होने ही वाली थी, यानी न दिन था न रात, लोग न गाँव के भीतरी इलाक़े में थे न पूरी तरह से गाँव के बाहर, आदिग्राम के इतिहास में तब आयी थी क्रूरता। दबे पाँव नहीं, बुलेट पर सवार होकर। पहले आँसू गैस छोड़े गये, भीड़ में जब अफरा-तफरी मच गयी, तब सहसा प्रेम चोपड़ा चीखा था— फ़ायर!

कुल छियासठ लोग मारे गये थे, एक सौ चार ज़ख़्मी हुए थे। इनमें ज़्यादातर औरतें और बच्चे थे।

ऐसा नहीं था कि हराधन मंडल की हत्या ने आदिग्राम के लोगों में रातोंरात विद्रोह की भावना का संचार कर दिया। यह सब इतना आसान नहीं होता। लोगबाग़ दुआरों पर इकट्ठा हो बात छेड़ते। सामने वाला किस दल का है, मामले को कितनी गहराई से देखता है, किसका पक्ष लेता है— यह सब जाने बग़ैर तो सबसे पूरी बात नहीं की जा सकती, सो थोड़ा लुकाना थोड़ा बताना हुआ। मोल-परखकर जब सोलहों आने भरोसा हो गया, तब बात निकल पड़ती। ऐसे-ऐसे प्रत्यक्षतः गाँव के लोगों के दो वर्ग बनते चले गये। एक जो हराधन की हत्या के विरोध में थे और विरोध में

खुलेआम सड़क पर भी उतर सकते थे, दूसरे वर्ग के लोग विरोध में तो थे लेकिन सामने आना नहीं चाहते थे। कहना न होगा, ऐसे लोग सबकी हाँ में हाँ मिला देते थे ताकि गाँव में सम्बन्ध ख़राब न हों, कोई कुछ कहे नहीं, मज़ाक न बनाये; लेकिन खुलकर आगे आना होता तो सबसे नज़रें बचाकर किसी बहाने खिसक लेते। बहरहाल, खुलकर आने और बोलने वालों की संख्या भी कम न थी, और इनमें ज़्यादातर वही किसान थे जिनकी ज़मीन को अधिगृहीत करने के लिए चिह्नित किया गया था।

तय हुआ, विरोध प्रदर्शित करने के लिए एक जुलूस निकाला जाए। शुरू में तय बस इतना ही हुआ था कि चूँकि हम हराधन की हत्या का विरोध करते हैं, इसलिए एक रैली पंचानन बाबू के दुआर से निकले और नलहाटी बाज़ार, मुंशीग्राम होते हुए तीन ताड़ के पेड़ों तक आकर विसर्जित हो। लेकिन जब रैली निकली तो यह मात्र विरोध रैली भर नहीं रही। किसी ने किसी को बताया नहीं, निर्देशित नहीं किया था लेकिन लगभग वे सारे किसान काँधे पर हल लादे अपने-अपने बैलों के साथ रैली में शामिल हो गये जिनके खेत चिह्नित किये गये थे। जिनके खेत चिह्नित नहीं थे, कुछ वे लोग भी साथ हो लिये थे। साइकिल के हैंडिल पर विरोधस्वरूप काली पताका बाँधे जगदलपुर के स्कूली शिक्षक, झोला-बस्ता उठाये सारे विद्यार्थी भी तब रैली से आ जुड़े जब बिना किसी पूर्वघोषणा के रैली जगदलपुर की तरफ़ मुड़ गयी थी। बड़ी संख्या में स्त्रियाँ भी रैली में शामिल थीं और जो शामिल नहीं थीं, वे अपने-अपने घरों के आगे खड़ी होकर नारे लगा रही थीं, गुज़रती हुई रैली पर हल्दी रँगा अच्छत छींट रही थीं, उलूक ध्वनि निकाल रही थीं, शंख फूँककर अद्‌भुत वातावरण की सृष्टि कर रही थीं। बुद्धदेव ने 'आततायियों को मार भगाओ...' शीर्षक से एक ओजपूर्ण गीत लिखा था, रैली का एक हिस्सा ढाक-ढोल-करताल बजाते हुए यह गाना गाता चल रहा था।

यह स्वत:स्फूर्त रैली तीन ताड़ के पेड़ के पास पहुँचती, इससे पेश्तर नाज़िया ख़ातून अपने दल-बल के साथ वहाँ पधार चुकी थीं। उन्हें किसी ने नहीं बुलाया था, न ही उनकी किसी को ज़रूरत थी, लेकिन सीपीएम के ख़िलाफ़ (हालाँकि यह जुलूस किसी पार्टी विशेष के ख़िलाफ़ न था) इतनी बड़ी संख्या में लोगों को इकट्ठा हुआ देखकर उनकी छठी इन्द्रिय ने उन्हें ऐसा करने को प्रेरित किया था। जुलूस विसर्जित होकर वहाँ धान कटे खेतों में विश्राम करने लगा तो नाज़िया ख़ातून के कार्यकर्ताओं ने सबको शरबत पिलाना शुरू कर दिया। इधर ठीक तीन ताड़ के

पेड़ों के पास एक चौकी लगाकर अस्थायी मंच बना दिया गया था। हैंड माइक लेकर नाज़िया ख़ातून भाषण दे रही थीं कि आदिग्राम के किसान भाई अपने आपको अकेला न समझें।

''यदि पिनाकी दासगुप्ता दोषी है, और जैसा कि हम जानते हैं वह है, तो सरकार को हर हाल में उसे हमें सौंपना होगा। बहुत देख लिया ये काला साम्राज्य, ये अन्धा क़ानून। बर्दाश्त करने की एक इन्तहा होती है, अब हम और नहीं सहेंगे। दोस्तो, कहते हैं कि नदी का काम है बहना। नदी बहकर न जाने कितने देशों की धरती को सींचती है, मानुष प्राणी ही नहीं, जीव-जन्तु भी अपनी प्यास बुझाते हैं नदी के जल से। लेकिन नदी कहीं रुकती नहीं, उसका धर्म है बहना, बहते रहना। अगर नदी बहना बन्द कर दे तो उसका वही अमृत जल सड़ने लग जाता है, ज़हर बन जाता है। आज पच्छिम बांग्ला में यही हो रहा है। इतने सालों से सत्ता की कुर्सी पर बैठे-बैठे क्रान्तिकारी लोग अब अपनी ही जनता का रक्त बहाने पर आमादा हैं। कल के क्रान्तिकारी आज व्यापारी बन गये हैं। व्यापार करने के लिए कारख़ाना बैठाएँगे और कारख़ाना लगाने के लिए उन्हें चाहिए ज़मीन। चाहे इसके लिए हमारा ख़ून ही क्यों न बहाना पड़े। दोस्तो, अब समय आ गया है कि...।'' वग़ैरह-वग़ैरह।

आदिग्राम संग्राम की पूर्वपीठिका के रूप में यह विरोध मिछिल (जुलूस) कई मायनों में महत्त्वपूर्ण रहा, तथा इससे नाज़िया ख़ातून का यों जुड़ जाना और भी ज़्यादा महत्त्वपूर्ण। यह पहली बार का होना था जब बिना किसी के कहे, बुलाये या उकसावे में आकर इतनी बड़ी संख्या में लोगों ने एक स्वतःस्फूर्त रैली निकाली थी। फिर ज़मीन हमारी, जोताई-बुवाई हम करें और धान पहुँच रहा है नाज़िया ख़ातून के खलिहान में— इसे देखकर विधायक रासबिहारी घोष की पेशानी पर पसीने की बूँदें चुहचुहा आयीं। सांसद माखनदास से राय-मशविरा हुआ और फिर देखते-देखते रानीरहाट बार्डर पर पार्टी के कार्यकर्ताओं का जमावड़ा लगने लगा। बार्डर पर कई ईंट भट्ठे थे, वहाँ तम्बू गाड़े गये, शिविर लगाया गया, कैडरों के रहने-खाने-पीने का बन्दोबस्त हुआ। इस इलाक़े में लाल वाहिनी के एक साथ इतने कैडर पहली बार देखे गये। ये कौन लोग थे, कहाँ से आये थे और क्यों, यह सब आदिग्राम के लोगों को पक्के तौर पर तो पता नहीं था लेकिन हालात को देखते हुए अन्दाज़ा तो लगाया ही जा सकता था। बीच-बीच में मोटरसाइकिल पर लाल झंडा बाँधे ये गाँव का चक्कर लगाते, जहाँ कहीं भी दो-चार लोग एक साथ खड़े दिखते, रुक जाते, पूछते कि क्या बात है, भीड़ क्यों लगा रखी है, मैंने पूछा माचिस है क्या?

कुछ लोगों का मत था कि ये दरअसल बार्डर पार बांग्लादेश से लाये गये गुंडे हैं जिन्हें किसी ख़ास काम को अंजाम देने के लिए बुलाया गया है। चुनाव या किसी बड़े नेता के भाषण इत्यादि के समय भीड़ जुटाने के लिए बांग्लादेशियों को बुलाया जाना कोई नयी बात नहीं थी। वहाँ ग़रीबी की वजह से लोग सस्ते में मिल जाते हैं। किसी को अपने घर की मरम्मत करवाने या टूटी छानी को छवाने के लिए जन-मजदूर चाहिए तो वहाँ से सत्तर रुपये प्रतिदिन और एक टाइम के प्याज व पानता भात पर लोगों को बुलवा लिया। नलहाटी बाज़ार में कई ऐसे भिखारी हैं जो दिन भर भीख माँगते हैं और शाम को बांग्लादेश लौट जाते हैं। आवश्यकता पड़ने पर लोग उन्हें ही कह देते हैं कि कल फलाँ जगह फलाँ के घर दस लोगों को भेज देना। रेट फिक्स है, कोई दर-मुलाई नहीं। आम मजदूरी हो, धान बोना, काटना या निराई करना हो तो सत्तर रुपये, झूठी गवाही दिलानी हो तो पचास रुपये, किसी का मर्डर करवाना हो तो ढाई सौ रुपये और एक बोतल बांग्ला।

पच्छिम बांग्ला में कैडरों की शिनाख्त करना उतना आसान नहीं, जैसा खाकी रंग का हाफ पैंट पहने, एक-दूसरे को 'मित्र' के सम्बोधनों से पुकारते, सुबह-शाम शाखा लगाते और बात-बात पर 'वन्दे मातरम्' या 'भारत माता की जय' का नारा लगाते संघियों को पहचाना जा सकता है। बल्कि कैडर कौन है से ज़्यादा आसान काम यह पता लगाना होगा कि कौन कैडर नहीं है। सामने की दीवार पर पार्टी का अख़बार 'गणशक्ति' को चिपकाने वाला वह लड़का कैडर है, दुर्गा पूजा के समय आपसे चन्दा माँगने वाला कैडर है। 'न्यू स्टार स्पोर्टिंग संघ' या 'बन्धुमहल क्लब' के सामने साठ वाट के बल्ब की रोशनी में कैरम खेलने वाला, 'नन्दन' में सौमित्र चट्टोपाध्याय की काव्य आवृत्ति सुनने वाला, मोहन बगान और ईस्ट बेंगाल के बीच फुटबॉल मैच देखने वाला, सौरभ गांगुली की कप्तानी छिनने के बाद ग्रेग चैपल को गालियाँ देने वाला, पाड़ा में किसी सार्वजनिक सभा में 'बन्धुगण, आपनादेर के जानाइ प्रीति, शुभेच्छा ओ सादोर ओभिनोन्दोन' कहने वाली प्राइमरी स्कूल की दीदीमणि, पार्टी के न्यूज़ चैनल 'चोब्बीस घोंटा' (24 घंटा) पर समाचार पढ़ने वाली वाचिका कैडर हो सकती है, गणेशजी को दूध पिलाने वाला वह तेरह साल का लड़का भी पार्टी का कैडर हो सकता है। गरज कि सीपीएम के कैडर आपके चारों

ओर हैं और उनके पास आपके बारे में छोटी से छोटी जानकारियाँ भी हैं— मसलन आप वोट डालने कितने नम्बर के बूथ पर जाते हैं, आप कहाँ नौकरी करते हैं, आपके घर में कौन-कौन हैं इत्यादि।

इतनी बड़ी संख्या में कैडर किसी भी पार्टी से एक रात में नहीं जुड़ते। इसकी शुरुआत तो 1977 से ही हो चुकी थी जब पार्टी ने पहली बार सरकार बनायी थी। ग़ौर करने पर पता चलता है, यह वही समय था जब पश्चिम बंगाल में रीयल एस्टेट के कारोबार में 'बूम' आता है। पार्टी से जुड़े हर शख़्स के पौ बारह हो जाते हैं। देखादेखी और भी लोग पार्टी से जुड़ते चले जाते हैं। तब पार्टी से जुड़ाव का सीधा मतलब था— रोज़गार की गारंटी। विदित हो कि पहले पश्चिम बंगाल में सरकारी नियुक्तियाँ राज्य सरकार के नियन्त्रण में थीं। बाद के वर्षों में यह प्रक्रिया जब कर्मचारी चयन आयोग (एसएससी) के हाथों में चली गयी तब से इस पर से पार्टी का नियन्त्रण थोड़ा ढीला पड़ा। लेकिन अब भी तमाम अस्थायी नौकरियाँ व निजी संस्थान तो हैं ही।

आज की तारीख़ में यद्यपि ज़्यादातर कैडर बेरोज़गार हैं, फिर भी वे भली-भाँति जानते हैं कि पार्टी के साथ बने रहने में ही उनकी भलाई है। होलटाइमरों के लिए तो एक निश्चित बजट होता ही है, पार्टटाइमरों की मुट्ठियाँ भी कभी-कभार गर्म होती रहती हैं। फिर, बैठे से बेगार भला! कम-से-कम जिस मुहल्ले, ब्लॉक में वे हैं, वहाँ पार्टी से अपने जुड़ाव के कारण थोड़ी-बहुत सामाजिक प्रतिष्ठा तो हासिल हो ही जाती है।

हिन्दी में एक मुहावरा है-- सइयाँ भये कोतवाल तो अब डर काहे का! विगत तीस-पैंतीस सालों से बंगाल पर पार्टी के एकछत्र राज ने कैडरों के मनोबल को नित ऊँचा उठाया है। सबसे पहले वर्ष 1978 में बीरभूम ज़िले के मारिचझापी नामक एक गाँव में निहत्थे बांग्लादेशियों पर फायरिंग में कैडरों ने पुलिस का साथ दिया। इसके बाद सत्रह आनन्दमार्गियों की सरेआम हत्या कई दिनों तक सुर्ख़ियों में छायी रही। फिर तो यह सिलसिला निकल ही पड़ा। आज सिंगूर हो, आदिग्राम हो, केशपुर या लालगढ़ हो— सब उसी 'शृंखला की कड़ियाँ' हैं।

सिंगूर में तापसी मलिक का सामूहिक बलात्कार किया गया था— इसे न जाने कितनी बार बता चुकी थीं दीपा कुंडू। ''आज एक बार फिर ये आततायी आदिग्राम में आ धमके हैं। यहाँ भी कोशिश की जाएगी कि...। लेकिन बहनो, कामरेड तापसी मलिक आज किसी सामाजिक कलंक की प्रतीक नहीं हैं जैसा कि वे बेचारी लड़कियाँ होती हैं जिन्हें खूँखार मर्द पहले तो अपनी हवस का शिकार बनाते हैं, फिर मुँह पे कालिख पोत के बदनाम करने में लग जाते हैं। कामरेड तापसी मलिक एक वीरांगना थीं, सिंगूर संग्राम के वक़्त वहाँ घर-घर में तापसी का फोटू लग गया था।'' वग़ैरह!

दीपा कुंडू की उमर ज़्यादा नहीं, लेकिन इतनी कम भी नहीं कि अब तक हाड़ पर हल्दी न चढ़े। दीपा को आस-पड़ोस की महिलाएँ (जिनमें कुछ उससे छोटी हैं तो कुछ बड़ी) 'दीदीमणि' कहती हैं। दीदीमणि पहले भी गाँव का दौरा करती रही थीं जब कोई बीमार पड़ जाए, या बच्चों को पोलिया की खुराक देनी हो इत्यादि। जो लड़कियाँ उम्र में उनसे छोटी थीं, वे सोचतीं कि दीदीमणि के कान का कुंडल कितना सुन्दर है, और ठोठलाली कितनी चटख! जो उम्र में बड़ी थीं, वे टुकुर-टुकुर देखतीं— शहर की पढ़ी-लिखी छोरी है, घरवाले सब रानीगंज या कि दुर्गापुर में हैं कौन जाने, और देखो कितनी साहसी है कि शादी नहीं की, इत्ती बड़ी दुनिया में अकेले रहती है। कैसे गिटर-पिटर बोलती है दुनिया जहान की बातें बाप रे बाप!

लेकिन इस बार दीपा के आने का मकसद कुछ और था। जगदलपुर के जिस सरकारी अस्पताल में वह काम करती थी, उस पर अभी कैडरों का क़ब्ज़ा है। गौरांग महाप्रभु की पूजा मंडली पर जब गोलियाँ बरसाई गयीं तो कुल छियासठ लोग मारे गये और हताहतों की संख्या एक सौ चार थी। पहले तो पुलिस ने गोलियाँ बरसायीं, फिर कैडरों ने घायलों को लाद-लूदकर अस्पताल पहुँचाने का काम शुरू कर दिया। जो लोग घिसटते-पड़ते हुए भाग निकले, दूसरे दिन उनके लिए मुनादी करवाई गयी कि अपना भला चाहते हैं तो वे फौरन से पेश्तर अस्पताल में भर्ती हो जाएँ।

बताया जा चुका है कि अस्पताल अब कैडरों के क़ब्ज़े में था, सो वे चाहते थे कि ज़्यादा से ज़्यादा लोग उनके संरक्षण में आ जाएँ। इसी प्रकार रानीरहाट बार्डर पर जो अस्थायी शिविर लगाये गये थे, वे इसी उद्‌देश्य से कि गाँव के जो लोग 'इस तरफ़' आना चाहें, वे आकर शिविरों में रहें।

अस्पताल पर क़ब्ज़े के बाद दीपा कुंडू बाग़ी हो गयी थीं। पार्टी के कैडरों ने एकाधिक बार उन्हें चेताया कि वे आकर अपना काम सँभालें, उन्हें कोई ख़तरा नहीं।

अगर वे काम पर नहीं आयीं तो नौकरी तो ख़ैर जाएगी ही, और 'कुछ' भी हो सकता है। लेकिन वे नहीं लौटीं। इधर गाँव की औरतों को जुटाकर उन्होंने 'मातंगिनी हाजरा वाहिनी' गठित की थी। तापसी मलिक की शहादत ने आदिग्राम की स्त्रियों के भीतर जोश का संचार कर दिया था। वे इस संग्राम में मर्दों का भरपूर साथ देने को कटिबद्ध थीं। घर के काम-काज निबटाकर, मर्दों व बच्चों को खिला-पिलाकर वे दल बाँध निकल पड़तीं और गली-गली घूमकर बाक़ी की औरतों को अपने जत्थे से मिलाने की कोशिश करतीं।

जब बाघा को पता चला कि दक्खिना एस.पी.ओ. (स्पेशल पुलिस ऑफिसर) में भर्ती हो गया है, उस रात दोनों में काफ़ी देर तक बक-झक चलती रही। अन्त में बाघा ही चुप हुआ, लेकिन उसका अपमान गुलाब से देखा न गया। पहली बार गुलाब ने दक्खिना को आड़े हाथों लिया। दक्खिना के जाने के बाद गुलाब देर तक सिसकती रही थी। जब बाघा ने उसे चुप कराया, तो उसने संयत स्वर में अपनी इच्छा ज़ाहिर की कि वह भी गाँव की दूसरी स्त्रियों की तरह 'मातंगिनी हाजरा वाहिनी' (जिसे तब तक 'गिन्नी वाहिनी' कहा जाने लगा था, क्योंकि गाँव में ऐसी कई स्त्रियाँ थीं जो 'मातंगिनी' का उच्चारण ठीक से नहीं कर पाती थीं) में भर्ती होना चाहती है। बाघा ने उसे आशीर्वाद देकर अपनी सम्मति प्रदान की।

आदिग्राम में आतंक का माहौल बन गया था। ठाकुरता के बगीचे में रघुनाथ ने जो गुप्त मीटिंग की थी, देखा जाए तो उसी के बाद से आदिग्राम का हर बाशिन्दा ख़ौफ़ खा गया था। आदिग्राम में अगले कुछ दिनों जो कुछ हुआ, उसमें इस आतंक की भूमिका कम नहीं थी।

स्मरण रहे, रघुनाथ ने बहुत विस्तार से बताया था कि गाँववालों को लड़ाई कैसे लड़नी है। युद्ध की तैयारियाँ कैसे हों, इस पर उसने एक अच्छा-ख़ासा व्याख्यान ही दे डाला था। उसने लगभग उन सारे हथियारों के नाम गिना दिये थे जो वहाँ के लोगों की पहुँच में हो सकते थे। ग़ौर कीजिए कि ये हथियार क्या थे, ये थे— हल-फार, सब्ज़ी काटने की छुरी, दाब, गैंती, कुदाल, हँसिया, छड़ें इत्यादि। हल, हँसिया आदि खेती के काम आते थे तो कुदाल, गैंती आदि कोड़ने के काम में। ये औज़ार किसानों के रोज़मर्रा के काम में आते थे और अब रघुनाथ उन्हें 'इन्हीं

हथियारों से' लड़ाई लड़ने को कह रहा था। इस प्रकार रघुनाथ ने आदिग्राम संग्राम से किसानों के दैनन्दिन के कामों को अपदस्थ किया, औज़ार को हथियार में रूपान्तरित किया और अब आदिग्राम के लोगों के लिए हल, हँसिया इत्यादि का प्रतीकार्थ ही बदल गया।

इस संग्राम को रघुनाथ ने नितान्त ही अनिवार्य सिद्ध करने में कोई कसर नहीं छोड़ी थी। इसके लिए पहले उसने कैडरों की क्रूरता का एक वृहद आख्यान रचा था— एक-एक वाक्य को ज़हर बुझे तीर की तरह नुकीला और मारात्मक बनाते हुए। प्रसंगानुकूल कभी आवेश में तो कभी शान्त-थिर स्वर में कहे गये इस आख्यान का एकमात्र निष्कर्ष यही निकलता था कि यदि तुम नहीं लड़ोगे तो मारे जाओगे। उसने वक़्त-ज़रूरत इतिहास से भी हवाले दिये— आदिग्राम के बाशिन्दों को सुभाष बोस, विनय-बादल-दिनेश, बाघा जतिन का वंशज बताया। और इस प्रकार उस गुप्त मीटिंग में तय हुआ कि किसी भी बहिरागत को आदिग्राम अंचल में प्रवेश नहीं करने दिया जाए, सारे सम्पर्क पथों को तोड़ दिया जाए, गड्ढे खोद दिये जाएँ, पुल नष्ट कर दिये जाएँ। तय हुआ कि चौबीसों घंटे आदिग्राम के कुछ जवान गाँव की पहरेदारी करें, इसके लिए उन्हें बन्दूकें दी गयीं, आपस में सम्पर्क बनाये रखने के लिए मोबाइल दिए गये।

रघुनाथ के आह्वान का असर इतना व्यापक था कि देखते-देखते आदिग्राम का हर जवान उसकी वाहिनी का हिस्सा बन गया। रघुनाथ ने अपनी इस लड़ाकू वाहिनी का नाम 'घेनुआ बाहिनी' रखा था और इसके लड़ाके ख़ुद को घेनुआ के नाम से पुकारते थे। धीरे-धीरे 'घेनुआ' शब्द का प्रयोग उसी प्रकार धड़ल्ले से होने लगा, जैसे पार्टी के लोग 'कामरेड' या 'साथी' जैसे सम्बोधनों का प्रयोग करते हैं। दरअसल घेनुआ उड़ीसा में कम्युनिस्ट पार्टी के संस्थापक भगोबती प्रसाद पाणिग्रही की प्रसिद्ध कहानी का आदिवासी नायक था जो अंग्रेज बहादुरों को प्रभावित करने के लिए इलाक़े में हड़कम्प मचाये आदमखोर बाघों का शिकार करता था। गोरे अफसर उसे पुरस्कृत करते थे। एक दिन वह उसी इलाक़े में लोगों को तबाह करने वाले सेठ का क़त्ल करता है। उसका एक सीधा सादा तर्क यह है कि लोगों की जान लेने वाले आदमखोर बाघों को मारने पर जब सरकार बहादुर उसे पुरस्कृत करते हैं तो फिर उन बाघों से ज़्यादा ख़तरनाक उस सेठ को मारने पर भी उसे पुरस्कृत किया जाना चाहिए। लेकिन उसे पुरस्कार में मिलती है मौत की सज़ा।

बाद में मृणाल सेन ने इस कहानी पर एक फ़िल्म 'मृगया' बनायी, जिसमें घेनुआ

की भूमिका आदिग्राम के हर जवान, हर बच्चे के प्रिय अभिनेता मिठुन चक्रवर्ती ने निभायी थी। एक तो घेनुआ का साहस, उसकी न्यायप्रियता, उसकी बहादुरी; दूजा उससे जुड़ा मिठुन दा का आकर्षण— आदिग्राम का हर जवान अब मिठुन की चीते जैसी चाल में चलने लगा।

जिस तरह आदिग्राम को चारों तरफ़ से सील कर दिया गया, यह बंगाल में कोई नयी बात नहीं है। इसे यहाँ 'इलाक़ा दख़ल' की संज्ञा दी जाती है। देखा जाए तो इसकी शुरुआत सत्तर के दशक से ही हो चुकी थी, जब नक्सलबाड़ी आन्दोलन अपने उरूज पर था, लेकिन इस बीच इसके स्वरूप में काफ़ी बदलाव आ चुका है। इतिहास गवाह है कि बीच-बीच में माकपा भी इस रास्ते का सहारा लेती रही है। अभी हाल में पाँचकुड़ा में एक लम्बे समय तक तृणमूल के कब्ज़े ने 'इलाक़ा दख़ल' को पुनर्नवा कर दिया।

और इसका फिर एक उदाहरण बन गया आदिग्राम। विदित हो कि रघुनाथ ने जिस ज़मीन अधिग्रहण प्रतिरोध समिति का गठन किया था, उसमें नाज़िया ख़ातून के लोग भी थे। इसकी बाबत पक्के तौर पर कुछ नहीं कहा जा सकता कि आदिग्राम को चारों तरफ़ से सील करने के निर्णय में नाज़िया ख़ातून की कितनी भूमिका थी, लेकिन यह ज़रूर हुआ कि चूँकि मोहतरमा ख़ातून ख़ुद ज़मीन अधिग्रहण प्रतिरोध समिति में शामिल थीं, इसलिए उनकी पार्टी के लोग उन 'बहिरागतों' की श्रेणी में नहीं आते थे जिनका प्रवेश आदिग्राम में वर्जित कर दिया गया था। कहा यह भी जाता है कि ऐन मौक़े पर रघुनाथ की पार्टी ने मदद करने से अपने हाथ खड़े कर लिये, फिर यह नाज़िया ख़ातून ही थीं जिन्होंने प्रतिरोधक दस्ते को बन्दूक व कारतूस की आपूर्ति की थी।

निश्चित रूप से भारत जैसे एक लोकतान्त्रिक देश में इस तरह के 'इलाक़ा दख़ल' को ग़ैरक़ानूनी ही कहा जा सकता है, लेकिन चूँकि इतिहास में कई बार माकपा ने भी यही किया था, सो टीएमसी भला क्योंकर पीछे रहती! इस तरह यहाँ तक आते-आते यह लड़ाई महज़ किसानों की लड़ाई नहीं रही, कृषि और उद्योग के साथ-साथ यह बंगाल की दो बड़ी राजनैतिक पार्टियों के 'शक्ति प्रदर्शन' का मुद्दा बन गयी। 'रीगिंग', 'इलाक़ा दख़ल' की तरह 'शक्ति प्रदर्शन' भी बंगाल की राजनीति कोश का एक अहम शब्द है। जब किसी इलाक़े में किसी पार्टी का वर्चस्व कम होते दिख पड़ने लगता है तो वह पार्टी बड़ी संख्या में लोगों को बटोरकर, जुलूस निकालकर या सभा-सेमिनार आयोजित कर अपना 'शक्ति प्रदर्शन' करती

है। बहुत दिनों के बाद आदिग्राम के बहाने टीएमसी को अपनी शक्ति को प्रदर्शित करने का मौक़ा मिला था तो वहीं सीपीएम के लिए यह आन की बात हो गयी कि जिस इलाक़े पर हमने विगत तीस साल से 'राज' किया, वह इलाक़ा अब दख़लियाया जा चुका है।

"**स्ट्रेटेजिक** हेमलेट प्रोग्राम!"

प्रेम चोपड़ा ने मुस्कराते हुए बैनर्जी, रंजन मजूमदार व जतिन विश्वास की तरफ़ देखा। रानीरहाट बार्डर पर बने तमाम शिविरों में से एक में वे थे। जैसे प्राइमरी कक्षाओं में होता है, तिरपाल की दीवार पर एक ब्लैकबोर्ड टँगा था और मुस्कराता हुआ प्रेम चोपड़ा ऐन वहाँ खड़ा था जहाँ स्कूली शिक्षक खड़े हुए मुस्कराते हैं। उसके हाथों में एक नोंकदार छड़ी थी और वह जो पढ़ा रहा था, वह हालाँकि काशीनाथ सिंह का 'आग राग' नहीं था, फिर भी निश्चित रूप से बैनर्जी, रंजन व जतिन की सुलग रही थी।

"स्ट्रेटेजिक हेमलेट प्रोग्राम को पहली बार अमेरिकी राष्ट्रपति केनेडी ने लांच किया था अर्ली सिक्सटीज़ में। यानी वियतनाम युद्ध के समय। लेकिन अगर हम इसके इतिहास में जाएँ तो पाएँगे कि यह कोई नयी बात नहीं थी। देखा जाए तो वर्ष 1948 में ब्रिटिश सरकार ने भी इसका मलाया में इम्प्लीमेंट किया था, जब वहाँ चाइनिज़ गुरिल्लाज़ ने मास को...। यू मीन व्हाट आ'म सेइंग, डोंट यू?" प्रेम चोपड़ा फिर से मुस्कराया।

"माओ-त्से-तुंग ने कहा था कि एक गुरिल्ला को ह्यूमन टेरीटरी में उसी तरह मूव करना चाहिए ऐज़ अ फ़िश स्विम्स इन द सी। तो स्ट्रेटेजिक हेमलेट प्रोग्राम, बेटर टु से इट ऐन ऑपरेशन, सबसे पहले माओ के इसी सिद्धान्त पर चोट करता है। इस ऑपरेशन के तहत गाँववालों को एक ऐसी जगह पर शिफ्ट किया जाता है जो पूरी तरह सुरक्षित हो। आपने 'कॉम्बिंग' का नाम तो सुना ही होगा, चोर-डकैत या जो भी असामाजिक तत्त्व हैं, उन्हें कॉम्बिंग से यों निकाल फेंका जाता है जैसे बालों से जूएँ। लेकिन सपोज़ कि जब बालों में जूएँ ही भर जाएँ, समाज में चोर-डकैतों की इतनी अधिक संख्या हो जाए जितने आम नागरिक भी न हों, तो ऐसे में उस समाज से चोर-डकैतों को चुन-चुनकर हटाने की बजाय आम नागरिकों को ही हटाना

ज़्यादा आसान है। इसे ही स्ट्रेटेजिक हेमलेट ऑपरेशन कहते हैं। यानी घुनों से भरी थाली में से चुन-चुनकर चावल को बीनना और अलग करना। यू अंडरस्टैंड?"

"येस सर!" जवाब में जब बैनर्जी और रंजन ने कुछ नहीं कहा तो जतिन विश्वास ने बड़ी मुश्किल से अपनी जम्हुआई रोकते हुए कहा।

रानीरहाट बार्डर पर जो शिविर लगाये गये थे, उनका उपयोग 'इस तरफ़' आने या लाये जाने वाले गाँववालों को रखने के लिए किया जाने लगा था। अस्पताल में भी तक़रीबन साठ लोग थे जिन पर चौबीस घंटे पार्टी के कैडरों व एसपीओज़ की निगरानी थी। एसपीओ (स्पेशल पुलिस ऑफिसर) का गठन भी प्रेम चोपड़ा ने उसी तर्ज पर किया था जैसा अमेरिकी फ़ौज ने वियतनाम युद्ध के दौरान किया था। गाँव के ही कुछ जवान, जो पार्टी के कैडर नहीं थे लेकिन किन्हीं वजहों से इस संग्राम के ख़िलाफ़ पार्टी के सहयोगी तत्त्व थे, उन्हें थोड़ी बहुत ट्रेनिंग (बन्दूक चलाना, हथगोला फेंकना आदि) व कुछ रुपये देकर एसपीओ बना दिया गया था। बाघा की दक्खिना के साथ इसी कारण बक-झक हुई थी कि वह एसपीओ में भर्ती हो गया था।

अमेरिकी फ़ौज ने वियतनाम युद्ध में इन एसपीओज़ की भरपूर मदद ली थी। इन्हें हमेशा अग्रिम दस्ते के रूप में इस्तेमाल किया जाना था। इसके कई फ़ायदे थे। फ़ौज या कि पुलिस चूँकि संविधान के तहत ही काम करती है, इसलिए उनसे वे काम नहीं लिये जा सकते, जो तत्काल की रणनीति के अनुकूल तो हों लेकिन सांवैधानिक न हों। मसलन, गौरांग पूजा के समय उपस्थित भीड़ पर गोलियों की बौछार करने में पुलिस एक मिनट के लिए हिचक सकती है, लेकिन पुलिसिया वैधता प्राप्त एसपीओ नहीं। इसका दूसरा बड़ा फ़ायदा यह है कि मीडिया में इसे स्थानीय लोगों की आपसी झड़प के रूप में आसानी से प्रस्तुत किया जा सकता है। इस प्रकार सरकार की मनमानी भी हो ली, और आस्तीन भी गन्दा नहीं हुआ। बदले में इन एसपीओज़ पर यदि कुछ पैसे खर्च हों, या उन्हें अपने मन की करने की थोड़ी-बहुत छूट दे दी जाए तो भी सौदा महँगा नहीं।

स्ट्रेटेजिक हेमलेट प्रोग्राम का तीसरा आयाम था आबादियों की घेराबन्दी। टार्गेट को इस तरह से घेरा जाए कि वह रसद आदि अपने रोज़मर्रे की ज़रूरतों के लिए भी फ़ौज पर आश्रित हो जाए। फिर उन्हें 'इस तरफ़' आने के लिए आसानी से बाध्य किया जा सकता है। 'ज़मीन अधिग्रहण प्रतिरोध समिति' ने जिस तरह से आदिग्राम को सील कर दिया था, प्रेम चोपड़ा को अलग से नाकेबन्दी नहीं करनी पड़ी, बस

उसे एसपीओज़ को चारों तरफ़ डेप्यूट भर करना था। वक़्त ज़रूरत जिस तरफ़ से भी कोई निकलता था, सीधे शिविर में पहुँचा दिया जाता था।

इस प्रकार आदिग्राम एक खुले कारागार के रूप में तब्दील हो गया। कहते हैं कि रघुनाथ की पार्टी ने इन्हीं दिनों सहयोग करने से इनकार कर दिया था। नाज़िया ख़ातून ने पहले-पहल तो मदद की, फिर प्रेम चोपड़ा की नाकेबन्दी की वजह से आदिग्राम में उनकी पहुँच भी मुश्किल होती गयी।

इस बीच पश्चिम बंगाल की मीडिया भी वहाँ पहुँच चुकी थी। पार्टी के कैडरों ने शिविर में पहुँचे (या पहुँचाये गये) लोगों को पार्टी सपोर्टर बताया और इसे यों पेश किया कि टीएमसी और एमएल के संयुक्त 'गुंडा गठबन्धन' ने इन्हें बेघर कर दिया है, सिर्फ़ इस बिना पर कि इन लोगों ने उनकी मनमानी में सहयोग देने से इनकार कर दिया। 'चोब्बीस घोंटा' ने शिविर में पड़े लोगों की तस्वीरें दिखायीं और इनके साथ पार्टी की ओर से दिये गये कैप्शनों को भी ख़ूब चस्पाँ किया। इधर टीएमसी का कहना था कि ये शिविर दरअसल आश्वित्ज़ कैम्प की तरह हैं और जो लोग वहाँ हैं, उन्हें वहाँ ज़बरिया घेर लिया गया है।

इससे पहले, पार्टी के कैडर गाँव में घुसने का कोई तरीक़ा ढूँढ़ ही रहे थे कि विश्वस्त सूत्रों से उन्हें पता चला— 29 मार्च को गाँव में गौरांग पूजा का आयोजन हो रहा है। प्रेम चोपड़ा को यही उचित मौक़ा दिख पड़ा। पूजा के उपलक्ष्य में जुटने वाली भीड़ से उसे अपना अतीत याद आया। एकमुश्त इतनी भीड़ फिर कहाँ मिलने वाली थी! गोलियाँ बरसाने का यह उत्तम अवसर होगा, जब पूजा में शरीक होने आये लोग पूरी तरह निहत्थे होंगे। उसने 28 मार्च को तमाम एसपीओज़ और पार्टी के कैडरों की एक आपातकालीन बैठक बुलायी और विस्तार से उन्हें अपनी आगामी रणनीति को समझाया।

"माओ-त्से-तुंग ने कहा था कि एक गुरिल्ला को ह्यूमन टेरीटरी में उसी तरह मूव करना चाहिए ऐज़ अ फ़िश स्विम्स इन द सी। आपने 'कॉम्बिंग' का नाम तो सुना ही होगा, चोर-डकैत या जो भी असामाजिक तत्त्व हैं, उन्हें कॉम्बिंग से यों निकाल फेंका जाता है जैसे बालों से जूएँ। लेकिन आदिग्राम की स्थिति ऐसी है कि इसके सर में बाल कम और जूएँ ज़्यादा हैं। तो ऐसे में यहाँ कॉम्बिंग करने की प्रक्रिया का कोई मतलब नहीं। कल शाम चार बजे वे सारे लोग गौरांग पूजा के बहाने एक ओपन मीटिंग करने वाले हैं। याद रहे, पूजा सिर्फ़ बहाना है, दरअसल वे जंग की शुरुआत से पहले अपना 'शक्ति प्रदर्शन' कर हमें आगाह करना चाहते हैं

कि...। लेकिन हमें यह सब नहीं होने देना है। सो फ़र्स्टली वी हैव टु मूव..."

"बट सर, मामला संगीन हो सकता है। आपको नहीं लगता कि कोई भी ऐसा क़दम उठाने से पहले हमें..." यह बैनर्जी था। चूँकि उसने अपनी अधिकांश ज़िन्दगी यहीं बंगाल में बितायी थी, वह जानता था कि बंगाली जनमानस के लिए कौन-सी बात सहज सुपाच्य है और कौन-सी नहीं। इसके विपरीत प्रेम चोपड़ा हरियाणा से आया हुआ था और उसने अपनी पूर्ववर्ती जीवन में ऐसे कई क़दम उठाये थे। वह चाहकर भी बैनर्जी की शंका को जायज़ नहीं मान सकता था। सो उसने हाथ के इशारे से बैनर्जी को चुप रहने का संकेत किया।

दरअसल यह एक ऐतिहासिक चूक थी। कोलकाता से सुदूर होने के कारण आदिग्राम के बारे में राज्य सरकार को भी ठीक-ठीक कुछ पता नहीं था। उन्हें जो जानकारियाँ मिल रही थीं, वे पार्टी के स्त्रोतों द्वारा ही मुहैया हो रही थीं। माखनदास को लगता था, स्थिति अभी उनके हाथों में है, इसलिए उन्होंने राज्य सरकार को जो भी सूचनाएँ दीं, उनका सार संक्षेप भी यही निकलता था।

दोस्तो, तो यह रही आदिग्राम संग्राम की पूर्वकथा। इसे चाहें तो अन्त:कथा (मीडिया की शब्दावली में 'इनसाइड स्टोरी') भी कह सकते हैं। बाद में क्या हुआ, यह जितना मैं जानता हूँ, उतना आप भी। भागी मंडल का प्रतिशोध पूरा हो सका या नहीं, मालूम नहीं। बाघा, फोटोग्राफर, बंशी, चित्तो मलिक, सुशान्तो बेरा, फाटाकेष्टो, हाडू घोष, बेनीमाधव महाशय, सपन सेन आदि का क्या हुआ, यह भी नहीं पता। सैकड़ों जानें गयीं, कुछ लोग अभी भी लापता हैं। दीपा कुंडू के साथ-साथ उनसे क़दम मिलाकर चलने वाली गुलाब और काजल को मार दिया गया। पचास से भी ज़्यादा बलात्कार हुए। कहते हैं कि पुतली माई तब धाड़े मारकर रोयी थी जब रेड ब्रिगेड की गोली का शिकार होकर बटहरि मारा गया था। चार वर्षीय माना की दोनों टाँगें चीरकर सी.पी.टी. कम्पनी के पिछवाड़े भगाड़ में फेंक दिया गया था जब वह अपने खेलने के लिए गोली के ख़ाली खोखे जमा कर रहा था। सद्दाम भी मारा गया, शमसुल ने देखा उसकी उँगली और नाक के बीच बस दो इंच भर की दूरी रह गयी थी। वामन सरकार को भी तब इसका अहसास होना था कि बेला नामक उसकी एक बेटी है, जब उसकी अधनंगी लाश ख़ून और वीर्य से सनी हुई खेतों में

पड़ी मिली थी। बलात्कारी कामरेड सिर पर लाल रूमाल बाँधे हीरो होंडा से आदिग्राम को रौंद रहे थे। राष्ट्रीय महिला आयोग में दसियों बलात्कृत औरतों ने अपनी आपबीती सुनायी, बयान दर्ज किये, लेकिन उनके पास इसका कोई सर्टिफिकेट नहीं था कि उन पर बलात्कार हुआ है।

आपने और हमने देखा था वह जुलूस जब कलकत्ते में कोई दस लाख लोग निकल पड़े थे वियतनाम पर अमेरिकी हमले के विरोध में। कहते हैं, यह दुनिया का सबसे बड़ा विरोध प्रदर्शन था। आपको भली-भाँति याद होगा, पोस्टरों पर तब लिखा गया था— आमार नाम तोमार नाम, वियतनाम वियतनाम। आज एक बार फिर से वही नज़ारा दिख रहा है कलकत्ते की सड़कों पर, बस वियतनाम की जगह आदिग्राम ने ले ली है। धर्मतल्ला में नगर के हज़ारों बुद्धिजीवी, संस्कृतिकर्मी, रंगकर्मी, शिल्पी, सिनेमादाँ, कवि-कथाकार जमा हैं। महाश्वेता देवी प्रेस कांफ्रेंस कर रही हैं, मेधा पाटकर, गौतम घोष, विभाष चक्रवर्ती, वार्त्य बसु, जय गोस्वामी, अपर्णा सेन, अशोक सेकसरिया, साँवली मित्र, कौशिक सेन आदि जनसभाएँ कर रहे हैं। कबीर सुमन गा रहे हैं— जानान दिच्छे एई मुहूर्त, कोथाय कादेर प्राणेर दाम, रक्तो दिये प्राण बिकिये, पथ देखाच्छे आदिग्राम/चाटुज्जेटा कबीर होलो, बदले दिलाम आमार नाम, सबारई नाम बदले गेलो, सबारई नाम आदिग्राम।

'**आदिग्राम** उपाख्यान' लिखते हुए एक सवाल से बार-बार दो-चार हुआ कि वियतनाम पर अमेरिकी हमले के ख़िलाफ़ जब जुलूस निकाला गया था तब पोस्टरों पर जो कुछ भी लिखा गया था— आमार नाम तोमार नाम... इत्यादि; तो 'वियतनाम' की तुक में 'आदिग्राम' तो सटीक बैठता है, लेकिन वह जो न रोटी बेलता है न खाता है, बस रोटी से खेलता है, वह तीसरा आदमी कौन है?

दोस्तो, इस सवाल पर तो ममता बैनर्जी भी मौन हैं।

□□□

णाणं
पयासयं
वीर नि.सं. 2470
ई. सन् 1944
भारतीय ज्ञानपीठ